PETER MÄRKERT

JEDER EINZELNE

EIN JUSTIZKRIMI

ÄF191647

Das Buch: Christina wird am Sonntagmorgen tot aus der Ruhr geborgen. Hauptkommissar Kramer und sein Team finden heraus, dass sie in der Nacht unter dem Einfluss von K.-o.-Tropfen vergewaltigt wurde. Alle Indizien sprechen gegen ihren Freund Marc Kröner. Bewährungshelferin Marie Marler und ihre Freundin Lena Saga glauben an seine Unschuld. Auch der U-Häftling Denny unterstützt ihn. »Nichts geschieht ohne Grund«, sagt er. »Es ist immer nur ein Kreis, der sich schließt.«

Der Autor: Peter Märkert ist in Bochum aufgewachsen und wohnt auch dort. Er studierte Informatik und Sozialwesen und arbeitete als Taxifahrer, als Sozialarbeiter im Vollzug und als Bewährungshelfer. Die Erfahrungen aus dem Milieu verarbeitet er in seinen Justizkrimis, die im Ruhrgebiet zwischen JVA, Drogen, Mord spielen, und in denen er den Hintergründen von Verbrechen und Schuld nachspürt.

PETER MÄRKERT

JEDER EINZELNE

EIN JUSTIZKRIMI

Die Deutsche Nationalbibliothek verzeichnet diese Publikation in der Nationalbibliothek; detaillierte bibliographische Daten sind im Internet abrufbar.

Adresse:
Peter Märkert
Dürerstr. 62
44795 Bochum
URL: http://petermaerkert.de
E-Mail: petermaerkert@gmail.com
Coverfotografie: Aylin Reckermann
Covergestaltung: Jen Maerkert
Autorenfotografie: Ulf Peter Quooß

Verlag:
BoD · Books on Demand GmbH,
In de Tarpen 42, 22848 Norderstedt,
bod@bod.de
Druck:
Libri Plureos GmbH,
Friedensallee 273, 22763 Hamburg
ISBN: 978-3-7693-0401-5

Für Isa

»Denn ihr müsst wissen, meine Lieben, dass jeder Einzelne von uns zweifellos Verantwortung trägt für alle und jeden auf Erden.«

Fjodor Dostojewski, 1879, Petersburg

Kapitel 1

Die Welt stürzt ab. Glassplitter und Blut an seinen Händen, dem Hemd, den Sitzen. Es riecht nach Benzin. Er will raus und versucht, die Tür zu öffnen. Sie klemmt. Das Seitenfenster ist gesprungen. Er drückt die Scherben nach außen und zwängt sich ins Freie. Hört die Stimme von Christina, die ihn ruft. Dann ist es still. Unheimlich still. Sein Mund ist trocken, der Hals wie ausgedörrt.

Marc schreckt aus dem Albtraum hoch. Kopfschmerzen, Durst quälen ihn. Er tastet sich ins Bad, trinkt Wasser aus dem Kran. Der Unfall seiner Eltern. Wieso kam Christina darin vor? Wo ist sie? Er betrachtet seine glasigen Augen im Spiegel, die gerötete Gesichtshaut und versucht, sich zu erinnern.

Es waren eindeutig zu viele Kölsch auf der Feier seiner Schwester. Katrin feierte mit ihrem Freund die Einweihung der gemeinsamen Wohnung in Köln. Er wollte mit seiner Freundin dort übernachten, bis Christina den Eifersuchtsanfall bekam.

Er sucht das Handy, wählt ihre Nummer. Das Rufzeichen ertönt. Einmal, zweimal, dreimal … irgendwann gibt er auf. Ihre Eltern kann er nicht anrufen, kann ihnen unmöglich sagen, dass er nicht weiß, wo ihre Tochter steckt. Er hat versprochen, sie wohlbehalten zurückzubringen. Kaum zu glauben, sie behandeln Christina wie ein Kind, meinen, alle Welt müsste auf sie aufpassen. Dabei wird sie in einem Monat einundzwanzig. Am besten legt er sich wieder hin. Morgen wird sich alles klären. Er liegt auf dem Bett, versucht einzuschlafen, doch kann das Denken nicht abstellen.

Christina war den ganzen Abend an seiner Seite, bis ein früherer Schulfreund sie in der Küche auf gemeinsame Lehrer ansprach. Das nahm er zum Anlass, die Dunkelhaarige mit den großen Augen zu suchen. Sie war ihm gleich aufgefallen, stand etwas abseits. Vor Christina hatte er sich nicht getraut, sie anzusprechen.

Er entdeckte sie im Wohnzimmer mit seiner Schwester. Ihre Blicke begegneten sich, er war fasziniert von ihrer Ausstrahlung, doch zögerte, sich in das Gespräch einzumischen. Er blieb in ihrer Nähe und hoffte auf eine günstige Gelegenheit, bis Christina ihn in die Seite stieß.

»Ich will sofort hier weg.«

Er hatte sie nicht kommen sehen, sich zu sehr auf die Dunkelhaarige konzentriert. Er versuchte, Christina abzulenken. »Entschuldige. Ich wollte dich mit deinem Schulfreund nicht stören. Ihr hattet euch sicher lange nicht gesehen und viel zu erzählen. Warte, ich zapfe uns zwei Kölsch.«

»Kannst du dir sparen«, zischte sie mit einem Blick, als hätte sie ihn beim Sex mit ihrer besten Freundin erwischt.

»Warum? Was hast du? Was ist passiert?«, fragte er, dabei wusste er genau, was mit ihr los war. »Wir haben meiner Schwester versprochen, bei ihr zu übernachten.«

»Hör auf mit dem Scheiß«, erwiderte sie nur. »Ich veranstalte einen Riesenkrach, wenn du nicht sofort kommst. Das schwöre ich.«

Er fühlte sich schlagartig nüchtern. Versuchte es erneut, leise, beschwichtigend. »Sag wenigstens, was du hast.«

Auf ihrer Stirn bildeten sich Falten, die ein Donnerwetter ankündigten. »Glotzt die Tussi da stundenlang an und fragst, was ich habe?«

Das hatte jeder mitgekriegt. Er wollte den Streit nicht in die Länge ziehen, doch die Feier auch nicht verlassen. »Was willst du deinen Eltern sagen, wenn du mitten in der Nacht bei ihnen auftauchst?«, flüsterte er. »Die denken, wir übernachten in Köln.«

Sie schüttelte den Kopf und ging stur in Richtung Ausgang. Seine Schwester mischte sich ein. »Ich habe extra das Bett im Gästezimmer bezogen.«

Christina verschwand im Hausflur, ohne zu antworten. Ja, sie verabschiedete sich nicht einmal. Er entschuldigte sich bei Katrin, umarmte sie und winkte den anderen zum Abschied zu. Der Blick der Dunkelhaarigen schien ihn festhalten zu wollen, doch er lief Christina hinterher.

In seinem alten Golf drehte sie den Sitz nach hinten, nahm sich die braune Wolldecke vom Rücksitz und herrschte ihn an: »Ich will nichts mehr hören. Bring mich nach Hause und Schluss.«

Er irrte durch Köln, bis er sich an sein Smartphone erinnerte und die Heimatadresse in den Routenplaner eingab. Der gleichmäßig unterbrochene Mittelstreifen auf der Autobahn ermüdete ihn. Er spürte, wie ihm die Augen zufielen, und versuchte, dagegen anzukämpfen, indem er sich die Frau auf der Feier vorstellte. Die großen Augen, die braunen Haare bis zum Po, die silbernen Ohrringe, den schwarzen Pulli über der Jeans, die verzierten Chucks. Sie hatte ihn genauso interessiert angesehen wie er sie. Oder hatte er es sich eingebildet? Nein, sie hatte ihn an der Tür mit ihrem Blick aufhalten wollen. Das war eindeutig.

Ein LKW tauchte vor ihm auf wie aus dem Nichts. Er wechselte auf die Überholspur. Zu hastig, Christina stieß mit dem Kopf gegen die Scheibe und stöhnte: »Kannst du nicht aufpassen?«

Er antwortete nicht. Sie schlief weiter. Gott sei Dank kann man sie im Schlaf wegtragen, ohne dass sie es merkt.

Das ist es. Er spürt kalten Schweiß auf der Stirn. Er hat Christina nicht geweckt. Sie wird ihm nie verzeihen, sie vergessen zu haben. Er springt aus dem Bett, streift sich Jeans und Pullover über. Wenn sie noch im Auto schläft, wird er sie nach Linden fahren, ohne über den Zwischenstopp vor seiner Haustür zu reden. Er nimmt die Schlüssel und verlässt die Wohnung.

Kapitel 2

Der Blick ins Auto sagt ihm, dass der Golf leer ist. Trotzdem reißt er die Fahrertür auf, starrt auf den Beifahrersitz, auf die braune Decke, als läge Christina darunter. Nein, sie ist aufgewacht und hat gedacht, er hätte sie mit Absicht im Auto gelassen. Sie wird voller Zorn zum nächsten Taxistand gelaufen sein oder sich mit ihrem iPhone ein Taxi gerufen haben. Hat sein Anruf sie geweckt? Er hatte es endlos klingeln lassen. Er könnte die Taxifahrer am nahen Schauspielhaus fragen, ob sich eine Zwanzigjährige mit dunkelblonden Haaren, einem kurzen Kleid und kniehohen Stiefeln ein Taxi nach Linden genommen hat. Warum sollte er das tun? Er kann froh sein, dass sie weg ist und er sich die Auseinandersetzung mit ihr erspart. Woher kommt die Unruhe? Er beugt sich über den Fahrersitz, um die beiden Kaffeebecher aus der Halterung zu nehmen. Christinas ist voll, sie hat ihn nicht angerührt. Er stülpt den vollen in seinen leeren Becher und sieht den Polizeiwagen, der in die Straße einbiegt. Für Sekunden ist er wie gelähmt. Bis er den Golf verlässt, ohne sich umzusehen. Er achtet auf seine Schritte und stolpert prompt über die Stufen vor der Haustür. Kaffee spritzt an seine Hose. Er spürt Blicke im Rücken. Seine Hände zittern. Er findet das Türschloss nicht. Zwingt sich zur Ruhe. Endlich schafft er es, hastet die Treppe hoch und öffnet die Wohnungstür. Verschließt sie von innen und knipst das Flurlicht an. Verdammt, das Licht verrät, wo er wohnt. Er schaltet es wieder aus und fragt sich, ob sie das Licht gesehen haben. Doch das brauchen sie nicht. Sie werden über Funk fragen, wem der Golf gehört, und bei ihm schellen, um einen Alkoholtest durchzuführen. Er wird nicht öffnen, sondern aus dem Küchenfenster im ersten Stock in den Garten springen, über den Zaun klettern und in die Stadt laufen. Im Intershop einen Kaffee trinken, um einen klaren Kopf zu bekommen. Der Kaffeebecher fällt ihm ein, er erinnert ihn an den Rasthof Remscheid. Er hatte dort gehalten, um Kaffee zu holen, auch für Christina, falls sie auf dem Weg aufwachen würde.

Eine Autotür schlägt zu. Er lauscht zum Wohnzimmer hin, zur Straße, und schleicht zum Fenster. Vor seinem Golf parkt der Polizeiwagen. Zwei Beamte stehen an der Haustür. Er schreckt zurück. Zu spät. Sie haben ihn gesehen. Er muss ihnen öffnen und irgendetwas erzählen. Sonst verliert er den Führerschein, den Aushilfsjob als Taxifahrer. Was erzählt man in solch einer Situation?

Es schellt. Er hastet ins Bad, gurgelt mit einer Mundspülung. Denkt, dass es nicht reicht, ihn sogar noch verdächtiger macht. Es schellt erneut. Er schaltet das Flurlicht an, drückt die Haustür auf und wartet an der Tür. Ein kräftiger Uniformierter um die fünfzig und seine junge Kollegin kommen die Treppe herauf. Er versucht, überrascht zu wirken. »Ich dachte, es wäre meine Freundin.«

Sie grüßen, stellen sich vor. Der Beamte fragt: »Gehört Ihnen der schwarze Golf vor der Tür?«

»Ja, das ist meiner«, bestätigt er.

»Wir haben beobachtet, wie Sie aus dem Auto stiegen«, mischt sich die junge Beamtin ein.

Er unterbricht sie: »Ich habe nach meiner Freundin gesehen, die damit unterwegs war. Ich konnte nicht schlafen, sah aus dem Fenster.« Er deutet zum Wohnzimmer. Die Beamten sehen dorthin. Seine Hoffnung wächst, sie zu überzeugen. »Plötzlich stand mein Golf da. Ich wartete, aber Christina kam nicht. Da habe ich unten nachgesehen.« Er lächelt die Beamtin an, sie lächelt zurück. »Verstehen Sie, warum meine Freundin einen fast vollen Kaffeebecher im Auto lässt. Da sehen Sie.« Er deutet auf die Flecken an seiner Hose. Hoffentlich haben sie nicht gesehen, dass er zwei Becher aus dem Wagen genommen hat. Aber nein, er hatte Christinas in seinen gestülpt. Er hält inne, als würde er die Beamten erst jetzt richtig wahrnehmen. »Hat Christina mit dem Golf einen anderen Wagen beschädigt? Sie hat erst gerade erst ihren Führerschein gemacht.«

»Nein«, erwidert der Beamte. »Wir haben *Sie* hinter dem Steuer gesehen.«

Er errötet unfreiwillig. »Nein, ich saß nicht am Steuer. Ich habe den Kaffeebecher aus der Halterung genommen. Als Sie schellten, dachte ich, Christina hätte sich draußen versteckt, um mich zu überraschen. Da habe ich mich wohl geirrt. Sie wird zum Intershop gelaufen sein, um Bekannte zu treffen und was zu trinken. Ich werde sie suchen.«

»Vorher verschließen Sie Ihren Golf«, unterbricht ihn die junge Beamtin. »Wie kann man die Fahrertür so weit auflassen?«

Er ist überrascht. »Entschuldigen Sie.« Na klar, er war mit dem Kaffeebecher beschäftigt. »Ich werde den Wagen sofort abschließen.«

Die Beamten stehen da, als würden sie auf etwas warten. Warum gehen sie nicht, wo alles geklärt ist? Überlegen sie, einen Alkoholtest durchzuführen oder ihn mit auf die Wache zu nehmen? Er könnte sich ohrfeigen für sein Gerede. Da ertönt das Handy in seiner Hosentasche. Am liebsten würde er die Wohnungstür zuwerfen. Er beherrscht sich so eben, holt das Handy hervor und drückt auf Verbindung.

»Seid ihr gut angekommen? Ich habe mir solche Sorgen gemacht.« Seine Schwester. Immer macht sie sich Sorgen. Immer im falschen Augenblick. Da fällt ihm etwas ein. »Christina. Wo bist du? Was? Im Intershop? Ich soll nachkommen«, stottert er ins Smartphone, nickt den Polizisten zu: »Vielen Dank für Ihre Mühe. Ich schließe den Wagen sofort ab.« Er spricht wieder ins Handy: »Du hättest wenigstens schellen können. Du weißt, dass ich nicht schlafen kann, wenn du mit dem Golf so spät unterwegs bist.« Er wartet ein paar Sekunden, muss ihr vor den Beamten Zeit lassen für eine Antwort, sagt dann: »Ja, okay. Ich komme nach. Aber zu Fuß. Ich habe ein paar Bier getrunken. Wenn ich mich beeile, bin ich in fünfzehn Minuten da.« Er beendet das Gespräch und bedankt sich bei den Beamten mit einem Handschlag. Versichert ihnen noch einmal, die Fahrertür sofort zu verschließen. Sie verabschieden sich. Vom Wohnzimmerfenster aus beobachtet er, wie sie in den blauen Passat steigen und losfahren. Er atmet auf, ist stolz, einen kühlen Kopf bewahrt zu haben. Seine Schwester wird er später vom Intershop aus zurückrufen, um ihr alles zu erklären. Ihr Anruf kam zur richtigen Zeit.

Kapitel 3

Das hätte Christina ihrem Freund nicht zugetraut. Erst blamiert er sie auf der Feier, indem er mit der Tussi flirtet, dann lässt er sie vor seiner Haustür im Auto schlafen. Obwohl sie ihn gebeten hatte, sie bei ihren Eltern in Linden abzusetzen. Was bezweckt er damit? Dass sie schellt und sich mit ihm versöhnt? Warum sollte sie das tun? Er hat sich nicht mal für sein Verhalten auf der Feier entschuldigt. Das wäre das Mindeste gewesen. Sie hätte ihm eine knallen können für den verdorbenen Abend. Der einzige Lichtblick auf der Feier war ihr Exfreund Rainer. Mit ihm hatte sie nicht gerechnet, war ganz schön verunsichert. Nein, sie wird nicht schellen, sondern sich ein Taxi nehmen. Sie öffnet die Tür so weit, dass sie herausschlüpfen kann, und schließt sie sofort wieder. Wenn Marc am Fenster steht, soll er ihr Verschwinden nicht bemerken. Sie ärgert sich über die Innenbeleuchtung im Golf, die verzögert erlischt, und hofft, dass er nicht hingesehen hat. Ach, soll er ihr zum Schauspielhaus nachlaufen, sie wird sich nicht umstimmen lassen. Auf dem Weg erinnert sie sich, wie er die Tussi auf der Feier seiner Schwester anstarrte. Dabei sah sie völlig unscheinbar aus trotz der langen Haare. Klein. Unauffällig gekleidet. Kaum geschminkt. Sie hatte allein herumgestanden und Marc mit Riesenaugen angehimmelt. Echt peinlich. Der Tussi konnte nicht entgangen sein, dass Marc zu ihr gehört. Kaum ist er ohne sie im Wohnzimmer, macht die Kuh sich an ihn heran. Zehn, höchstens zwanzig Minuten, länger hatte sie sich nicht mit ihrem Ex unterhalten. Sie hätte hingehen, ihr ein Kölsch ins Gesicht schütten sollen. Was regt sie sich auf? Marc kann sie vergessen. Der zieht sie runter, und sie hat sich geschworen, keine Beziehung zu führen, die sie runterzieht. Zudem hat er ihr nichts zu bieten. Im Studium ein Flop, kaum Geld, um etwas zu unternehmen. Einen Kurzurlaub in Holland, jetzt die Feier bei seiner Schwester. Sie muss Rainer zustimmen. Marc ist ein echter Langweiler. Aber sie hat es ihm gegeben, sich richtig aufgeregt. Das mag er nicht, der Feigling, so einen Krach vor anderen. Da ist er blass geworden und ihr hinterhergelaufen wie ein begossener Pudel. Selbst seine Schwester konnte ihn nicht aufhalten, obwohl sie gesehen hatte, wie er mit Thomas ein Kölsch nach dem anderen getrunken hatte. Sie hätte sich gewünscht, Marc wäre auf dem Rückweg in eine Polizeikontrolle geraten, schon um seiner Gleichgültigkeit mal richtig einen Denkzettel zu verpassen. Ihm ist alles egal, der Job, das Studium, jetzt sogar der Führerschein. Nicht mal ihre Stiefel hat er beachtet, die sie sich für die Feier gekauft hatte. Ist er bisexuell oder steht heimlich auf Männer? Sie mag keine Typen, die auf nichts achten. So weit ist es gekommen, dass er sie im Auto schlafen lässt. Das wird sie ihm nicht verzeihen, das steht fest. Überhaupt wird sie die Beziehung beenden und Rainer anrufen, sobald sie zuhause ist. Er hatte gleich ihre Klamotten bewundert und sie gefragt, ob sie sich in der Nacht noch treffen könnten, natürlich ohne ihren Anhang. Sie hatte versprochen, es zu versuchen.

Am Schauspielhaus wartet kein Taxi am Halteplatz. Wie sollte es um diese Zeit anders sein? Sie setzt sich auf die kleine Mauer und sucht ihr iPhone. Kramt in ihrer Jacke, leert die Handtasche aus. Es muss da sein. Oder ist es ihr im Auto aus der Tasche gefallen, während sie schlief? Auf der Feier hatte sie es noch. Ohne Smartphone fühlt sie sich als halber Mensch, doch zurück zu Marc möchte sie auf keinen Fall. Sie müsste ihn bitten, im Auto nachzusehen. Er würde sich entschuldigen und endlos mit ihr über den Abend diskutieren. Das Treffen mit Rainer könnte sie vergessen. Nein, sie will ihren Plan umsetzen, erst zu ihren Eltern, sich neu stylen und vom Festnetz Rainer anrufen. Sie holt die Visitenkarte hervor, die er ihr gegeben hatte mit seiner Nummer.

Ein Taxi fährt vorbei. Sie ärgert sich, nicht schnell genug gewunken zu haben. Es dauert ihr zu lange, sie entschließt sich, zum Bahnhof zu laufen. Da gibt es immer Taxen. Sie erreicht das Bermuda3eck, läuft durch die Fußgängerzone. Vor dem Café Konkret erkennt sie Hannah, die in den BMW ihres Vaters steigt. Sie könnte sich einklinken und mit ihnen nach Linden fahren wie erst vor zwei Wochen. Sie zögert einen Moment. Hannah ist mit Marcs Freund zusammen und würde sie auf ihn ansprechen. Sie möchte das nicht und läuft weiter, als hätte sie Hannah nicht erkannt. Sie nimmt das erste Taxi am Hauptbahnhof und wählt den Rücksitz, um einem Gespräch mit dem Fahrer auszuweichen. Sie nennt ihm die Adresse in Linden. Er dreht sich um. Dunkle Augen, schwarze lockige Haare. Mitte zwanzig. Ismail, ein Kollege von Marc. Das gibt es nicht. Bochum ist kein Dorf, wo man die Taxifahrer persönlich kennt. Marc hatte ihn ihr vorgestellt und auf der Fahrt nach Köln erzählt, dass der Kollege auf der Herner Straße mit überhöhter Geschwindigkeit geblitzt wurde und den Führerschein für vier Wochen abgeben muss. Entweder fährt er ohne oder Marc hat ihr Unsinn erzählt. Das wäre nicht das erste Mal.

Sie beobachtet, wie Ismail den Taxameter einschaltet und losfährt. Die Fahrtkosten kann Marc ihr zurückerstatten. Warum musste sie auf der Rückfahrt einschlafen? Klar, vergangene Nacht konnte sie die Serie auf Netflix nicht ausschalten.

Der Taxifahrer beobachtet sie im Rückspiegel. »Wo hast du Marc gelassen?«

»Lass mich mit dem in Ruhe. Wir haben Stress«, erwidert sie knapp.

»Wird sich legen«, lacht er. »Wenn du willst, fahr ich dich zu ihm und spiel den Vermittler.«

»Untersteh dich! Ich will nach Hause.«

»Was willst du samstagnachts bei deinen Eltern?«

»Schlafen, einfach nur schlafen«, erwidert sie.

»Das glaub ich dir nicht. Du willst dich neu stylen und wieder los, was?« Er lacht.

Sie spürt, wie es in ihr kocht. »Was ist mit deinem Führerschein?«, giftet sie zurück und nimmt durch den Rückspiegel sein überraschtes Gesicht wahr.

»Hat er dir erzählt, was? Ja, stimmt. Ich muss vier Wochen ohne fahren. Scherz! Ich fliege morgen mit meiner Freundin nach Bodrum, besuche die Familie. Genieße die Sonne, das Meer. Nebenbei renoviere ich bei meinen Großeltern das Haus, das habe ich ihnen schon lange versprochen. Den Führerschein werfe ich beim Straßenverkehrsamt in den Briefkasten, ist alles geklärt. Wenn ich zurückkomme, hole ich ihn wieder ab.«

Kurz vor dem Haus tippt sie ihn an. »Meine Eltern brauchen nicht zu sehen, dass ich mit dem Taxi komme. Sie regen sich unnötig auf.«

»Okay.« Er stoppt den Wagen ein paar Meter entfernt. »Das Angebot steht. Ich bring dich zu Marc zurück, wenn du willst. Ohne Aufpreis.«

Sie gibt ihm das Fahrgeld. »Warte zehn Minuten. Falls meine Eltern nicht da sind, kannst du mich wieder mitnehmen. Ich habe keinen Schlüssel dabei.«

»Zehn Minuten, nicht länger.«

Sie denkt an Rainer. Auf der Feier kamen die alten Gefühle wieder hoch. Woran war die Beziehung gescheitert? Sie versteht es nicht. Rainer ging es genauso, zumindest drückte er sich so aus. Die Einladung war unverschämt. Wie konnte er Marc derart ignorieren? Sie erinnert sich an Rainers Worte, er würde die ganze Nacht auf ihren Anruf warten, um sie bei ihren Eltern abzuholen. Zu den Worten gab er ihr die Visitenkarte.

Kapitel 4

Marc läuft die Königsallee runter in Richtung Intershop. Unterwegs erinnert er sich, was er seinem Vater, dem Staatsanwalt, alles erzählte, wenn der ihn in seinem Arbeitszimmer verhörte. Es reichte ein Fehler bei den Hausaufgaben, eine Klassenarbeit, die nicht gut ausgefallen war. Er saß mit hochrotem Kopf vor dem riesigen Schreibtisch, hinter dem Vater so erhaben wirkte, und kam sich unendlich klein vor. Er dachte sich Geschichten aus, um ihn abzulenken, erzählte von unfähigen Lehrern, welche die Klasse nicht disziplinieren konnten, von Gewalt und Drogen an der Schule. Er erzählte nur von anderen, dabei wünschte er sich ein Ende der schrecklichen Verhöre. In den Nächten belauschte er die Streitigkeiten zwischen den Eltern und sagte seiner Mutter, wenn sie allein waren, Mitschülern hätten ihre Noten nach der Trennung der Eltern verbessert. Doch es war aussichtslos. Mutter war nicht dazu bereit, auch wenn sie oft damit drohte.

Er erreicht den Intershop, drängt sich zur Theke und bestellt bei der freundlichen Kellnerin mit der Latzhose und dem geflochtenen Zopf ein Altbier. Versucht dabei ein Lächeln und spürt, wie es ihm misslingt, weil er so voller Gedanken steckt. Schon ärgert er sich, das Bier überhaupt bestellt zu haben. Wäre er nur zu Hause geblieben. Jetzt hängt er hier rum bei dem Krach und dem Gedränge. Er überlegt, den Laden zu verlassen, ohne sich um die Bestellung zu scheren, da entdeckt er am anderen Ende der Theke seinen Freund Oliver, der ihn in der gleichen Sekunde erkennt und zu ihm rüberkommt. Blonde kurze Haare, graublaue Augen, immer gut gelaunt.

»Hallo Oliver. Ist Hannah schon weg?« Seine Freundin ist ein paar Jahre jünger als er, sie besucht noch das Gymnasium.

»Ihr Vater hat sie vor einer Stunde abgeholt«, erwidert er. »Ich habe Kommilitonen getroffen, sonst wäre ich schon weg.«

Marc freut sich, nicht mehr alleine zu sein. Er lacht die Kellnerin an, die ihm das Altbier auf die Theke stellt und die Bestellung von Oliver aufnimmt.

»Wart ihr nicht bei deiner Schwester in Köln eingeladen?« Oliver mustert ihn.

»Du kennst Christina. Es gab Stress. Sie wollte mitten in der Nacht nach Hause.«

»Und du bist gefahren, nachdem du mit deinem Schwager ein paar Kölsch getrunken hattest.«

»Woher weißt du das?«

»Ich kenn dich doch. Marc, wach auf! Spätestens, wenn du keinen Führerschein mehr hast, ist sie weg.«

»Sie hat so ein Theater veranstaltet vor den anderen Leuten«, versucht er, sich zu rechtfertigen. »Nur weil ich eine Frau auf der Feier angesehen hatte. Ich ertrage so einen Stress nicht seit dem Unfall meiner Eltern.«

»Schieb nicht alles darauf. Es geht um Christina und dich. Mach Schluss, wenn du keine Lust auf ihre Szenen hast.«

»Sofort, wenn du mir sagst, wo sie steckt. *Ich weiß es nicht*! Mach mir echt Sorgen.«

Oliver zieht die Augenbrauen hoch. Seine typische Geste, wenn er etwas nicht versteht.

»Sie schlief auf der Rückfahrt ein«, erklärt Marc. »Seitdem ist sie verschwunden.«

»Wie wäre es mit anrufen?«, fragt Oliver.

»Habe ich versucht. Was meinst du? Sie meldet sich nicht. Ist eingeschnappt.«

»Ruf ihre Eltern an. Frag, ob sie da ist.«

»Um diese Zeit? Ihr Vater bringt mich um.«

»Dann rufe ich Christina an.« Er nimmt sein Handy und wählt die Nummer. Der Ruf geht raus, doch es nimmt keiner ab. »Was hat deine Schwester dazu gesagt, dass ihr so früh gegangen seid?«

»Scheiße, die muss ich zurückrufen. Warte einen Augenblick.« Die Lautstärke in dem Laden stört. Er geht vor die Tür, wählt Katrins Nummer. Sie regt sich auf, dass er die Feier so früh verlassen hatte, und fragt, was bei dem Anruf los war. Er beschreibt ihr die Situation mit den Polizeibeamten.

»Nur wegen Christina«, schimpft Katrin. »Die ist verrückt. Macht Rainer an und regt sich auf, wenn du mit Lena flirtest.«

»Mit wem habe ich geflirtet?«

»Nicht so scheinheilig, bitte! Mit Lena. Vor mir brauchst du das nicht abzustreiten.«

»Die Dunkelhaarige am Fenster war Lena?«, fragt Marc.

»Erinnerst du dich nicht? Ich habe mit ihr in der Kinderklinik in Bochum gearbeitet. Ich hatte dir von ihrem Vater erzählt.«

»Ja, ich erinnere mich. Und Christina hat sich an diesen Rainer herangemacht? Ist das wahr?«

»Ja, klar. Sie kennen sich aus der Schule. Er war ein paar Klassen weiter, war erst mit ihrer Freundin Alessa zusammen. Ich hatte den Eindruck, er wollte Christina die ganze Zeit ansprechen. Na, in der Küche hat er es ja geschafft. Und glaub mir, sie wartete darauf. Mir kann sie nichts vormachen.«

»Und ihre Eifersucht …«

»War gespielt«, unterbricht Katrin. »Sie wollte zurück, um sich mit ihm zu treffen.«

»Meinst du?« Es kommt überraschend, doch Katrin wirkt überzeugt.

»Rainer hat die Feier direkt nach euch verlassen. Das war kein Zufall. Sonst bleibt er bis zum Schluss. So wie sie sich aufgemacht hatte, konnte er es sich nicht entgehen lassen.«

»Sie war total müde auf der Rückfahrt, ist sogar im Auto eingeschlafen. Weil sie die letzte Nacht ihre Serie auf Netflix geguckt hatte und nicht schlafen konnte.«

»Na, sie wird aufgewacht sein«, lacht Katrin. »Sonst würdest du sie kaum suchen. Mach dir nichts draus. Ihr habt nicht zusammengepasst. Du bist zu harmoniebedürftig. Sie nutzt das aus.«

»Das sagt Oliver auch. Den hab ich im Intershop getroffen.«

»Bestell ihm einen schönen Gruß. Und komm morgen um zwei zum Mittagessen. Ist eine Menge übriggeblieben.«

Kapitel 5

»Ich möchte nicht stören«, sagt Christina an der Tür.

»Du störst nicht«, erwidert er freundlich. »Komm nur rein.«

Sie folgt ihm in den Flur. »Ich habe mein iPhone im Auto vergessen. Ich müsste nur kurz anrufen.«

Er schließt die Tür, nimmt ihr die Lederjacke ab. »Gab es Stress?«

»Ja. Ich wollte nach Hause. Leider sind meine Eltern nicht da und ich habe den Schlüssel liegenlassen. Ich habe echt das Gefühl, heute hat sich alles gegen mich verschworen.«

»Du kannst hier schlafen, wenn du willst. Ist ja schon spät.« Er lächelt.

»Furchtbar nett von dir, aber ich möchte keine Umstände machen. Ich brauche nur ein Telefon.«

Er geht voraus ins Wohnzimmer. Auf dem Flachbildschirm an der Wand erkennt sie eine Frau auf einem Bett. Sie ist nackt und an Händen und Füßen gefesselt. Er nimmt die Fernbedienung, schaltet den Fernseher aus.

Sie bleibt stehen: »Bist du allein?«

»Ja«, antwortet er. »Ich habe einen Cocktail erfunden. Willst du probieren?«

»Ich weiß nicht. Oder doch, ein Cocktail ist okay,

bring bitte das Telefon mit.«

»Na, du wirst staunen.« Er verschwindet in der Küche. Sie lässt sich auf der Couch nieder, zupft an ihrem kurzen Kleid und schlägt die Beine übereinander mit den hohen Stiefeln. Er kommt mit zwei Gläsern mit Eis, Zuckerrand und weißen Strohhalmen zurück. Setzt sich auf den Sessel gegenüber und prostet ihr zu. Sie löst ihre gespannte Haltung, beugt sich zum Tisch, nimmt einen tiefen Zug. »Wirklich gut. Ein bisschen wie Caipirinha.«

»Na, hör mal! Das ist eine eigene Kreation.«

Sie empfindet einen salzigen Nachgeschmack. »Das Telefon. Ich rufe nur kurz an.«

»Ja, okay. Ich hole es gleich.« Er prostet ihr zu, lächelt immer noch. Sie beugt sich zum Strohhalm, trinkt. Verschluckt sich. Hustet. Er steht auf, klopft ihr auf den Rücken.

»Möchtest du etwas anderes? Cola, Wasser? Soll ich einen Kaffee kochen?«

»Nein, danke. Ich möchte dich nicht aufhalten.« Sie spürt seine Blicke, die Spannung im Raum, doch schafft es nicht, aufzustehen, kann sich nicht aufraffen und bleibt sitzen. Nippt an ihrem Cocktail. Immer wieder. Er lobt ihre Figur, ihre Kleidung.

»Du kannst andere haben«, sagt er. »Siehst verdammt gut aus. Verstehst, dich super zu kleiden.«

»Danke. Ich glaube, ich sollte wirklich anrufen. Sonst schaffe ich es nicht mehr und du hast mich die ganze Nacht am Hals.« Sie errötet, trinkt den Cocktail aus.

»Ein Glas zum Abschied.« Er geht in die Küche,

kommt mit zwei gefüllten Gläsern zurück. Sie kämpft gegen eine aufkommende Übelkeit an. »Du kannst mir das Rezept aufschreiben.«

»Das wird nicht verraten«, lacht er.

Sie versteht nicht, was daran lustig ist, zieht an dem Strohhalm und trinkt.

»Musik fehlt zum Cocktail«, stellt er fest. »Magst du was Bestimmtes?«

»Lady Gaga.« Sie merkt, wie ihr das Sprechen schwerfällt, lehnt sich auf der Couch zurück.

»Natürlich. Lady Gaga.« Er sieht sie an, als warte er auf etwas. Sieht sie immerzu an. Sie mag es nicht, so angestarrt zu werden, richtet sich auf, zieht an ihrem Kleid. Nimmt noch einen Schluck. *Shallow* erklingt aus der Bluetooth Box. Sie wippt im Takt. Sofort wird ihr schwindelig. Sie kneift die Augen zusammen. Er kommt an den Tisch, beugt sich zu ihr.

»Richtig gewählt?«

»Ja, gefällt mir.« Sie spürt seinen Blick auf ihrem Dekolleté, ihren Beinen, kommt sich in dem dünnen Kleid nackt vor, wünschte einen hochgeschlossenen Pullover und Jeans zu tragen.

»Du gefällst mir«, sagt er, nimmt die Gläser, geht in die Küche. Etwas stimmt nicht. Der Schwindel, die Übelkeit. Ein Rauschen im Kopf, das stärker wird. Zu viel Alkohol. Nichts mehr trinken, nur schlafen, für einen Moment die Augen schließen. Halt! Sie muss anrufen, hat immer noch kein Telefon. Sie spürt, wie ihr alles zu viel wird. Wo wollte er hin? Sie erinnert sich nicht. Da sitzt er ja. Auf dem Sessel ihr gegenüber. Wie viel Uhr es wohl ist? Er reicht ihr das Cocktailglas, fordert sie auf, zu trinken. »Weißt du, wie viel Uhr ist es?«, fragt sie.

Er zeigt auf die Wanduhr. Sie erkennt die Zeiger nicht, sieht alles verschwommen. Was würde sie darum geben, in ihrem Bett zu liegen. Sie möchte aufstehen, ins Bad gehen. Sie muss hier raus, aber schafft es nicht, zumindest noch nicht. Sie muss sich erst ein bisschen hinlegen, ein paar Minuten Kräfte sammeln. Sie versucht, die Stiefel abzustreifen, die sie mit den Nylonstrümpfen und dem kurzen Kleid für die Feier bei Marcs Schwester gekauft hatte. Er springt herbei, hilft ihr aus den Stiefeln. Sie streckt sich aus, dreht sich von ihm weg, murmelt eine Entschuldigung. Versteht er sie nicht? Sie spürt seinen Atem, den Körper neben sich. Sie will das nicht, will ihn nicht so nah. Will ihn abwehren. Ihr fehlt die Kraft. Sie fühlt sich wie gelähmt, spürt, wie er den Reißverschluss ihres Kleides aufzieht, es von ihrem Körper streift. Sie möchte sich auf der Couch aufrichten. Es gelingt ihr nicht. Er ist über ihr, öffnet den BH, zieht ihr den Slip aus. Sie möchte weg. Weg von ihm. Ein blaues Kondom. Sie sieht es in seiner Hand. Er streift es über. Sie versucht, sich zu befreien. Er ist überall mit seinen Händen. Sie spürt ihn hinter sich. Will schreien. Kein Laut dringt aus ihrem Mund. Er hatte ihr was ins Glas gemixt. Das ist es. Hatte es von Anfang an geplant, als sie vor seiner Tür stand.

»Aufhören! Ich will das nicht!« Sie hört ihre Stimme

nicht. Fühlt sich außerhalb ihres Körpers, als würde sie das Geschehen von außen betrachten. Er zittert. Atmet stoßweise. Stöhnt. Wird endlich ruhig. Zieht sich zurück. Sie muss ihm mitteilen, dass sie nichts sagt. »Ich sage nichts. Versprochen. Ich sage nichts.«

Er reagiert nicht. Sie wiederholt ihre Worte. Er steht auf, nimmt seine Sachen und geht aus dem Zimmer. Wohin? Er kann sie nicht so liegen lassen. Ihr wird schwindelig. Sie braucht Hilfe. Marc. Sie muss es ihm erzählen, aber hat kein Telefon.

Kapitel 6

Unter der Dusche klingen ihm ihre Worte nach: *Ich sage nichts. Versprochen. Ich sage nichts.* Was könnte sie auch sagen, die Verführerin, die mitten in der Nacht vor seiner Tür stand. Sich in ihrer erotischen Aufmachung auf dem Sofa rekelte, einen Cocktail nach dem anderen schlürfte und ihn nach dem Rezept fragte. Musik von Lady Gaga wollte sie hören, forderte ihn mit laszivem Blick auf, ihr die Stiefel abzustreifen, sie auszuziehen, um es ihr zu besorgen.

Er stellt die Dusche ab. Lauscht. Nichts! Hat sie sich angezogen, um heimlich zu verschwinden? Ist womöglich schon verschwunden? Um ihrem Freund oder der Polizei irgendeine Geschichte aufzutischen? Er nimmt den Bademantel, schlüpft notdürftig hinein und verlässt das Bad. Im Wohnzimmer empfindet er Erleichterung, sie auf dem Sofa liegen zu sehen. Er bekommt Lust, sich neben sie zu legen, sie an sich zu drücken. Haut an Haut. Er streift den Bademantel ab. Da erst bemerkt er, dass ihr Brustkorb sich nicht hebt, an Mund und Nase keine Atmung sichtbar ist. Er legt eine Hand auf ihren Hals, fühlt keinen Puls. Soll er versuchen, sie zu reanimieren? Einen Notarzt rufen? Oder sie schnell ins Krankenhaus fahren?

Sie würden feststellen, dass sie unmittelbar vorher Sex hatte, und Liquid Ecstasy nachweisen. Er handelt schnell. Streift sich Handschuhe über, holt Waschlappen und Seife aus dem Bad, um ihren Körper zu reinigen. Nichts soll an ihn erinnern, keine Spur zu ihm führen. Er steckt sie von oben und unten in blaue Müllsäcke, verknotet sie in der Mitte und schleppt sie zu seinem Kombi. Müht sich ab und passt auf der Straße auf, dass niemand ihn beobachtet. Sein Herz klopft wie nach einem Hundertmeterlauf. Die Straße ist leer, kein Licht hinter den Fenstern zu sehen. Soll er über Schleichwege fahren? Nachher halten sie ihn an. Er wählt die Hauptstraßen zur Ruhr. Auf der vierspurigen Königsallee verfolgt ihn eine Polizeistreife. Sie wechselt auf die linke Fahrbahn. Sofort bildet sich Schweiß auf seiner Stirn. An der Kreuzung Markstraße schaltet die Ampel auf Rot. Er stoppt den Wagen. Der Polizeiwagen hält neben ihm. Er traut sich nicht, rüber zu sehen. Die Zeit scheint still zu stehen. Macht er sich verdächtig, wenn er geradeaus starrt? Eine Kontrolle und er ist erledigt. Verfluchter Alkohol. Die Ampel schaltet auf Grün. Der Polizeiwagen fährt vorbei und wechselt auf die rechte Spur. Wenn jetzt das Signal *Folgen* aufleuchtet, weiß er nicht, wie er reagieren soll. Er fährt langsam, um den Abstand zu vergrößern. Macht es ihn verdächtig? Sie fahren davon, sind schon außer Reichweite. Ein Zittern überfällt ihn am gesamten Körper. Er bleibt ein paar Minuten am Straßenrand stehen, bevor er die Fahrt fortsetzt. Er darf nicht schwach werden, muss weiter zur Ruhr. Er überlegt sich eine geeignete Stelle nicht weit von der Gaststätte: *Zur alten Fähre*. Dort stoppt er den Wagen auf dem Parkplatz. Er hat Glück, kein Mensch ist in der Nähe. Er schleppt die Tote ans Wasser mit nahezu übermenschlichen Kräften und sucht einen Platz zwischen den Ästen, wo sie nicht abtreiben kann, sondern schnell gefunden wird. Hastig entfernt er die Müllsäcke und rollt die Leiche zum Wasser. Es darf keine Spur zu ihm führen. Er betrachtet die Tote zwischen den Ästen. Sie werden einen Drogenunfall vermuten, ihren Freund verdächtigen, der sie voller Panik in die Ruhr warf. Er nimmt die Müllsäcke, froh, die Last darin los zu sein. Achtet akribisch darauf, keinerlei Spuren am Fundort zu hinterlassen, läuft zum Auto, holt den Besen, den er mitgenommen hatte, läuft zurück zur Ruhr und verwischt auf dem Weg zum Auto die Abdrücke seiner Schuhe.

Er fährt zurück, reinigt das Sofa, die Teppiche, das Bad, spült die Gläser. Peinlich darauf bedacht, alle Spuren von Christina zu vernichten. Wie kommt das Fläschchen auf den Küchenstuhl? Hatte er es dort liegenlassen? Er tränkt ein Tuch mit Allzweckreiniger und wischt es solange ab, bis es garantiert keine Abdrücke mehr enthält. Es muss ihm gelingen, die K.-o.-Tropfen Marc zuzuspielen. Es wird sich eine Möglichkeit ergeben, es muss schnell gehen.

Mit seinem Kombi fährt er über die Autobahn in Richtung Norden, bis er einen menschenleeren Parkplatz entdeckt, wo er Christinas Kleidung und die Handtasche zerschneidet und in die mitgebrachten Müllsäcke verstaut. Ein LKW biegt auf den Parkplatz. Er steigt in den Kombi, fährt weiter in Richtung Vechta und verlässt die Autobahn, um im Nirgendwo die Müllsäcke zu entsorgen. Niemand darf sich das Nummernschild merken. Er verteilt die Säcke auf verschiedene Mülltonnen in der Umgebung. Ein Hund schlägt an, als er einen Deckel anhebt. Den Schrecken spürt er in allen Gliedern. Er läuft zurück zum Kombi und fährt weiter in Richtung Bremen. Verlässt erneut die Autobahn, um den restlichen Müll zu entsorgen und an einer Tankstelle die Ladefläche mit einem Schwamm zu reinigen. Immer wieder holt er Wasser nach, bis er endlich zufrieden ist.

Auf dem Rückweg verspürt er Hunger und hält an der Brückenraststätte *Dammer Berge*, um sich ein ausgiebiges Frühstück zu gönnen. Von seinem Tisch über der Autobahn verfolgt er die vorüberziehenden Kraftwagen wie in einem Rausch. Er denkt an Dostojewski, dessen Roman Schuld und Sühne er irgendwann gelesen hat. Wird er sich wie die Hauptfigur Raskolnikow am Ende der Polizei stellen? Wird ihn sein Gewissen treiben? Nein, so darf er nicht denken. Ihn trifft keine Schuld. Er hat nicht vorsätzlich gehandelt, nichts geplant. Er hat reagiert, ist das Opfer ihrer weiblichen Verführung geworden. Wer hätte bei dem Anblick auf der Couch keine Lust empfunden? Er ist froh, alle Spuren beseitigt zu haben. Damit können sie ihm nichts nachweisen. Oder? Er erschrickt bei dem Gedanken, in seiner Aufregung etwas Wichtiges vergessen zu haben. In letzter Zeit hat er sich bei Nachlässigkeiten ertappt, das Licht brennen lassen, den Schlüssel liegenlassen. Seine Schuhe! Hat er in der Aufregung einen Abdruck auf dem Weg übersehen? Können die Spezialisten der Mordkommission Spuren nachweisen trotz all seiner Bemühungen, sie zu beseitigen? Die werden immer besser, wie man in den Zeitungen liest. Mit ihren Untersuchungsmethoden decken sie längst zurückliegende Verbrechen auf. Panisch flieht er aus der Raststätte, zerschneidet das Profil seiner Schuhe mit einem Messer, wirft sie in einen Mülleimer. Auf Socken möchte er nicht laufen, zieht sie aus und schmeißt sie den Schuhen hinterher. Enthalten sie seine DNA? Er schwitzt, fischt sie aus dem Eimer zurück. Zerschneidet auch sie, nimmt die Fetzen mit. Mit nackten Füßen eilt er zum Kombi, denkt mit Schrecken an die Reifen. Ist das Profil auf dem Parkplatz an der Ruhr feststellbar? Er nimmt sich vor, am Montag in aller Frühe die Winterreifen aufziehen zu lassen. So schnell werden sie die Tote nicht finden. Oder? Er hat es selbst so eingerichtet. Hat ihren Körper zwischen die Äste gerollt. Er hasst sich dafür. Die Hundehalter gehen frühmorgens an der Ruhr spazieren, lassen ihren Lieblingen alle Freiheit, Spuren aufzunehmen. Plötzlich ist er sich sicher, dass sie schnell gefunden wird. Vielleicht in dieser Minute. Sein Herz schlägt ihm bis zum Hals. Er registriert Tropfen auf seiner Haut. Einen pechschwarzen Himmel. Strömender Regen setzt ein. Blitz, Donner. Er lacht, tanzt barfuß vor dem Auto, stellt sich vor, wie das Gewitter alle Spuren auf dem Weg verwischt. Wie die Hundehalter nach Hause laufen. Er dankt dem Himmel für den Regen, fühlt sich Gott und der Welt wieder näher. Er nimmt die Strümpfe in der Hand wahr, die nackten Füße, sieht sich voller Schrecken auf dem Parkplatz um. Kein Mensch ist auf der Straße. Aber in den Autos, in den LKWs sitzen sie und beobachten ihn. Er verrät sich durch sein auffälliges Benehmen. Gleicht er Raskolnikow? Hat schon jemand die Polizei alarmiert? *Du spinnst*, denkt er, und zwingt sich zur Ruhe, geht an seinem Kombi vorbei zur Raststätte und verschwindet auf der Toilette, um die Strümpfe im Wasserstrahl zu reinigen und sie nachher im Mülleimer zu entsorgen. Am Waschbecken macht er sich frisch und lässt eine Minute verstreichen, bevor er die Treppen hochsteigt und in dem Selbstbedienungsrestaurant einen Milchkaffee für unterwegs bestellt, bemüht, seine nackten Füße zu verbergen.

Der Regen hat nachgelassen. Auf dem Weg zum Parkplatz bezweifelt er, dass es in Bochum auch geregnet hat. So ein Gewitter kann regional begrenzt sein. Er denkt an die Tote an der Ruhr. Alles nur ein furchtbarer Traum? Es drängt ihn, hinzufahren, um nachzusehen. Aber nein! Darauf warten sie nur. Sie wissen, dass die Täter zu ihren Opfern zurückkehren. So dumm wird er nicht sein. Er wird Marc das Fläschchen mit Liquid Ecstasy zuspielen. Unbedingt! Er ist sich mit einem Mal sicher, dass es ihm gelingen wird. Der Gedanke beruhigt ihn.

Kapitel 7

Marc erwacht am Mittag. Er hat wieder von dem Unfall der Eltern geträumt. Als wäre er erst gestern geschehen und nicht vor fünf Jahren an seinem achtzehnten Geburtstag. Christina versteht nicht, warum er sich davon nicht lösen kann. Mitten beim Sex denkt er daran. Der Gedanke ist in seinen Zellen, er lässt sich nicht verdrängen.

Sie holten ihn von der Schule ab, hatten einen Mittagstisch in Hattingen bestellt. Er kam verspätet, hatte sich mit Mitschülern verquatscht. Gleich beim Eintreffen spürte er die gereizte Stimmung. Seine Eltern stritten sich über das geplante Gemeindefest. Mutter bat um eine finanzielle Unterstützung. Vater schimpfte über ihr karitatives Engagement, das kein Einkommen brachte, sondern nur Geld kostete. Dabei raste er mit solcher Geschwindigkeit die Königsallee rauf, dass Marc auf dem Rücksitz in dem Audi schwindelig wurde. »Wir brauchen nicht nach Hattingen zu fahren«, begann er, »wenn es euch zu spät wird. Wir können in Bochum in eine Pizzeria gehen. Aber hört auf, euch an meinem Geburtstag zu streiten.«

»Das Geld ist nicht für mich. Sondern für die Gemeinde. Es wird gebraucht«, war die Antwort, die sicher nicht ihm galt. Seine Mutter verbrachte die meiste Zeit in der Gemeinde, sie organisierte Kirchenfeste, lud nach den sonntäglichen Messen zu Kaffee und Kuchen ein, sammelte dabei Spenden für gemeinnützige Zwecke. »Bitte nicht das Thema an meinem Geburtstag«, bat er.

Vater fühlte sich bestätigt. »Da siehst du, auch deinem Sohn gehst du mit deiner Gemeinde auf die Nerven. Sie verschlingt unser Einkommen.«

»Unsinn«, entgegnete sie. »Du verschwendest unser Geld im Golfclub. Was allein die ständigen Reisen mit deinen Freunden kosten ...«

»Nichts im Vergleich zu den Kaffeekränzchen«, unterbrach er. »Ich spare für Marc. Er wünscht sich einen Führerschein und ein eigenes Auto. Außerdem möchte er nach dem Abi studieren. Das kostet alles Geld.«

»Du sparst?«, warf sie ein. »Auf dem Golfplatz?«

Da passierte es. Vielleicht hatte Marc über die Jahre zu viel Wut aufgestaut durch den ewigen Streit ums Geld. Oder es lag daran, dass er mal wieder einbezogen wurde, jedenfalls platzte er heraus: »Ich will keinen Führerschein und kein Auto. Ich will nur weg von euch.« Dabei öffnete er die hintere Tür, als wollte er während der Fahrt herausspringen. Mutter schrie. Vater drehte sich um. Wut leuchtete in den Augen. Marc gab sonst in allem nach, doch an seinem Geburtstag wollte er nicht nachgeben.

Vaters Blick wird er nie vergessen. Er zog die Tür schnell wieder zurück ins Schloss und versuchte, sich zu entschuldigen. Doch es war zu spät. Der Wagen stürzte die Böschung runter, überschlug sich, krachte aufs Dach. Überall waren Glassplitter und Blut. An seinen Händen, dem Hemd, den Sitzen. Es roch nach Benzin. Er versuchte, die Tür zu öffnen. Sie klemmte. Das Seitenfenster war gesprungen. Er drückte die Scherben nach außen. Zwängte sich ins Freie. Hörte Mutters Stimme, die nach ihm rief. Den Klang wird er nie vergessen. Dann breitete sich Stille aus. Eine unheimliche Stille. Er sah Vaters leere Augen, das Blut im Gesicht, nahm sein Handy aus der Seitentasche. Wählte: eins, eins, null. Eine Stimme meldete sich, stellte Fragen nach seinem Namen.

»Marc Kröner«. Warum er anrief? Er hatte sich nicht vorbereitet, stammelte etwas von einem Unfall, von Schwerverletzten, von Blut. Von seinen Eltern. Die Stimme fragte nach der Straße. Er wusste es nicht. Es war wichtig, das erkannte er. »Königsallee. Richtung Hattingen«, sagte er leise. Er musste es wiederholen. Sie hatte ihn nicht verstanden. »Königsallee. Am Kloster in Richtung Hattingen«, rief seine Stimme ins Handy, bevor er das Bewusstsein verlor.

Er erwachte in einem weißen Bett. Erinnerte sich an Vaters leere Augen, die Worte seiner Mutter, die ihm galten. Es kam ihm unwirklich vor, als hätte er geträumt. Doch er lag im Krankenbett unter einer weißen Decke. Ein Vorhang hing vor hohen Fenstern. Ein Gedanke schreckte ihn. Er bewegte seine Arme, die Hände, Beine und Füße. Spürte die Erleichterung, dass alles funktionierte. Seinen Kopf konnte er drehen, sah und hörte, rechnete zwei Mal zwei sind vier. Er war furchtbar müde, dass er gleich wieder einschlief.

Als er erwachte, saß Katrin, seine Schwester, am Bett. Er sah ihre verweinten Augen. »Sind beide tot?« Sie antwortete nicht. Wahrscheinlich überlegte sie, ob sie es ihm sagen könnte. Dabei fühlte er es längst. »Ich habe sie im Auto gesehen, seine Augen, ihre verdrehte Haltung«, ergänzte er.

»Ja, sie sind am Unfallort gestorben.«

Schweigen. Bis Katrin fragte: »Wie konnte es geschehen?« Sie rückte näher zu ihm, nahm seine Hände in ihre Hände.

Er schüttelte den Kopf: »Ich weiß es nicht. Sie stritten wie immer. Sogar an meinem Geburtstag. Vater fuhr zu schnell. Plötzlich stürzte der Wagen ab, überschlug sich.«

»Du hattest Glück. Keine ernsthaften Verletzungen.«

»Wie sollen wir damit leben?« Er sah sie ratlos an.

»Weiß ich nicht«, erwiderte sie.

»Warum passiert *uns* das?«

Sie drückte seine Hände, antwortete nicht.

»Was wird mit ihnen?«, fragte er.

»Onkel Günther kümmert sich um alles. Beerdigungsinstitut und so.«

»Und die Wohnung? Ich möchte nicht dahin zurück. Möchte das Haus nie mehr sehen.«

»Du wohnst bei mir, bis du eine eigene Wohnung gefunden hast.«

Eine eigene Wohnung. Wie oft hatte er sie sich gewünscht nach Katrins Auszug. Damals im Krankenhaus kam es ihm sinnlos vor. Er spürte, wie abhängig er von den Eltern war und bezweifelte, überhaupt weiterleben zu können. Ein paar Sekunden im Auto und sein gewohntes Leben mit der scheinbaren Sicherheit war dahin. Nie mehr würde er in die warmen Augen seiner Mutter sehen, sich nie mehr über die klugen Kommentare von Vater aufregen. Kein Streit mehr ums Geld. Nur Tod. Leere.

Kapitel 8

Er muss wach sein, um sich auf den heutigen Tag zu konzentrieren. Er duscht im Bad abwechselnd kalt und warm, trinkt in der Küche starken Kaffee, isst Brot mit Honig und betrachtet die alte Platane im Garten mit dem hellen Stamm, den weit ausufernden Ästen. Die Zeit drängt. Er verlässt die Wohnung. Vor der Tür begegnet ihm Olaf Klein, sein aufdringlicher Nachbar, der ein schwarzes Hemd, Jeans und vor der Brust das riesige Holzkreuz trägt. Olaf sieht verkatert aus, als hätte er wie so oft die Nacht durchgemacht. Seit die Freundin ihn vor ein paar Monaten verlassen hatte, ging es mit ihm ständig bergab. Drogen, Alkohol, Spielautomaten. Anders ausgedrückt, immer bankrott und die gleiche Mitleidsstory, die Freundin, die Schlampe, hätte ihn für einen anderen verlassen. Er drängte Marc den Wohnungsschlüssel auf, nachdem er sich einmal ausgesperrt hatte, und Marc sah sich genötigt, ihm auch einen Schlüssel für den Notfall zu geben. Kann jedem passieren, sich aus der Wohnung auszuschließen. Klar, Olaf passierte es regelmäßig.

»Wo ist Christina?«, fragt Olaf.

Er hatte sie bei ihm kennengelernt, stand zufällig an der Tür, als sie ihn besuchte und kam mit in die Küche, um sie die ganze Zeit anzustarren und dabei einen Kaffee zu schnorren. Nachher schwärmte er von ihrer Figur, fragte hundertmal, wie er ihr gefallen hätte, und meinte, sie wären sich auf Anhieb sympathisch gewesen. Dann kam er mit seinem blöden Spruch, die würde er nicht von der Bettkante stoßen.

»Sie ist bei ihren Eltern«, sagt Marc kurz angebunden und nimmt die dunklen Ränder unter Olafs Augen wahr, das bleiche Gesicht.

»Ich ziehe weg«, wechselt sein Nachbar das Thema.

»So? Wann denn und wohin?« Er kann sich das Glück kaum vorstellen.

»Zu Freunden nach Bayern. Sie freuen sich, wenn ich komme. Haben eine Arbeit für mich in einer Logistik-firma. Gute Bezahlung. Weißt du, ich muss hier raus, was Neues probieren. Ich versack immer mehr. Sieh mich an.«

»Verstehe ich«, sagt Marc, um was zu sagen, und wenn man ihn so ansieht, stimmt es ja.

»Interessiert dich nicht, was?«, stellt Olaf mit plötzlicher Aggression in der Stimme fest.

»Nee, heute nicht. Bin mit eigenen Gedanken beschäftigt.«

Sofort lenkt Olaf ein: »Lass uns zusammen in die Stadt gehen, was trinken. Da können wir über alles reden. Haben wir schon länger geplant und immer verschoben. Heute ist so ein Tag, das spüre ich. Also, worauf wartest du?«

»Ein anderes Mal«, stoppt er ihn. »Heute geht's nicht.

Meine Schwester hat mich zum Essen eingeladen. Ich bin spät dran.«

»Das sagst du immer. Ein anderes Mal, aber es kommt nie, das andere Mal.«

»Blödsinn, ich bin heute nur spät dran, sonst können wir jederzeit in die Stadt gehen. Wann ziehst du nach Bayern?« Olaf hat es tatsächlich geschafft, ihm ein schlechtes Gewissen einzureden. Er ärgert sich, Interesse an einem Treffen zu heucheln, wo ihn ganz andere Gedanken beschäftigen. Ihm ist völlig gleichgültig, wann Olaf nach Bayern zieht. Am besten sofort, dann ist er ihn los. Er sollte ihn stehenlassen, in den Golf steigen und wegfahren.

»Sobald ich einen Nachmieter habe«, antwortet Olaf endlich.

»Ich höre mich an der Uni um und melde mich in den nächsten Tagen bei dir. Versprochen.«

Olaf kommt näher an ihn heran. »Leihst du mir einen Zehner? Ich bin total abgebrannt, habe nichts mehr im Kühlschrank. Du kannst nachsehen. Ich brauche dringend Arbeit.«

»Lohnt sich das vor dem Umzug?« Er wird nicht schlau aus ihm. Gibt ihm die zehn Euro, um ihn loszuwerden. Olaf umarmt ihn und verschwindet in Richtung Stadt.

Marc faltet die braune Decke im Golf zusammen, legt sie auf den Rücksitz und dreht den Beifahrersitz hoch. Auf dem Fußboden vor dem Sitz liegt Christinas iPhone. Er hebt es auf, hält es in der Hand wie einen Fremdkörper. Wieso hat er es in der Nacht nicht bemerkt? Weil es unter der Decke lag. Weil die Polizeistreife in die Straße einbog und ihn ablenkte. Er öffnet das Anrufprotokoll. Anrufe in Abwesenheit. Von ihrer Mutter, Oliver und ihm. Gespenstisch. Er erinnert sich, dass ihre Eltern am Nachmittag anriefen, und sie das Gespräch wegdrückte. Ist es ihr da schon aus der Tasche gefallen. Nein, wahrscheinlich erst, als sie schlief. Warum hat sie es nicht bemerkt? Sie hält es ständig in der Hand aus lauter Angst, etwas zu verpassen. Fakt ist, sie hat es im Auto vergessen und sich bis jetzt nicht bei ihm gemeldet. Er möchte wissen, wo sie steckt, um das Gefühl loszuwerden, dass ihr was passiert ist. Auf dem Weg zu seiner Schwester kommt er am Rasthof Remscheid vorbei und spürt seinen Herzschlag. Stieg Christina in der Nacht aus, während er den Kaffee holte? Um auf die Toilette zu gehen? Fuhr er ohne sie weiter? Ist es vorstellbar, dass man jemand auf dem Rastplatz vergisst? Gibt es dort Telefonzellen? Zumindest in dem Bistro wird es eine Möglichkeit geben. Oder wurde sie von einem männlichen Reisenden mitgenommen, der sie in einen Hinterhalt lockte? Traf sie Rainer am Rastplatz? Aber woher sollten sie wissen, dass er hielt, um Kaffee zu holen? Nein, wenn sie sich mit Rainer verabredet hätte, wäre sie wachgeblieben, um ihn rechtzeitig aufzufordern, zu halten. Er versteht nicht, warum sie ihn nicht anruft. Es ist zum Verzweifeln. Er möchte ihre Stimme hören, um sein Gewissen zu beruhigen und mit der Beziehung abzuschließen.

Er parkt den Golf am gleichen Platz wie gestern und betrachtet das gelbe Haus mit dem tiefgezogenen Dach, in dem seine Schwester wohnt, als würde er es zum ersten Mal sehen. Gegenüber ist ein Eingang zum Park, der ihm gestern nicht aufgefallen ist. Er war zu sehr auf Christina fixiert, hatte überhaupt keinen Sinn für die Dinge um ihn herum. Sie vereinnahmt ihn vollständig, saugt ihn auf. Warum lässt er es geschehen? Aus Angst vor der Leere wie bei dem Verlust seiner Eltern. Was hätte er damals ohne seine Schwester gemacht? Auf sein erstes Schellen wird die Haustür aufgedrückt.

Kapitel 9

Lena hatte die Einladung zu der Einweihungsfeier erst
nicht annehmen wollen und Katrin erklärt, seit dem Unglück ihres Vaters wären solche Feierlichkeiten nichts
mehr für sie. Schon in der Kinderklinik hatte sie mit
Katrin über ihre Schuldgefühle gesprochen.

Sie war vierzehn Jahre alt, besuchte die neunte Klasse
des Gymnasiums, als Vater arbeitslos wurde. Von heute
auf morgen hatte der Betrieb im Ruhrgebiet geschlossen.
Die Abfindung war schnell verbraucht. Vaters anfäng-
liche Zuversicht, eine Arbeitsstelle mit gleichem Lohn
zu finden, wurde enttäuscht. Er gab sich mit weniger
Lohn zufrieden, erhielt trotzdem nur Absagen. Er musste
sich damit abfinden, zu alt für den Arbeitsmarkt zu sein.
Für sein Geburtsdatum konnte er nichts, trotzdem be-
schimpfte Mutter ihn als Versager, der sich von seiner
jungen Frau aushalten lasse. Lena wollte nicht hinter
ihren Mitschülerinnen zurückstehen, die sich Marken-
sachen und neueste Smartphones kauften. Sich Kurz-
urlaube, Sprachferien leisteten. Sie ärgerte sich über
ihren Vater, der offensichtlich keine Lust mehr hatte, für
die Familie zu sorgen, damit Mutter und ihr das Leben
versaute.

Nach Ablauf des Arbeitslosengeldes erhielt er keine

Unterstützung mehr. Der Jobcenter rechnete das Einkommen ihrer Mutter an, damit lagen sie über dem Satz. Es reichte aber nicht. Die Banken weigerten sich, die Kredite aufzustocken. Mutter schrie herum, wenn sie genervt von der Arbeit kam. Vater suchte Schuldige für die Situation. Empörte sich über Konzerne, welche die Arbeiter in die Leiharbeit schickten. Über Politik und Justiz, die ihnen hörig wären. Über Banken, die an der Börse Monopoly spielten und Verluste auf den Steuerzahler abwälzten. Mutter schimpfte über sein negatives Denken. Die Hoffnung auf Besserung schwand bei beiden. Bis Vater sich auf das große Ding einließ. Ein fingierter Einbruch. Die Idee stammte von dem Filialleiter der Bank. Es verlief reibungslos, sie waren zu dritt und teilten die Beute auf. Lena wunderte sich, dass plötzlich wieder Geld da war. Fragte Vater, der von einem Lottogewinn schwärmte. Sie glaubte ihm, wollte ihm glauben und sich endlich wieder heiße Sachen kaufen, um mit ihrer Clique mitzuhalten. Das Glück währte bis zum zweiten Überfall. Der Filialleiter war spielsüchtig, hatte seinen Anteil schnell verspielt und auf den zweiten Einbruch gedrängt. Die Beute fiel geringer aus, der Dritte im Bunde fühlte sich betrogen, erzählte es herum. Es kam, wie es kommen musste. Vater wurde abgeholt. Endstation Justizvollzug. Blankes Entsetzen in der Familie. Ihr Vater, der in frühen Jahren so herzlich mit ihr gespielt und gelacht hatte, saß im Gefängnis. Sie fühlte sich anders als ihre Mitschülerinnen, abseits von ihnen, mit einem Makel behaftet. Von einem Tag auf den anderen war das sorglose Spiel mit den Freundinnen vorbei, ebenso das Abfeiern von spritzigen Partys und ihr geliebtes Shopping im Ruhrpark. Die Schulnoten erschienen ihr unwichtig. Ihre Welt war mit einem Schlag vernichtet. Sie wartete auf die Besuchstage bei ihrem Vater. Konnte kaum ertragen, dass das Leben weiterging, während er eingesperrt war. Nur ein paar Straßen entfernt auf einer Einzelzelle. Dreimal im Monat konnte sie ihn für eine halbe Stunde besuchen. Beim Einlass wurde sie untersucht, musste ihren Ausweis vorlegen, ihre Sachen auf ein Förderband legen wie am Flughafen, wurde abgetastet. Sie kam sich vor wie eine Verbrecherin. Die Tochter eines Bankräubers. Sie wechselte vom Gymnasium aufs Kolleg, fand dort einfühlsame Lehrer, die sie zu einem guten Abschluss motivierten. Sie hatte Glück, erhielt die Ausbildung in der Kinderklinik, wo sie Katrin kennenlernte, bei der sie sich aussprechen konnte. Ihre Mutter stellte einen Scheidungsantrag und fand Bestätigung bei ihren Eltern, die Vater immer für einen Versager gehalten hatten, ihn nach dem Urteil nur noch ›den Verbrecher‹ nannten. Vor dem Scheidungstermin wurde Vater tot auf der Zelle gefunden. *Selbstmord* hieß es. Die Beerdigung fand im kleinen Kreis statt, Pfarrer, Großeltern, Mutter, sie. Ein Urnengrab, ein Stein mit seinem Namen. Das war alles, was ihr von Vater blieb. Nicht mal einen Abschiedsbrief hatte er hinterlassen. Sie verstand, wie sie ihn mit ihren Ansprüchen gequält hatte, um vor ihrer Clique zu bestehen, und fühlte sich mitschuldig. Ihretwegen hatte er sich zu dem Banküberfall überreden lassen, um sie nicht leiden zu sehen. Aus dem gleichen Grund hatte er sich das Leben genommen, hatte ihre Besuche hinter Gittern nicht ertragen.

Mutter fand einen neuen Lebensgefährten, der zu ihnen zog. Sie hielt es nicht aus und zog zu Marie, ihrer Freundin, bis sie die Wohnung in Bochum-Ehrenfeld fand. Die Ausbildung in der Kinderklinik gefiel ihr, die Sorge um die Kinder rückte ihr eigenes Leid in den Hintergrund.

Zu einer Feier bei Katrin und Thomas war sie früh gekommen und hatte bei der Zubereitung der Speisen geholfen in der Absicht, frühzeitig wieder zu verschwinden. Nach dem Eintreffen weiterer Gäste zog sie sich zurück, fühlte sich schnell am falschen Ort. Sie wollte sich verabschieden, als Marc kam. Seine melancholische Ausstrahlung, die hellen Augen und feingliedrigen Hände gefielen ihr. Wegen ihm blieb sie länger. Sie war erschreckt über die Szene der Freundin, nachdem sie mit Marc intensive Blicke ausgetauscht hatte, und enttäuscht, dass er so schnell verschwand. Sie freute sich, als seine Schwester ihn zum Reste-Essen am Sonntag einlud. Änderte ihre Pläne und übernachtete bei Katrin, die von Marcs Trennungsabsichten erzählte. Die Beziehung wäre eine einzige Katastrophe.

Aber stimmte Katrins Eindruck? Christina hatte auf der Feier sexy ausgesehen mit der aufreizenden Kleidung. Und die Eifersuchtsszene hatte gezeigt, dass sie ihn nicht so schnell aufgeben würde. Andererseits hatte

Christina ihn zu der Rückfahrt gedrängt, obwohl er mit Thomas ein Kölsch nach dem anderen getrunken hatte. Würde das eine Freundin tun, die um ihn besorgt war? Oder wollte sie selbst den Wagen steuern? Sicher nicht, sie hatte ständig ein neues Cocktailglas in der Hand gehalten.

Die Frage bleibt, ob sie sich in die Beziehung einmischen darf. Seine Schwester würde sich freuen. Aber möchte sie es selbst? Sie erinnert sich an die hellblauen Augen, den Blick, der sie faszinierte, und ahnt ihre Schlaflosigkeit in der Nacht voraus.

Kapitel 10

Marc schellt erneut an der Wohnungstür. Schritte nähern sich. Er hat seine Schwester erwartet, doch die Dunkelhaarige öffnet ihm. Er findet keine Worte, blickt sie nur an.

»Du warst gestern so schnell verschwunden«, bricht Lena das Schweigen, lacht dabei über seinen verdutzten Gesichtsausdruck.

»Meine Freundin wollte nach Hause.« Er ärgert sich über seine Worte.

»War nicht zu überhören«, lacht Lena. »Ich habe mich geschämt. War ja nicht unschuldig daran.«

»Ach, Unsinn. Es ist nicht verboten, sich anzusehen.« Seine Schwester kommt dazu.

»Hallo Marc. Lena wollte dir unbedingt öffnen. Sie war im Bad, um den Lidstrich nachzuziehen.«

»Was erzählst du da?«, fragt Lena. Katrin lacht und zieht sie mit in die Küche.

»Marc, was wollte die Polizei von dir? Ich habe es am Telefon nicht verstanden.«

»Ich hatte die Fahrertür aufgelassen. Sie wollten mich darauf aufmerksam machen.«

»Du bist so ein Schussel. Haben sie keinen Alkoholtest gemacht?«

»Nein, Gott sei Dank nicht. Sie haben mich nicht hinterm Steuer erwischt. Ich hab nur nachgesehen, ob Christina im Auto schläft.«

»Ist sie wieder aufgetaucht?«, fragt Lena.

»Bisher nicht. Ich kann sie nicht erreichen, sie hat ihr iPhone im Golf vergessen.«

»Sie wird zu Rainer gefahren sein«, sagt Katrin. »Ich habe schon versucht, ihn anzurufen. Er meldet sich nicht.«

Marc fühlt den Blick von Lena. Sie tippt sich mit dem Zeigefinger an den Kopf: »Schon Leichtsinn, nach so vielen Kölsch zu fahren. Wenn du mit mir zusammen wärst …« Sie stoppt den unbedachten Redefluss, guckt zur Seite.

Marc könnte lachen, obwohl es nicht lustig ist. Die Vorstellung gefällt ihm. »Ich wollte die Feier nicht mit einem Beziehungsdrama stören. Da bin ich durch den ständigen Streit unserer Eltern geschädigt.« Sieht sie ihn verliebt an oder bildet er es sich ein? Er forscht in ihren dunklen Augen.

»Sollen wir ihre Eltern anrufen?«, unterbricht Katrin. »Vielleicht hat sie sich bei ihnen gemeldet.«

»Kannst du sie anrufen? Sag, dass Christina ihr iPhone vergessen hat.« Er wählt die Festnetznummer, reicht Katrin das Handy. Es nimmt niemand ab.

»Sie wird sich schon melden. Sobald sie ihr iPhone vermisst. Ich hätte längst angerufen«, lacht Katrin. Thomas kommt dazu, nimmt sich ein Glas Wasser und löst eine Aspirin Tablette auf. »Das letzte Bier war schlecht«, schmunzelt er. »Dass du gefahren bist. Nur wegen der eifersüchtigen Kuh.«

»Die Beziehung ist vorbei. Sobald ich weiß, wo sie steckt, sage ich es ihr.«

Thomas sieht ihn fragend an. Er will es ihm erklären, doch Katrin ist schneller, erzählt alles, was vorgefallen ist.

»Man darf den Frauen nicht zu viel nachgeben«, sagt Thomas. »Das bringt Unglück. Man muss ihnen zuhören, sie ernst nehmen, darf aber nicht nach ihrer Pfeife tanzen.« Bei seinen Worten sieht er Katrin schelmisch an, die ihm zärtlich durch die Haare streicht. Christinas iPhone klingelt. Marc ist völlig überrascht, nimmt es in die Hand, kommt sich dabei vor wie ein Dieb. Katrin möchte mithören. Er aktiviert die Lautsprecherfunktion.

»Hallo. Bei Christina Wieden.«

»Endlich erreichen wir euch. Kannst du mir Christina geben?« Die Stimme ihrer Mutter.

»Sie ist nicht da. Sie wollte gestern Nacht unbedingt nach Hause. Ist sie nicht bei euch?«

»Ach Gott! Was macht ihr für Sachen? Ich hab`s geahnt«, stöhnt sie. »Wieso hast du ihr iPhone?«

»Sie hat es in meinem Auto vergessen.«

»Habt ihr euch gestritten?«, unterbricht sie. »Warum müsst ihr euch immer streiten? Und wir sind in Hamburg, weil ihr in Köln übernachten wolltet. Man kann euch nicht einmal allein lassen.«

»Christina kommt schon zurecht. Andere in ihrem Alter haben eine eigene Wohnung.« Er wundert sich über

seine offenen Worte, redet sich ein, dass ihn Lenas An-
wesenheit dazu motiviert.

»Andere nehmen ihren Schlüssel mit. Sie nicht«, tönt
es aus der Leitung. »Wir haben einen Hausschlüssel bei
den Nachbarn, den Hausers, hinterlegt. Das wollten wir
Christina sagen.«

»Wahrscheinlich hat sie es geahnt und dort geschellt.«

»In der Nacht? Nein. Sie weiß, dass die Hausers nach
zehn nicht gestört werden wollen. Ach, du hättest bei ihr
bleiben müssen. Du kannst sie doch nicht vor der Tür ab-
setzen. Marc, kläre das bitte. Und sage ihr, sie soll uns
anrufen. Wir bleiben noch eine Nacht in Hamburg.
Warte, der Manfred will dich sprechen.«

»Hallo Marc, was ist denn bei euch los?«

»Christina wollte gestern Nacht unbedingt nach
Hause«, wiederholt er. »Nichts zu machen. Sie ließ es
sich nicht ausreden. Du kennst sie.«

»Du darfst ihr nicht in allem nachgeben. Marc, hörst
du, wir bleiben noch eine Nacht in Hamburg, sehen uns
Hänsel und Gretel im Thalia-Theater an. Wir hatten
Glück, es wurden Karten zurückgegeben, ansonsten ist
die Vorstellung ausverkauft. Beginn ist um zwanzig Uhr.
Meldet euch bis dahin.«

»Klingt mehr nach einer Betreuung als einer Beziehung«, sagt Lena und wirkt erschrocken über ihre Worte.
Sie fügt schnell hinzu: »Wie lange seid ihr zusammen?«

»Sechs Monate«, antwortet Marc. »Wir haben uns an
der Uni kennengelernt.« Er schaltet Christinas iPhone
aus, es ist ihm unangenehm, damit zu telefonieren. Ihre

Eltern können ihn unter seiner Nummer erreichen.

»Es klang, als wärt ihr verheiratet«, lacht Katrin.

»Mit Christina? Nein, danke.«

Thomas mischt sich ein: »Sie wird bei den Nachbarn geschellt haben, wie hießen die noch mal?«

»Hauser«, antworte er.

»Genau, die haben ihr den Schlüssel gegeben. Jetzt schläft sie. Am besten bleibst du bis zum Abend bei uns, bis dahin wird sie sich melden.«

»Das geht leider nicht.« Er sieht Lenas enttäuschten Blick. »Ich bin zum Taxifahren angemeldet, habe mittwochs und sonntags die Schicht ab neunzehn Uhr übernommen.«

Katrin steht auf. »Ich glaube, Christina ist bei Rainer. Es war kein Zufall, dass er direkt nach euch die Feier verließ.«

»Mir fällt ein Stein vom Herzen, wenn sie bei ihm ist«, sagt Marc überzeugt. Katrin prüft in seinem Blick, ob er es ernst meint.

»Thomas und ich kümmern uns um das Essen. Ihr könnt den Esstisch im Wohnzimmer decken.«

Lena und Marc stehen gleichzeitig auf. Im Wohnzimmer verteilen sie Teller und Gläser auf dem Esstisch. Die dichten lockigen Haare bis zu ihrem Po faszinieren ihn. Sie verfolgt seinen Blick.

»Ich habe schrecklich zugenommen. Sah nicht immer so aus.«

»Unsinn«, erwidert er. »Hast eine super Figur.«

»Ein bisschen klein ... trotzdem danke.« Sie sieht ihm

direkt in die Augen, dass er das Empfinden verspürt, sie hier und jetzt zu küssen. Stattdessen fragt er: »Du wohnst in Bochum?«

»Ja, am Schauspielhaus«, schmunzelt sie.

»Ist nicht weit von mir. Ich wohne in Wiemelhausen.«

»Und studierst Informatik. Das weiß ich von deiner Schwester. Siehst nicht nach einem Informatiker aus.«

»Wie stellst du ihn dir vor?«

»Nicht so emotional. Mehr kopfbetont …« Sie lacht.

»Danke! War der Wunsch meines Vaters, Informatik zu studieren. Katrin hat dir sicher von dem Unfall erzählt.«

Lena nickt zur Bestätigung mit dem Kopf.

»Nach seinem Tod wollte ich ihm den Wunsch erfüllen.«

»Kann ich verstehen«, sagt sie mitfühlend.

»Ich schaff es nicht, komm mit Physik nicht klar. Ein Freund von mir studiert Sozialpädagogik. Ich überlege zu wechseln.«

»Schon ein Unterschied. Informatik und Sozialpädagogik«, lacht sie wieder.

»Und du arbeitest in der Kinderklinik?«, wechselt er das Thema.

»Ja, da habe ich deine Schwester kennengelernt. Sie war mit der Ausbildung fertig, als ich anfing.«

Er nimmt allen Mut zusammen: »Hast du Lust auf ein Treffen in Bochum?«

»Und deine Freundin?«

Er winkt ab: »Die Beziehung ist beendet. Wir sind zu

verschieden. Hast du doch gesehen.«

»Neues Studium und neue Beziehung?« Ihr Gesichtsausdruck wird ernst. »Kläre das erst mit Christina, bevor
wir uns treffen. Kannst mich morgen den ganzen Tag
über Handy erreichen. Ich habe einen freien Tag.«

»Okay. Ich rufe dich an, sobald ich mit Christina gesprochen habe.«

Sie gibt ihm ihre Handynummer. Er tippt sie in sein
Smartphone und ruft zur Bestätigung kurz durch.

Kapitel 11

Zurück in Bochum holt Marc den Mercedes vom Unternehmer ab und steuert ihn zum nächstgelegenen Halteplatz in Bochum-Riemke. Es ist wie immer und doch anders. Ihm fehlt die Ruhe. Er kann sich nicht auf den Roman konzentrieren, den er mitgenommen hat, möchte auch nicht mit Kollegen sprechen. Lieber allein sein, um an die Begegnung mit Lena zu denken, an jedes Wort von ihr. Die Gedanken an Cristina sind dazwischen, sie lassen sich nicht verdrängen. Warum hat er ihr iPhone im Golf gelassen? Er hätte es mitnehmen sollen, um es mit einer kurzen Nachricht in den Briefkasten ihrer Eltern zu werfen. Er möchte alles los sein, was ihn mit Christina verbindet, um frei zu sein für die Beziehung mit Lena. Es ist ein bisschen verrückt, das fühlt er selbst. Er wird früh Feierabend machen und mit dem Golf bei ihren Eltern vorbeifahren. Mit Taxifahren ist nicht mehr das große Geld zu verdienen. Angeblich lief es früher besser. Sein Freund Oliver verdient im Bermuda3eck zumindest im Sommer gutes Geld. Über Funk werden mehrere Fahrten unter einer Adresse durchgegeben. Es ist direkt um die Ecke. Vor dem Haus winken festlich gekleidete Menschen, umarmen sich, trennen sich. Ein älterer Herr öffnet seiner Partnerin die hintere Tür, lässt sie einsteigen, geht um den Wagen und steigt an der anderen Seite ein. Als Fahrziel nennt er den Hauptbahnhof.

Durch den Rückspiegel beobachtet Marc, wie vertraut sie miteinander umgehen. Er denkt an seine Eltern und könnte heulen. Am Bahnhof erhält er reichlich Trinkgeld und eine Anschlussfahrt nach Bochum-Linden. Der Fahrgast mittleren Alters entpuppt sich als Alleinunterhalter. Am Marktplatz in Linden gibt er Marc zwanzig Euro Trinkgeld, um seine Geschichte zu Ende erzählen zu dürfen.

Marc will gerade weiterfahren, da nähert sich ein Herr mit Kappe und grauen Schläfen, beugt sich zum Fenster und fragt, ob er frei sei. »Natürlich«, bestätigt er. Der Gast lässt sich zum Schauspielhaus fahren. Marc fühlt sich für den Augenblick wieder mit dem Taxifahren versöhnt. Er fährt zum Hauptbahnhof, um sich ein Sandwich zu gönnen.

Er kontrolliert sein Handy. Wenn er arbeitet, stellt er es auf lautlos. Christinas Mutter hat mehrmals versucht, ihn zu erreichen. Warum um alles in der Welt meldet sich seine Exfreundin nicht? Es ist ihm unerklärlich, dass sie sich nicht nach ihrem iPhone erkundigt. Ist sie bei Rainer so abgelenkt, dass sie an nicht anderes mehr denkt? Nicht sehr schmeichelhaft für ihn.

Er holt sich einen Kaffee und greift zum Handy, wählt Lenas Nummer. Sie meldet sich, sagt, dass sie sich freut, seine Stimme zu hören. Er erzählt von den Taxifahrten, von Christina, die sich weiterhin nicht gemeldet hat, seiner Angst, heute Nacht allein zu sein. Sie versteht ihn, lädt ihn nach dem Taxifahren auf einen Wein zu sich ein. Es würde ja nicht an ihm liegen, dass er sich mit Christina noch nicht ausgesprochen habe. Er freut sich über die Einladung, sagt es ihr. Sie nennt ihm die genaue Adresse am Schauspielhaus. Nach dem Telefonat ist er aufgewühlt und rechnet die Fahrten durch. Überlegt, das Taxi zurückzubringen und für heute Schluss zu machen. Allerdings ist es erst zwölf Uhr, damit für einen Sonntag zu früh.

Kapitel 12

Er erkennt Frau Hauser, die Nachbarin von Christina, mit einem roten Trolley. Sie steuert mit anderen Reisenden zum Taxistand. Offenbar ist ein Zug eingetroffen. Gibt es so einen Zufall? Oder ist alles vorherbestimmt und wir bilden uns nur ein, Herr unseres Schicksals zu sein? Am Anfang war die Energie, hat er kürzlich bei einem Vortrag im Internet einen Wissenschaftler sagen hören. Diese Energie bestimmt unser Leben und treibt Frau Hauser zu ihm, davon ist er überzeugt. Er grüßt freundlich, lädt sie ein, bei ihm einzusteigen.

»Sie sind doch der Freund von Christina.« Frau Hauser überlässt ihm ihre Reisetasche. Er schwingt sie in den Kofferraum und öffnet die Beifahrertür. Kaum startet er den Mercedes, stellt sie fest: »Sie fahren also Taxi.«

Was für eine Erkenntnis, denkt er. »Zur Aushilfe, um mein Studium zu finanzieren.« Warum hat er nicht einfach mit ja geantwortet? Er braucht sich nicht mit einem Studium zu rühmen, das er aufgeben wird.

»Darf ich fragen, was Sie studieren?« Bei ihrer Neugier wundert ihn, dass sie nicht längst Christinas Eltern gefragt hat. Die Unterhaltung beginnt ihn zu nerven. »Informatik«, sagt er unwillig.

»Ach. Dann haben Sie Christina im Studium kennengelernt. Wenn man euch zusammen sieht, hat man den Eindruck, ihr passt gut zusammen. Das habe ich erst neulich zu Christinas Mutter gesagt.«

»Danke«, erwidert er, obwohl er überhaupt keinen Grund sieht, sich zu bedanken. Er überlegt, der Unterhaltung einen Sinn zu verleihen, und nimmt allen Mut zusammen. »Ich möchte mich für die gestrige Nacht entschuldigen.«

»Die gestrige Nacht?«, wiederholt sie, wobei sie vor Überraschung den Mund weit öffnet.

»Ja, es war sehr spät, als Christina den Schlüssel abholte.«

»Welchen Schlüssel?«

Die Wendung des Gesprächs setzt sie zusehends unter Druck, zumindest glühen ihre Wangen. Er bemüht sich um Aufklärung. »Christinas Eltern sind Samstagmorgen kurzentschlossen nach Hamburg gefahren. Ihr Vater hat bei Ihnen einen Schlüssel hinterlegt, weil Christina ihn vergessen hatte. Für den Notfall. Das hat mir ihre Mutter am Telefon bestätigt.«

»Ich war am Wochenende bei meiner Tochter in Hannover«, klingt es entschuldigend. »Christina wird Ihnen von Alessa erzählt haben. Sie waren als Kinder die besten Freundinnen, noch in der Jugend haben sie alles zusammen gemacht. Bis, ja, bis sie plötzlich getrennte Weg einschlugen.«

»Das hat Christina mir erzählt«, bestätigt er.

»Auch, dass meine Tochter an Freunde geraten ist, mit denen sie Drogen nahm?«

»Ja, davon habe ich gehört.«

»Es geht uns allen besser, seit Alessa in der Fachklinik ist. Sie hat sich von der landschaftlichen Umgebung anstecken lassen und wirkt nicht mehr so gehetzt wie in Bochum.«

»Dann ist die Klinik ja genau die richtige Einrichtung für Ihre Tochter«, versucht er, das Thema zu beenden.

»Ja, mit der Bezugstherapeutin hat sie Glück. Auch die anderen Mitarbeiter sind freundlich und hilfsbereit«, setzt sie das Gespräch fort. »Es herrschen nicht so strenge Regeln. Das mag Alessa nicht. Deswegen ist sie aus anderen Einrichtungen entwichen.« Frau Hauser kramt in ihrer Tasche, sieht zu ihm rüber. »Machen Sie sich keine Sorgen. Mein Mann wird den Schlüssel von Herrn Wieden angenommen haben. Wir werden ihn fragen.«

»Warum ist er nicht mit Ihnen gefahren?«

»Meine Tochter hatte sich gewünscht, mit mir allein zu sprechen.« Sie versinkt für einen Moment in Gedanken, als würde sie über das Gespräch nachdenken. Marc konzentriert sich auf die Fahrbahn.

»Haben Sie Christina über den ganzen Tag nicht erreicht?«, fragt sie plötzlich.

»Ihr iPhone hat sie in meinem Auto vergessen und am Festnetz meldet sich niemand. Ich weiß nicht, wie ich sie erreichen kann«, sagt er.

»Haben Sie an der Tür geschellt?«

»Wenn Christina zu Hause wäre, würde sie ans Telefon gehen. Da bin ich mir sicher.«

Sie schweigen die restliche Fahrt. Ein unangenehmes

Schweigen, das Wartezeiten vor roten Ampeln in die Länge zieht. Es gibt Fahrgäste, mit denen kann man ohne Unbehagen vor roten Ampeln schweigen, und andere, da wird jede Sekunde zum Albtraum. Es hat mit der Aura zu tun, die jeden Menschen umgibt. Der Energie. Marc ist froh, endlich in Linden anzukommen. Frau Hauser gibt reichlich Trinkgeld. Er trägt ihre Reisetasche durch den Vorgarten zum Hauseingang. Sie schellt dreimal kurz hintereinander, wohl ein vereinbartes Zeichen. Aus dem Inneren des Hauses dringen Fernsehstimmen.

Marc will sich verabschieden, doch sie hält ihn auf: »Warten Sie. Ich frage ihn, ob Christina den Schlüssel abgeholt hat. Ich spüre doch, dass Sie sich Sorgen machen. Sonst hätten Sie mich nicht gefragt.«

Dr. Hauser öffnet die Tür. Er ist groß und kräftig, überragt seine Ehefrau um mindestens eine Kopflänge. Vertrauenslehrer, meinte Christina, als Marc sich über die aufdringlichen Fragen nach dem tödlichen Unfall seiner Eltern ärgerte. Dr. Hauser beugt sich zu seiner Frau, um ihr einen Kuss zu geben. Sie weicht ihm aus.

»Hat Christina den Schlüssel bei dir abgeholt?«

»Nein. Wie kommst du darauf?«, fragt er zurück. Marc hat den Eindruck, von dem forschenden Blick durchbohrt zu werden.

»Herr Kröner macht sich Sorgen. Sie hat ihr iPhone in seinem Auto liegenlassen und meldet sich nicht. Ist doch komisch, sie trägt es ständig bei sich.«

»Wolltet ihr nicht bei deiner Schwester in Köln übernachten?«, wendet sich Dr. Hauser an Marc.

»Sie hat es sich auf der Feier anders überlegt.«

»Herr Kröner meint, dass sie in der Nacht nach Hause wollte«, ergänzt seine Frau.

»Wann soll das gewesen sein?« Dr. Hauser sieht ihn mit scharfem Blick an.

Marc stellt ihn sich als Lehrer vor: *Kröner, antworten Sie bitte klar und deutlich.* »So zwischen zwei und drei Uhr morgens«, sagt er.

»Ja ... wenn das so ist. Um diese Zeit schlafe ich. Da hätte ich sie nicht mal gehört, wenn sie geschellt hätte.« Dr. Hauser hebt die Schultern. »Leider. Warte einen Augenblick. Ich bin sofort wieder da.« Er geht ins Haus, kommt mit einem Schlüssel zurück und versucht, ihn in Marcs Tasche zu stecken.

»Nein! Was soll ich damit? Ich weiß nicht, wo Christina ist. Behalten Sie ihn. Vielleicht kommt sie noch und schellt bei Ihnen. Ihre Eltern wollen bis morgen in Hamburg bleiben.«

»Ihre Eltern sind auf dem Rückweg«, belehrt ihn Dr. Hauser. »Sie haben mich angerufen, nachdem sie vergeblich versucht hatten, dich zu erreichen.«

»Wenn ich Taxi fahre, schalte ich mein Handy auf lautlos. Wann haben sie angerufen?«

»Ich habe nicht auf die Uhrzeit geachtet. Sie riefen aus dem Thalia-Theater an. Ich glaube, es war in der Pause.«

Marc verabschiedet sich, geht zum Taxi, öffnet die Fahrertür und dreht sich noch einmal zu dem Ehepaar um. »Wenn Christina sich meldet, sagen Sie ihr bitte, dass ich auf ihren Anruf warte.« Er schwitzt und wirft seine Jacke nach hinten.

»Wir werden es ihr sagen«, hört er die Worte von Frau Hauser.

Am Halteplatz stellt er sein Handy auf laut und entdeckt den erneuten Anruf von Christinas Mutter in Abwesenheit. Soll er zurückrufen? Nein, nicht sofort, später, wenn er Christinas iPhone mit einer Notiz in den Briefkasten geworfen hat. Er nimmt seinen Block.

Christina, wir können nichts dafür. Sind zu verschieden. Ich wünsche dir Glück. Hoffe, wir bleiben Freunde. Dein iPhone fand ich im Golf. Du wirst es vermissen. Gruß Marc

Soll er dazu schreiben, dass er auf ihren Anruf wartet? Nein. Es würde die Ernsthaftigkeit in Frage stellen, die Beziehung zu beenden. Er reißt das Blatt ab, legt es mit dem iPhone in einen Briefumschlag und schreibt darauf: Für Christina. Dabei erschreckt er sich vor den Klängen seines Smartphones und drückt automatisch auf Verbindung.

»Hat Christina sich endlich gemeldet?« Die aufgeregte Stimme ihrer Mutter. »Mein Gott, ihr seid nicht zu erreichen. Wir haben es ständig versucht.«

»Entschuldige. Wenn ich Taxi fahre, stelle ich mein Handy auf lautlos.«

»Nun sag schon. Hast du Christina erreicht?«

»Nein. Ich habe gerade Frau Hauser vom Bahnhof nach Linden gefahren.«

»Frau Hauser. War sie nicht zuhause? Wo war sie denn?« Frau Wieden scheint überrascht zu sein.

»Bei ihrer Tochter in Hannover.«

»Du hast gesagt, dass du ihnen den Schlüssel gegeben hast«, hört er ihre Stimme im Hintergrund, froh, das Gespräch von sich abgelenkt zu haben.

»Ihm«, vernimmt er die männliche Stimme. »An der Haustür. Warum? War sie nicht da?«

»Ach!« Sie ist wieder deutlicher zu hören: »Marc, hast du eine Ahnung, wo Christina stecken könnte?«

»Nein, eigentlich nicht.«

»Was heißt eigentlich? Wir haben bei allen Verwandten und Freunden angerufen. Sie hat sich nirgendwo gemeldet. Mein Gott, wir machen uns die größten Sorgen.«

»Sie hat bei meiner Schwester einen früheren Schulfreund getroffen. Sagt euch der Name Rainer etwas?«

»Rainer?« Die Stimme ihrer Mutter klingt ernüchtert. »Was hat der bei deiner Schwester zu suchen?«

»Weiß ich nicht, aber sie wird schon nach Hause kommen. Ihr iPhone werfe ich in einem Umschlag in den Briefkasten. Sagt ihr bitte, sie möchte mich anrufen. Ich würde gerne wissen, was los ist.«

Nach dem Gespräch ist er erleichtert. Die Mutter kannte Rainer, das war eindeutig. Sie wirkte verändert, als er den Namen aussprach. Also stimmt es, Cristina ist bei ihm. Er braucht sich keine Sorgen mehr zu machen, kein schlechtes Gewissen zu haben vor Lena. Er freut sich über ihre Einladung, hält es im Taxi nicht mehr aus und bringt den Mercedes zurück. Den Umschlag mit der Abrechnung, den Einnahmen abzüglich seiner Prozente und den Autoschlüssel wirft er in den dafür vorgesehenen Briefkasten des Unternehmers.

Seine Jacke legt er auf die Rückbank seines Golfs und fährt zurück nach Linden, um Christinas iPhone loszuwerden. Dabei wird er das Gefühl nicht los, eine Dummheit zu begehen. Aber er hat es Christinas Mutter versprochen. Besser kann er das Ende der Beziehung nicht einfädeln. Christina ist zu stolz, um ihn nach der Nachricht anzurufen. Bei Hausers brennt Licht. Er fährt an dem Haus vorbei, parkt den Golf etwas entfernt und schleicht sich an den weißen Briefkasten der Familie heran, öffne vorsichtig die Klappe und lässt den Briefumschlag hineingleiten. Eine Erleichterung will sich nicht einstellen, wie er sie erhofft hatte. Die Anspannung will auf dem Weg zu Lena nicht weichen.

Kapitel 13

Marc parkt den Golf zwischen hohen Bäumen hinter dem Schauspielhaus. Renovierte Hausfassaden. Auf der obersten Schelle steht ihr Name: L. Saga. Die Tür wird auf sein erstes Klingeln hin aufgedrückt. Hinter einem gepflegten Vorraum liegt die Holztreppe. Großzügige Verhältnisse, nichts Erdrückendes. Er nimmt zwei Stufen auf einmal bis zum Dachgeschoss. Sie steht im Eingang. Im Schlafanzug. Er hatte sich alles Mögliche vorgestellt, sie in Jeans und Pulli wie am Nachmittag, im Jogging-Anzug oder im Bademantel. Mit einem Schlafanzug aus Baumwolle hatte er nicht gerechnet. Sie sieht verspielt darin aus, kindlich, dass er sie gleich in den Arm nimmt. Sie drückt sich an ihn, löst sich wieder, schließt die Tür. »Wo ist deine Jacke?«

»Hab ich im Auto gelassen. Mir war so warm.«

Sie lacht und führt ihn über den hellen Dielenboden in die Wohnküche mit einer roten Küchenzeile, weißen Wänden mit Kunstdrucken, einem Balkonfenster mit Blick auf die Bäume hinter dem Haus. Auf einem dunklen Holztisch mit hellen Korbstühlen steht eine Karaffe mit Gläsern. Die Zeit verfliegt. Sie trinken Wein, hören Songs von *Element of Crime*. Sie erzählt, dass ihr Vater die melancholischen Klänge geliebt habe. Er nimmt sie erneut in den Arm und erzählt von dem Abend im Taxi, von Christinas Nachbarin, die am Bahnhof einstieg. Lena hört aufmerksam zu. Er fühlt sich angenommen, erzählt von seinen Eltern, dem ständigen Streit, der im Auto tödlich endete. Von dem Onkel, der ihm in der Krise Diazepam zur Beruhigung verschrieb.

»Habe ich auch genommen«, sagt Lena. »Als mein Vater verhaftet wurde.« Sie erzählt von ihren Schuldgefühlen, ihn durch ihre Forderungen unter Druck gesetzt zu haben. »Nach der Beerdigung nahm ich alle Tabletten auf einmal. Meine Freundin Marie fand mich rechtzeitig. Sie rief den Notarzt. Seit dem Vorfall rühre ich keine Benzos mehr an.« Sie sieht ihn fragend an. »Wann hast du zuletzt Diazepam genommen? Ehrlich!«

»Freitagabend. Ich hatte die zweite Physikklausur verhauen und Stress mit Christina. Im Bett kam die Erinnerung an meine Eltern. Der Unfall. Ich war froh, die Tabletten zu haben.«

»Es hält sich im Körper. Dazu der Alkohol. Kein Wunder, dass du Erinnerungslücken hast. Ich habe bis heute keine Erinnerung an den Tag, an dem ich die Tabletten nahm. Ich weiß überhaupt nur von Marie davon.«

Sie sehen sich lange an, bis sie an ihn heranrückt, seine Hände nimmt, ihn küsst und fragt, ob er über Nacht bleibt. Er stimmt sofort zu. Sie zeigt ihm das Schlafzimmer. Seitlich bunte Vorhänge vor hellen Holzfenstern. Ein Blick auf hohe Birken. Ein großes Rattanbett, eine antike Kommode, verzierte Spiegel. Sie bezieht eine zweite Decke, reicht ihm ein Handtuch, eine Zahnbürste.

Möchte nach ihm das Bad benutzen. Er kriecht unter die kalte Decke. Sie kommt nackt aus dem Bad. Er bestaunt ihre schlanke Taille, ihre Rundungen. Eingerahmt in lange braune Haare. Sie scheint seinen Blick zu genießen.

»Mein Vater mochte die langen Haare, sonst hätte ich sie abgeschnitten.«

»Sehen beeindruckend aus.«

»Sind unpraktisch, wenn ich in aller Frühe zur Kinderklinik muss.« Sie legt sich aufs Bett.

Er möchte sie berühren, sagt es ihr. Sie kommt nah an ihn heran. Sie küssen sich endlos, seine Finger berühren ihre Brüste, ihren Po, ihre Taille, den Bauchnabel. Sie lassen sich endlos Zeit, verwöhnen sich gegenseitig mit einem Massageöl, das sie plötzlich in den Händen hält. Sie steht auf, kramt ein Kondom aus ihrer Kommode, kommt zurück ins Bett, lächelt verlegen. Er zieht sie an sich, kann es nicht aushalten. Ihre Wärme betört ihn. Sie löst sich von ihm, streift das Kondom über, bevor er in sie eindringt.

Am Morgen ist sie früh auf und weckt ihn: »Ich dusche schnell und hole Brötchen. Kannst dich im Bad frisch machen, bis ich zurück bin.«

Er sieht aus dem Fenster zu den Baumkronen und möchte den Augenblick festhalten. Die Wohnung hat es ihm angetan, sie verströmt Harmonie. Der Gedanke fasziniert ihn. Ein Telefon klingelt. Er steht auf, entdeckt es im Wohnzimmer. Die Nummer auf dem Display ist ihm bekannt. Er nimmt ab. »Hallo Katrin. Überrascht?«

»Da hast du dich versteckt.« Er erschreckt bei dem ernsten Tonfall. »Wie meinst du das?«

»Alle Welt sucht dich.«

»Wer genau?« Er versteht sie nicht.

»Die Eltern von Christina, die Polizei. Du sollst dich bei der Wache am Bergbaumuseum melden.«

»Sag nicht, dass ich hier bin«, bittet er sie. »Ich möchte Lena nicht mit reinziehen. Ich ruf dich an, wenn ich bei der Polizei war, okay?«

»Ich musste ihnen alle Namen nennen, die auf der Feier waren.«

So klang Katrin zuletzt im Krankenhaus nach dem Unfall der Eltern. »Ich fahre sofort los.« Er geht ins Bad, macht sich frisch und zieht sich schnell an. Lena kommt zurück, bereitet das Frühstück zu.

»Katrin hat angerufen«, sagt er. »Ich soll mich bei der Polizei melden. Ihre Eltern haben Christina als vermisst gemeldet.«

»Woher wusste sie, dass du hier bist?«, fragt Lena.

»Sie wusste es nicht. Sie wollte dich sprechen, dir sagen, dass die Kripo sich die Gäste der Feier notiert hat. Ich fahre sofort hin, bevor die Beamten hier auftauchen.«

»Ach, Unsinn. So schlimm wird es nicht sein.« Lena möchte ihn vor dem Frühstück nicht gehen lassen. »Schlimmstenfalls tauchen sie hier auf. Damit werde ich schon fertig, glaub mir.«

Kapitel 14

Marie Marler hat am Samstag bei Ikea eine neue Küchenlampe für ihre Wohnung am Schauspielhaus erstanden, doch leider keine Erfahrung mit einer Bohrmaschine. Sie huscht rüber zu ihrem Freund in die Nachbarwohnung. Christian Kramer hatte am Wochenende Mordbereitschaft und es gab einen Einsatz an der alten Fähre. Eine junge Frau war tot aufgefunden worden. Sie trifft Christian im Bad an. »Schau dir die Lampe an«, sagt sie. »Wenn sie dir nicht gefällt, tausche ich sie um. Wir verbringen die meiste Zeit in meiner Küche. Was sagst du?«

»Ich dachte, du wolltest keine Deckenlampe. Soll ich die Bohrmaschine mitbringen?«

»Würdest du das für mich tun?« Sie lacht. »Ich war schon bei der Bäckerei und habe die Brötchen geholt, die du so magst. Ich warte drüben auf dich.« Sie verschwindet in ihrer Wohnung und bereitet den Milchkaffee zu. Das Frühstücksbrett stellt sie auf den Esstisch im Wohnzimmer und holt den Staubsauger.

Es dauert nicht lange, bis Christian bei ihr ist. »Dübel und Schrauben habe ich mitgebracht. Es muss schnell gehen. Schulz schellt in einer Stunde. Wir werden zu dem Freund des toten Mädchens fahren, um Kollegen abzulösen. Bisher rührt sich nichts, aber er wird irgendwann auftauchen, dann haben wir ihn.«

Sie steigen auf die Leiter, er oben, sie darunter. Er bohrt die Löcher, sie hält den Staubsauger. Während er die Küchenlampe montiert, fragt sie: »Seid ihr sicher, dass er es war?«

»Nach den Angaben ihrer Eltern fuhren sie in der Nacht zum Sonntag von einer Feier in Köln zurück. In Bochum kam er alleine an. Kollegen haben ihn zufällig beobachtet, als er vor seiner Wohnung einparkte. Er kam ihnen merkwürdig vor, weil er die Fahrertür aufließ. Bei der Befragung an der Wohnungstür gab er an, seine Freundin wäre mit dem Golf gefahren. Er sei nur am Auto gewesen, um nach ihr zu sehen. Kurz gesagt, es sind einige Fragen offen.«

Sie hat nur halb hingehört. »Schaffst du es noch, die Plexiglasscheibe über der Wanne zu montieren? Sie steht schon so lange rum.« Sie spürt ihr schlechtes Gewissen und fügt schnell hinzu. »Danach frühstücken wir. Steht alles auf dem Esstisch bereit.«

Kapitel 15

Marc ist kurz bei seiner Wohnung vorbeigefahren, um sich umzuziehen. Es klingelt. Er drückt die Haustür in der Erwartung des Paketdienstes auf. Stattdessen dringen Uniformierte in seine Wohnung ein. Zwei Männer in Zivil folgen ihnen. Er schätzt sie auf Mitte dreißig. Der eine mit Lederjacke, groß und durchtrainiert, der andere im Jackett mit leichtem Bauchansatz. Sie stellen sich als Kramer und Schulz vor, zeigen ihm einen Durchsuchungsbeschluss und fragen nach seinem Namen.

»Marc Kröner«, erwidert er. Noch nie hat er sich so überrumpelt gefühlt. Er traut sich nicht mal, sie nach dem Grund des Überfalls zu fragen. Kramer begleitet ihn mit einem Uniformierten ins Wohnzimmer, während sich die anderen auf die weiteren Räume aufteilen.

»Interessiert Sie nicht, wonach wir suchen?«, fragt Kramer. »Oder wissen Sie es? Dann könnten wir es uns vereinfachen.«

Er erwacht aus seiner Starre. »Entschuldigen Sie, ich bin völlig überrascht von Ihrem Auftritt. Vereinfachen? Wie meinen Sie das? Wonach suchen Sie?«

»Drogen, Medikamente«, erwidert Kramer.

»Habe ich nicht. Nur die paar Flaschen Bier und Wodka im Kühlschrank.«

Kramer geht nicht darauf ein. »Wann haben Sie Christina Wieden zuletzt gesehen?«

Er erschrickt, obwohl er mit der Frage gerechnet hat. Sein Herz schlägt lauter und schneller. »Wir waren Samstag bei meiner Schwester in Köln und sind in der Nacht zurückgefahren. Seither ist sie wie vom Erdboden verschluckt.«

»Verstehe ich richtig, dass Christina während der gemeinsamen Rückfahrt von Köln nach Bochum verschwunden ist?«, wiederholt Kramer in einem Tonfall, als würde er ihm die Schuld geben.

»Das habe ich nicht gesagt«, beeilt er sich, die Sachlage klarzustellen. »Ich weiß nicht, ob sie während der Fahrt verschwunden ist oder erst danach.«

»Das müssen Sie genauer erklären«, vernimmt er die sachliche Stimme. »Erzählen Sie uns, was auf der Rückfahrt geschah.«

»Nichts. Christina ist eingeschlafen. Ich hatte alle Mühe, wach zu bleiben. Deswegen holte ich am Rasthof Remscheid Kaffee für uns.«

»Und mischten ihrer Freundin K.-o.-Tropfen hinein.« Kramer sieht ihm in die Augen.

Er spürt, wie sein Augenlid zittert. »Nein. Wie kommen Sie darauf? Was ist mit Christina?«

»Das möchten wir von Ihnen hören.«

»Ich verstehe nicht, was Sie meinen.«

»Sie verstehen nicht, was ich meine?«, wiederholt Kramer die Worte in einem eindringlichen Tonfall. »Christina Wieden ist tot. Sie wurde nackt aus der Ruhr gezogen. In der Nähe der *Alten Fähre*. Kein schöner Anblick.«

Marc spürt, wie ihm das Frühstück hochkommt. Er rennt auf die Toilette. Übergibt sich dort vor dem Beamten, der das Bad auf Spuren von Drogen durchsucht. Er entschuldigt sich und geht zurück ins Wohnzimmer. »Woran ist sie gestorben?«

»Vermutlich an einer Überdosis K.-o.-Tropfen. Hatte sie an dem Tag weitere Medikamente oder Drogen eingenommen?«

»Ibuprofen gegen Kopfschmerzen«, antwortet er, ohne nachzudenken.

»Hatte sie auf der Feier alkoholische Getränke zu sich genommen?«

»Cocktails, ich habe sie nicht gezählt.«

»Trotzdem gaben Sie ihr K.-o.-Tropfen?«, donnert Schulz vom Flur aus dazwischen. »Wissen Sie nicht, wie gefährlich das ist? Oder wollten Sie Ihre Freundin töten?«

»Ich habe ihr nichts gegeben«, sagt er kleinlaut.

Schulz kommt ins Zimmer. »Wollen Sie behaupten, dass Christina das Zeug freiwillig genommen hat? Zur Steigerung der Lust vielleicht?«

»Ich weiß nichts davon«, entgegnet er mit zitternder Stimme. »Ich weiß nur, dass sie auf der Rückfahrt schlief und nicht mal den Kaffee anrührte.«

Schulz sieht ihn durchdringend an. »Herr Kröner. Ihr Vater war Staatsanwalt. Da werden Sie wissen, dass ein Geständnis strafmildernd wirkt.«

78

»Ich würde meiner Freundin nie K.-o.-Tropfen geben. Warum sollte ich?«

»Wir halten uns an Fakten«, antwortet Kramer. »Sie waren in der Nacht bei der Feier Ihrer Schwester in Köln. Es gab Streit. Sie fuhren zusammen von Köln nach Bochum. Da kam Ihre Freundin nicht an. Sie wurde auf dem Weg gefunden, an der Ruhr. Und Sie kamen allein in Bochum an.«

Marc geht im Zimmer auf und ab. Die Beamten lassen ihn gewähren. »Ich weiß nicht, wie das zusammenhängt. Ich war müde, wollte Christina zu ihren Eltern bringen, dann in meine Wohnung fahren und schlafen.«

»Als Sie in der Nacht zum Sonntag vor Ihrer Haustür aus dem Golf gestiegen sind, wurden sie von unseren Kollegen beobachtet. Erinnern Sie sich?«, fragt Kramer. Schulz verlässt kopfschüttelnd das Wohnzimmer.

»Natürlich erinnere ich mich«, erwidert er kleinlaut. »Ich hatte geschlafen, als mich ein Albtraum weckte, indem Christina vorkam. Ich suchte sie und sah im Auto nach, ob sie dort noch schlief. Ich hätte sie schnell nach Linden gefahren, um einen weiteren Streit zu vermeiden.«

Kramer schüttelt den Kopf, als würde er kein Wort verstehen. »Unseren Kollegen erklärten Sie, Ihre Freundin wäre mit dem Golf gefahren.«

»Ich hatte Kölsch getrunken und Angst um meinen Führerschein«, unterbricht er ihn. »Da habe ich gesagt, Christina wäre gefahren.« Er spürt, dass es gleichgültig ist, was er sagt. Sie werden ihm nicht glauben.

»Nach Aussage der Kollegen nahmen Sie einen Kaffeebecher aus dem Golf.«

»Ja, wie gesagt, ich hatte ihr am Rasthof in Remscheid einen Kaffee mitgebracht. Für den Fall, dass sie aufwachen würde. Sie hätte sich sonst riesig aufgeregt. Aber sie hat ihn nicht angerührt, sondern die ganze Fahrt geschlafen. Ich habe mich mit dem vollen Becher an der Haustür bekleckert. Da können Sie Ihre Kollegin fragen, ich habe ihr meine Hose gezeigt.«

»Sie mischten keine K.-o.-Tropfen hinein?«

»Nein, so etwas besitze ich nicht. Außerdem rührte sie den Kaffee ja nicht an, wie ich schon sagte.«

»Und sie rief aus dem Intershop an, während die Kollegen vor Ihrer Tür standen.« Der Beamte sieht ihn an, als erwarte er die nächste Lüge.

»Nein, die Anruferin war nicht Christina, sondern meine Schwester. Sie können sie fragen. Ich wollte vor den Beamten glaubwürdig klingen.«

»So wie jetzt«, lacht Kramer. »Ich kann mir eher vorstellen, Sie wollten sich ein Alibi verschaffen.«

»Nein. Ehrlich, ich habe mir Sorgen um Christina gemacht. Ich hatte von dem Unfall meiner Eltern geträumt, darin Christinas Stimme gehört.«

Kramer erkundigt sich nach dem Unfall, den Marc kurz schildert. »Waren Sie in der Nacht noch in der Stadt?«, fragt er.

Bei der veränderten Stimme und dem Blick des Beamten überlegt Marc, ob er ihn für verrückt hält. Warum hat er den Unfall seiner Eltern erwähnt? »Ich war nach dem

80

Besuch Ihrer Kollegen zu aufgedreht, um wieder ins Bett zu gehen. Außerdem hoffte ich, Christina im Intershop anzutreffen.«

»Obwohl Sie so müde waren und den Anruf erfunden hatten?«

»Ja, wie gesagt, ich war zu aufgedreht, um mich wieder hinzulegen. Natürlich war es eine verrückte Idee, aber die gesamte Situation war verrückt. Im Intershop traf ich Oliver Schuler, einen Freund. Er wird es Ihnen bestätigen.«

»Schreiben Sie uns die Adresse auf. Wir werden es überprüfen.« Kramer reicht ihm einen Notizblock.

Marc notiert Namen und Adresse. In dem Moment kommt Schulz dazu mit einer Ausstrahlung, als hätte er eine entscheidende Entdeckung gemacht. In der Hand hält er die Jacke aus dem Schlafzimmer. Marcs Lieblingsjacke, die er immer trägt, zumindest im Herbst. Hatte er Diazepam in den Taschen? Er hat sie aus dem Golf genommen und nicht nachgesehen. So ein Mist. Die Beamten gehen in den Flur, um sich zu besprechen, drehen sich schließlich zu ihm um. »Ist das Ihre Jacke?«, fragt Kramer.

Er bestätigt es. Was verbirgt Schulz in der rechten Hand in dem durchsichtigen Tütchen?

»Die Sie zur Feier bei Ihrer Schwester getragen haben?«, setzt Kramer nach.

»Ja. Natürlich. Das ist meine Jacke.«

»Kennen Sie das?«, fragt Schulz. Marc sieht das kleine Fläschchen.

»Das ist nicht von mir«, beteuert er. Sein Herz schlägt ihm bis zum Hals.

»Wie kommt es in Ihre Jackentasche?«, fragt Schulz. »Wir werden den Inhalt analysieren lassen. Ich kann Ihnen versichern, dass es sich um Liquid Ecstasy handelt.«

Hat der Beamte es ihm zugesteckt? Aber warum? Was gibt es für einen Sinn? Wollen sie ihm mit solchen Tricks Christinas Tod anhängen? Er hatte die Jacke beim Taxifahren auf die Rückbank gelegt und im Golf gelassen, als er bei Lena war. Hat ihm auf der Feier jemand das Fläschchen zugesteckt?

Er soll sie auf die Wache begleiten, um ihn erkennungsdienstlich zu behandeln und seine Aussage zu protokollieren. Es bleibt ihm keine Wahl. Sie sehen ihn an, als hätten sie ihn überführt.

Kapitel 16

Der Raum im Polizeipräsidium wirkt nüchtern, kalt. Grelles Neonlicht blendet ihn. Er fühlt sich an die Verhöre im Arbeitszimmer seines Vaters erinnert. Die gleiche Angst kriecht in ihm hoch, die gleichen Schuldgefühle. Nur geht es hier nicht um eine mangelhafte Note in einer Klassenarbeit, auch nicht um eine Beschwerde seiner Mutter. Sie werfen ihm ein Tötungsdelikt vor.

Schulz belehrt ihn über seine Rechte und fragt, ob er einen Anwalt hinzuziehen möchte, was er verneint. Es wird ihm mitgeteilt, dass die Anhörung mitgeschnitten wird.

»Gehen Sie einer beruflichen Tätigkeit nach?«, beginnt Kramer die Befragung.

»Ich studiere Informatik in Dortmund.«

»Student der Informatik an der Uni Dortmund«, wiederholt Kramer. »Wovon leben Sie?«

»Ich beziehe Waisenrente, dazu Bafög. Nebenbei jobbe ich als Taxifahrer. Außerdem hat mir mein Vater ein Sparbuch hinterlassen.«

»Ihre Eltern sind bei einem Verkehrsunfall ums Leben gekommen, das haben Sie bereits mitgeteilt. Wann war es genau?«

»Vor vier Jahren. An meinem achtzehnten Geburtstag.«

»Wie kam es zu dem Unfall?«, möchte Schulz wissen.

Marc überlegt, ob sie ihm den Tod seiner Eltern auch anhängen wollen. »Der Wagen kam von der Fahrbahn ab und überschlug sich.«

»Waren Sie in einer Therapie, um die Folgen des Unfalls aufzuarbeiten?«, fragt Kramer.

Also daher läuft der Hase. Aus den Schuldgefühlen gegenüber seinen Eltern wollen sie ein Motiv für Christinas Tod zaubern. »Mein Onkel führt eine Arztpraxis in Wattenscheid. Er hatte mir ein Beruhigungsmittel verschrieben.«

»Diazepam? Wir haben eine Medikamentendose im Schreibtisch gefunden.«

»Ja, Diazepam«, bestätigt er. »Ich nehme es, wenn die Albträume mich nicht schlafen lassen.«

»Wir benötigen Namen, Telefonnummer und Adresse Ihres Onkels.« Schulz notiert sich die Daten.

»Sind Sie weiterhin bei ihm in ärztlicher Behandlung?«, fragt Kramer.

»Ja, sicher«, bestätigt er.

»Wann haben Sie zuletzt Diazepam genommen?«

»Freitagnacht. Ich hatte eine Physikklausur verhauen und dachte an meine Eltern. Es war Vaters Wunsch, dass ich Informatik studiere. Er sah in mir den zukünftigen Ingenieur.«

»Hat sich Ihre Freundin gewehrt, wenn Sie mit ihr schlafen wollten?«, wechselt Schulz abrupt das Thema.

»Nein, wie kommen Sie darauf?«, fragt er scharf

zurück, empfindet plötzlich so eine Wut. »Im Gegenteil, es konnte ihr nicht oft genug sein.«

»Es wird einen Grund haben, warum Sie ihr K.-o.-Tropfen gaben.« Schulz sieht ihm starr in die Augen.

»Ich habe ihr keine K.-o.-Tropfen gegeben«, protestiert er. »Ich war müde und wollte nach Hause. Da habe ich nicht an Sex gedacht.«

Schulz schüttelt den Kopf. »Wie erklären Sie sich den Fundort an der Ruhr?«

»Keine Ahnung.« Er möchte, dass der Irrsinn aufhört. »Vielleicht stieg Christina in Remscheid aus, während ich den Kaffee holte, und fuhr per Anhalter weiter.«

»Sie meinen, dass Ihre Freundin am Rastplatz Remscheid ausstieg, ohne dass Sie es merkten«, sagt Schulz. »Ein geheimnisvoller Dritter nahm sie mit und warf sie nach einer Vergewaltigung in die Ruhr.«

»Mein Gott, ich habe mir alle möglichen Gedanken gemacht.«

»Warum haben Sie sich alle möglichen Gedanken gemacht?«, fragt Kramer.

Als könnte er ihn damit überführen. »Weil sie verschwunden war. Ich habe Ihnen von dem Albtraum erzählt.«

»Warum haben Sie die Feier bei Ihrer Schwester verlassen? Geplant war, bei ihr zu übernachten.«

»Christina war eifersüchtig. Sie wollte unbedingt nach Hause.«

»Lieferten Sie ihr einen Grund für die Eifersucht?«,

fragt Schulz.

»Warum fragen Sie, wenn Sie alles wissen?« Marc wird es zu bunt.

»Wir möchten es von Ihnen hören«, mischt sich Kramer ein.

»Nein, es gab keinen Grund. Lena und ich hatten uns nur angesehen.«

»Lena Saga, bei der Sie sich in der Nacht versteckt hielten«, stellt Schulz fest.

»Ich habe mich bei ihr nicht versteckt. Ich brauchte jemanden zum Reden. Es wurde spät. Da habe ich bei ihr übernachtet.«

Schulz ereifert sich: »Sie lernen Frau Saga auf der Feier Ihrer Schwester kennen und schlafen in der folgenden Nacht mit ihr, weil es spät wird? Gaben Sie ihr K.-o.-Tropfen oder hat sie freiwillig mitgemacht?«

»Ich habe niemandem K.-o.-Tropfen gegeben. Lena und ich haben uns verliebt.« Er spürt, wie er rot wird.

»Ihre Freundin meldet sich einen Tag nicht, schon verlieben Sie sich in die Nächste?«, bohrt Schulz nach. »Und Sie darf nicht eifersüchtig sein?«

»Mit Christina war Schluss. Wir hatten uns nichts mehr zu sagen.«

»So plötzlich.« Schulz sagt langsam und betont: »Hat Christina die Beziehung an der Raststätte beendet und Sie wollten es noch einmal wissen?«

»Nein, sie hat geschlafen. Ich habe Kaffee geholt, um wach zu bleiben. Ansonsten fehlt mir die Erinnerung.«

»Sie haben gesagt, mit Christina war Schluss.« Schulz

reibt sich mit den Fingern am Kinn, als gäbe es da einen Widerspruch. »Wann hat sie denn Schluss gemacht? Ich habe Sie so verstanden, dass Sie seit Remscheid kein Wort mehr mit ihr gewechselt haben.«

»Als wir in Köln losfuhren, hat sie gesagt, ich soll sie nach Hause bringen und Schluss.«

»Wie ist dann Ihre Nachricht in dem Briefkasten der Eltern zu verstehen?«, fragt Kramer.

Marc wird knallrot, er ärgert sich über seine widersprüchlichen Angaben. »Ich wollte ihr das iPhone zurückgeben, bevor ich zu Lena fuhr.«

»Fassen wir zusammen«, sagt Schulz. »Sie hatten mit Christina Wieden auf der Feier Ihrer Schwester alkoholische Getränke konsumiert und nach einem Streit den Rückweg angetreten von Köln nach Bochum. Am Rasthof Remscheid holten Sie Kaffee. Auf dem weiteren Weg starb Christina an einer Überdosis Liquid Ecstasy. Das Fläschchen mit dem tödlichen Wirkstoff fanden wir in Ihrer Jackentasche. Außerdem Diazepam im Schreibtisch.« Sein Ton wird lauter: »Sie wollen nichts davon wissen?«

»Ich habe nie Liquid Ecstasy besessen«, ruft er und zittert am ganzen Körper.

»Wie kommt es in Ihre Jackentasche? Merken Sie, wir drehen uns im Kreis, kommen aber an den Fakten nicht vorbei. Wollen Sie behaupten, dass wir Ihnen das Fläschchen zugesteckt haben?« Schulz haut mit der Faust auf den Tisch.

»Nein, das glaube ich nicht. Aber es ist nicht von mir.

Das ist die Wahrheit.«

»Erzählen Sie uns, wie es passiert ist. Dann glauben wir Ihnen«, meint Kramer freundlich.

»Das versuche ich die ganze Zeit«, beharrt er.

Kramer beugt sich vor, legt beide Arme auf den Tisch. »Sie hatten die Tropfen nur zufällig dabei. Als Sie den Kaffee holten, kam Ihnen die Idee. Aus Wut über den verdorbenen Abend, ihre verpasste Chance bei Lena Saga. An die Wechselwirkung mit Alkohol dachten Sie nicht. Auch schätzten Sie die Dosis nicht richtig ein. Als Christina ins Koma fiel, verloren Sie den Kopf. Erst die Polizeistreife vor Ihrer Haustür holte Sie in die Wirklichkeit zurück. Die Beamten beschrieben Ihre Erleichterung, als sie die Autotür erwähnten.«

»Ich war erleichtert, weil ich mit einer Blutprobe gerechnet hatte«, vernimmt Marc seine Stimme, die plötzlich anders klingt.

»Hören Sie«, ereifert sich Schulz. »Das junge Mädchen steht nicht wieder auf. Sie werden sich für ihren Tod verantworten müssen. Da reichen Ihre lächerlichen Zeilen nicht, in denen Sie ihr Glück wünschen. Das war zynisch.«

Marc lässt den Kopf sinken. Was soll er dazu sagen? Er wusste doch nicht, dass sie tot war.

»Kommen Sie bitte mit«, fordert Kramer ihn auf. Sie bringen ihn auf eine Zelle im Polizeirevier. »Bevor wir die Anhörung fortsetzen, ist es besser, wenn Sie mit einem Rechtsanwalt sprechen.«

Kapitel 17

Nach zwei Stunden führen ihn zwei Uniformierte in ein kleines Büro mit einem Tisch und zwei Stühlen. Neonlicht. Kahle Wände. Ein Herr mit Seitenscheitel um die vierzig mit Anzug, Weste und einem weißen Schlips stellt sich als Rechtsanwalt Oberler vor. Er entschuldigt sich für die Wartezeit, habe erst die Aktenlage studiert. Er äußert Zuversicht, ein mildes Urteil vor Gericht zu erzielen. »Wir waren alle mal jung und leichtsinnig. Nun ist es passiert und wir müssen zusehen, wie wir Sie da rausboxen.«

»Was hat das mit Jungsein zu tun?« Marc fasst es nicht. »Wie können Sie so etwas sagen? Sie wollen mein Anwalt sein und fragen nicht mal, ob ich schuldig bin?« Er versteht die Welt nicht mehr.

»Warum sollen wir um den heißen Brei herumreden? Das kostet unnötige Zeit. Die Beweislage ist eindeutig. Diazepam, Liquid Ecstasy. Eine Überdosis. Sie wird ohnmächtig, Sie verlieren den Kopf. Reden wir Klartext. Wenn Sie die Tat abstreiten, müssen Sie mit zehn bis fünfzehn Jahren rechnen, vielleicht sogar mit lebenslänglich. Wenn Sie es einräumen, setze ich mich für eine milde Strafe ein. Sie haben Zeit, es sich zu überlegen.«

»Wieder falsch. Ich habe keine Zeit. Ich will hier raus.

Und damit Sie es wissen. Ich bin nicht schuldig. Ich weiß nicht, wer Christina das angetan hat. Ich war es nicht. Sie war meine Freundin, verstehen Sie? Es ist fürchterlich, was da passiert ist, aber ich lasse mir keinen Mord anhängen.«

»Schlafen Sie eine Nacht darüber«, sagt Oberler, dem die Reaktion sichtlich unangenehm scheint. Zumindest ist die gute Laune aus seinem Gesicht verschwunden. »Morgen treffen wir uns beim Haftrichter und reden in aller Ruhe darüber. Ein Tipp: Versuchen Sie sich in der Nacht an alle Einzelheiten zu erinnern. Schreiben Sie am besten alles auf, was Ihnen dazu einfällt.«

Damit verlässt er den Raum, ja, er verlässt einfach den Raum. Ist ja prima. Sein Anwalt verdächtigt ihn, Christina getötet zu haben, nachdem er sie mit K.-o.-Tropfen zum Sex verführt hatte. Seine Freundin, die sich bei ihm über zu wenig Sex beschwerte. Der Anwalt rechnet ihm eine Strafe von zehn bis fünfzehn Jahren oder sogar lebenslänglich vor, wenn er die Tat nicht gesteht. Ein Uniformierter bringt das Abendessen: Tee, Brot mit Wurst und Käse.

»Meinen Sie, dass ich morgen entlassen werde?«, fragt er den Beamten.

»Sie bringen ein junges Mädchen um und wollen entlassen werden. Bei mir kämen Sie im Leben nicht mehr raus.«

»Ich habe sie nicht umgebracht. Mein Gott! Warum sollte ich meine Freundin umbringen? Nennen Sie mir einen Grund.« Er schiebt das Tablett mit dem Essen zur

Seite.

»Haben Sie mal an die verzweifelten Eltern gedacht? Welche Zukunftspläne sie mit ihrer Tochter hatten? Die Leere werden die Eltern im Leben nie mehr los.« Der Uniformierte sieht zu Boden, dreht sich weg.

»Sie haben ein Kind verloren?«, fragt Marc.

»Ja, bei einem Autounfall. Woher wissen Sie das?«

»Ich habe meine Eltern bei einem Autounfall verloren und Schuldgefühle, weil wir vorher im Auto gestritten hatten. An dem Tod meiner Freundin bin ich nicht schuld. Geben Sie mir eine Chance. Warum halten Sie mich für schuldig?«

Der Uniformierte hat sich wieder gefasst. »Sie hatten die K.-o.-Tropfen und werden die Tat gestehen. Kleinlaut, um eine milde Strafe zu erhalten. Wenn Sie mich fragen, haben alle Mörder lebenslänglich verdient. Da gibt es keine Entschuldigung.«

Damit geht der Beamte und lässt ihn mit »lebenslänglich« allein. Die ganze Nacht auf der Zelle. Zwischen Tag und Traum trifft er Christina in dem kurzen Kleid, den heißen Stiefeln. Sie lachen über den kleinen Professor in der Physikvorlesung, der so leidenschaftlich referiert, als gäbe es nichts anderes auf der Welt. Plötzlich hockt Marc in dem Unfallauto, kriecht durch das Seitenfenster. Christina ist bei ihm, sie folgt ihm. Nur mit dem kurzen Rock bekleidet. Ihre Brüste wippen bei jedem Schritt. Er will sich abwenden, doch schafft es nicht. Sie kommt auf ihn zu, umarmt ihn. Drückt sich an ihn, küsst ihn. Ihre Augen färben sich rot. Blut quillt aus ihrem Mund, ihrer Nase, ihren Ohren. Sie sieht ihn erschrocken an, ruft voller Angst: Marc! Und entfernt sich von ihm. Er will sie festhalten, doch es gelingt ihm nicht. Seine Hände greifen durch sie hindurch. Er kann nichts tun. Ihre Eltern sind da. Ihre Mutter, ihr Vater. Stehen da und weinen. Die Augen sind rot, die Wangen nass von Tränen. Die Mutter schluchzt auf.

»Warum weinen Sie?«, fragt er.

»Unser Kind, unsere einzige Tochter ist tot«, klagen sie.

»Warum ist sie tot?«, fragt er. »Warum? War sie krank?«

»Ihr Freund hat sie umgebracht«, sagen sie voller Abscheu seltsam einheitlich im Duett. »Wir hatten ihm vertraut. Aber er hat sie umgebracht.« Sie starren ihn an mit so viel Hass in den Augen.

»Warum hat er sie umgebracht?«, fragt er voller Panik. »Warum sollte er sie umbringen?« Er spürt, dass er so fragen muss. Unbedingt so fragen muss, doch es fällt ihm schwer. Denn er ist es, den sie beschuldigen. Er ist Christinas Freund. Ihm gilt ihre Wut. Er muss ihnen beweisen, dass er ihre Tochter nicht umgebracht hat, und redet auf sie ein, aber sie hören ihm nicht zu. Sie weinen und beschuldigen ihn immer wieder erneut, ohne ihm zuzuhören. Polizisten kommen, fesseln ihn an den Händen und treiben ihn vor sich her, bis sie ihn auf eine Zelle sperren. Sie geben ihm die Schuld. Alle geben ihm die Schuld. Der Beamte, der ihm das Essen in die Zelle bringt, der Richter, der in schwarzer Robe auf einem hohen Podest vor ihm thront und seinen Kopf mit den weißen dichten Haaren vor Entsetzen schüttelt. Der Verteidiger, der ihm ein mildes Urteil verspricht, wenn er gesteht. Er muss allen seine Unschuld beweisen. Er richtet sich auf, zerrt an den Fesseln, reißt sich los und rennt nach Hause. Erwartet nach dem Abendessen das Verhör seines Vaters. Er zwingt sich, ein Wurstbrot in sich hineinzustopfen, dazu roten Tee zu trinken und ein freundliches Gesicht zu machen. Es hat alles keinen Sinn, Vater holt ihn in sein Arbeitszimmer und befragt ihn zu dem schrecklichen Abend, an dem Christina starb. Befragt ihn zu den Personen auf der Feier, zu der Rückfahrt. Ein Gesicht taucht vor ihm auf, ein Name. *Rainer*. Ja, er hatte Christina angesprochen, bevor sie ihm das Eifersuchtsdrama lieferte und unbedingt nach Hause wollte.

Kapitel 18

Am Morgen wird er dem Haftrichter vorgeführt. Kurze Haare, an den Schläfen ergraut. Weißes Hemd, dunkle Krawatte. Hose mit Bügelfalte. Der Richter wirkt ernst, sachlich, er mustert ihn durch eine randlose Brille und bittet die Beamten, vor der Tür zu warten. Sein Büro ist ungemütlich mit dem Computerschreibtisch, den Holzstühlen. Weiße Wände starren ihn an, keine Bilder, keine Pflanzen. Marc nimmt den Pflichtverteidiger wahr, der etwas steif wirkt im dunklen Anzug. Der Gedanke an eine Beerdigung drängt sich ihm auf. Seine Beerdigung. Er muss seine Fantasie bremsen. Der Anwalt steht unbeholfen auf, um ihm die Hand zu geben, registriert die Handschellen, klopft ihm auf die Schulter und deutet ihm an, sich neben ihn zu setzen.

Marc versucht, sich an den Namen zu erinnern. Vergeblich. Er vergisst Namen. So fängt es an. Nachher ist einem alles gleichgültig. Richter und Rechtsanwalt sehen ihn an, als würde er ihnen nicht die genügende Aufmerksamkeit schenken. Dabei hört er ihnen zu, hat nur so eine verdammte Wut auf die Situation. Er fühlt sich ausgeliefert und es erinnert ihn an die Verhöre seines Vaters in dem kalten Zimmer. Die verdammte Ohnmacht. Immer wieder. Hat er nicht schon genug mitgemacht? Der Richter liest ihm einen Paragraphen aus dem Strafgesetzbuch vor, wohl um den Ernst der Lage zu verdeutlichen. »Verursacht der Täter durch sexuelle Nötigung oder Vergewaltigung wenigstens leichtfertig den Tod des Opfers, so ist die Strafe lebenslange Freiheitsstrafe oder Freiheitsstrafe nicht unter zehn Jahren.«

In seinem Kopf dreht sich alles. Er denkt an den Traum in der Nacht. »Ich habe ihr keine K.-o.-Tropfen gegeben und sie nicht vergewaltigt.«

»Nur ein umfassendes Geständnis kann Ihre Strafe mildern«, betont der Richter. »Also nutzen Sie die Chance.«

Er erinnert sich an die Worte des Uniformierten, würde am liebsten gar nichts mehr sagen. Der Richter sieht ihn streng an, als erwarte er ein Geständnis. »Was soll ich gestehen?«, fragt er schließlich.

»Wir nehmen an, dass Sie unter Schock standen. An die Möglichkeit einer Wiederbelebung nicht dachten. Wir haben für alles Verständnis, aber erwarten klare Worte.«

Er weiß nicht, was er erwidern soll, und sieht zu Boden. Der Richter scheint es als Geständnis zu werten, jedenfalls klingt die Stimme milder. »Ich verstehe, wie schwer es Ihnen fällt, doch Sie müssen sich zu der Tat bekennen. Sonst können wir nichts für Sie tun. Wen sollen wir über die Untersuchungshaft informieren?«

Er denkt mit Schrecken: *Untersuchungshaft*, spricht es aus: »Untersuchungshaft? Warum? Ich habe sie nicht getötet.«

Der Richter sieht voller Empörung zum Rechtsanwalt. »Herr Oberler, reden Sie mit ihm. Vielleicht können Sie ihn zur Vernunft bringen.«

Oberler. Wie konnte er den Namen vergessen? Man muss sich Verbindungen schaffen, Knoten, braucht nur an einen Ober zu denken. Er stellt sich vor, wie der Anwalt in einer Gaststätte das Essen serviert. Im Restaurant Waldesruh, einem feinen Lokal im Bochumer Süden. Seine Eltern nahmen ihn sonntags mit dahin wegen der guten Küche. Nachher gab es Minigolf auf der dazugehörigen Bahn oder einen Spaziergang durchs Weitmarer Holz, dem dortigen Waldgebiet. Warum sind sie an seinem Geburtstag nicht dorthin gefahren. Sie könnten noch leben.

Herr Oberler erhebt sich schwerfällig. Er soll ihn auf den Flur begleiten, wo die Justizbeamten warten. »Machen Sie es sich nicht schwerer, als es ohnehin schon ist«, redet der Anwalt auf ihn ein. »Wen wollen Sie mit Ihrer Verschwiegenheit beeindrucken?« Dabei kommt er nah an ihn heran. Marc versucht, zurückzuweichen. Oberler scheint es nicht zu bemerken, sondern legt einen Arm um seine Schultern, hält ihn damit fest. Sein Körper quittiert es mit einem Schwindelanfall.

»Sie werden spüren, wie erleichternd eine Aussage ist. Es ist raus und sie gehören wieder zur Gemeinschaft. Wir können damit vor Gericht arbeiten. Quälen Sie sich nicht unnötig. Der Richter meint es gut. Er ist kein Unmensch, sondern lässt mit sich reden. Machen Sie ein umfassendes Geständnis und wir sorgen für ein mildes

Urteil. Sie haben gehört, was auf dem Spiel steht. Es liegt allein in Ihren Händen.«

Marc schüttelt den Kopf, er will von Rainer erzählen. Doch der Anwalt schiebt ihn ins Büro des Richters zurück und bleibt selbst am Eingang stehen. »Er braucht Zeit zum Nachdenken.«

»Also gut«, meint der Richter. »Wen sollen wir über die Untersuchungshaft informieren?«

»Meine Schwester.« Er gibt ihm die Adresse in Köln und die Telefonnummer.

»Sonst niemanden?«, erkundigt sich der Richter.

»Lena Saga und Oliver Schuler.« Er schreibt die Adressen auf. Die Haftprüfung ist beendet. Die Beamten fahren zu seiner Wohnung, nehmen ihm die Handschellen ab. Er darf Kleidung, die Zahnbürste und den Rasierer einpacken, dazu Bücher, Blöcke, Stifte und den kleinen Flachbildfernseher.

Auf der Kammer der Justizvollzugsanstalt werden seine Sachen gelistet, der Fernseher verplombt. Mit langen Schlüsseln öffnen sie Gittertüren, führen ihn durch enge Gänge. Eine Eisentür wird geöffnet. Dahinter befindet sich ein kleiner rechtwinkliger Raum mit einer Liege, Spind, Schreibtisch und Stuhl. Hinter einem Vorhang entdeckt er die Toilette. Die Eisentür wird verschlossen. Er ist auf der Zelle gefangen. Kann den Raum nicht verlassen, nirgendwo hingehen. Auch nicht anrufen. Sie haben ihm sein Smartphone abgenommen, damit ist er von der Außenwelt abgeschnitten. Er setzt sich auf die Matratze. Schließt die Augen und stützt den

Kopf mit den Händen ab. Ob Katrin ihn besucht? Lena oder Oliver? Wird der Richter sie informieren oder werden sie ihn schmoren lassen? Er schweift ab. Warum hat er das Fläschchen nicht bemerkt. Wie kann man so schusselig sein? Es hätte gereicht, einmal in die Tasche zu greifen. Selbstvorwürfe bringen ihn nicht weiter. Er ist der Hauptverdächtige in einem Mordprozess, muss sich damit abfinden. Vor einer Woche war er mit Christina im Ruhrpark. Jetzt sitzt er im Knast und soll sie umgebracht haben. Es muss ihnen beweisen, dass er unschuldig ist. Aber wie? Von der Zelle aus ist es unmöglich. Er legt sich auf die Matratze und schließt die Augen.

Sie werden seinen Onkel fragen, ob er ihm Diazepam verschrieben hat. Er wird es bestätigen. Ob er ihn besucht? Nein, sein Onkel wird ihm höchstens einen Brief schreiben, den Herzinfarkt vorschieben und ihn auffordern, reinen Tisch zu machen. Er könnte heulen vor Selbstmitleid über die zerbrochene Familie. Stellt sich vor, dass ihn niemand besucht und er irgendwann nach langer Haftzeit entlassen wird als der einsame Mensch, der einem Taxifahrer am Ende der Fahrt zehn Euro gibt, um seine Geschichte zu Ende zu erzählen. Er spürt, wie die Wände näherkommen, um ihn zu erdrücken. Legt sich auf den Bauch und vergräbt sein Gesicht in der Decke. *Eingeschlossen auf der Zelle*, hämmert es in seinem Kopf. Einige dich mit ihnen, sonst kommst du nie wieder raus.

Kapitel 19

Am frühen Morgen schreckt er aus dem Halbschlaf auf. Fühlt sich benommen, während der Schlüssel in die Eisentür dringt und er das Frühstück von den Essensträgern annimmt. Er betrachtet die Einzelzelle, gut zwei mal drei Meter, sehnt sich nach seiner Wohnung, der Küche zurück und fragt sich, wer während seiner Abwesenheit die Blumen gießt, den Hausflur wischt. Lauter törichte Fragen. Was wird aus der Wohnung, wenn sie ihn längere Zeit einsperren? Wird der Vermieter sie räumen und weitervermieten? Werden seine Sachen zwischengelagert in einer Garage oder zum Sperrmüll gegeben? Er denkt an den Schreibtisch, die vielen Bilder, Erinnerungen an seine Eltern, die Zeugnisse, das Notebook. Er wird Katrin bitten, sich den Schlüssel von dem verrückten Nachbarn zu holen. Der Gedanke beruhigt ihn.

Um zehn ist Freistunde. Es bedeutet, eine Stunde auf dem Hof zu verbringen wie in den Gefängnisserien. Er betrachtet die anderen Häftlinge. Was geht in ihnen vor? Denken sie an Flucht oder nur an das nächste Essen? Sind sie schuldig? Gibt es Unschuldige hier, die so wie er auf einen Freispruch hoffen? Erkennt man sie an ihrem Aussehen, ihrem Benehmen? Er versinkt in Gedanken, bis ihn jemand anrempelt. Er will sich aufregen, da erkennt er Denny mit den blonden Stoppeln auf dem Kopf. Er wechselte nach der zehnten Klasse zur Kollegschule. Er schüttelt Denny die Hand, froh, ein bekanntes Gesicht zu sehen.

»Mensch Marc, was machst du denn hier?«

»Das könnte ich dich auch fragen«, erwidert er.

»Bei mir ist es mit einem Wort erzählt«, meint Denny. »Drogen. Aber du warst nie der Typ dazu.«

»Stimmt. Bei mir ist es nicht so schnell gesagt.«

»Okay, ich komme zum Umschluss«, unterbricht ihn Denny.

»Umschluss?« Er sieht ihn fragend an.

»Ich besuche dich nach der Arbeit auf der Zelle. Wirst schon sehen.«

Um zwölf Uhr bringen die Essensträger die Menagen auf die Zellen. Gemüse, Fleisch, Kartoffeln in einer Plastikschale. Marc stochert lustlos darin herum, schaltet den Fernseher zur Ablenkung ein.

Am Nachmittag holt ihn der Besuchsbeamte. Ein kleiner freundlicher Typ mit Bauch. Ende fünfzig. Er stellt sich als Müller vor und kündigt Rechtsanwalt Oberler an. Führt ihn durch den Gefängnistrakt in einen großen Saal mit Inhaftierten und Besuchern. Dahinter sind die Räume für Einzelbesuche. Tisch, Stühle, ein vergittertes Fenster, alles funktional.

»Schluss! Keine Spielchen mehr. Die Lage ist ernst.« Herr Oberler klappt seinen Koffer auf, entnimmt ihm einen Zeitungsartikel, knallt ihn mit der flachen Hand auf den Tisch.

Tod durch Liquid Ecstasy

Christina W. aus Bochum-Linden wurde am frühen Sonntagmorgen in der Nähe der alten Fähre nackt aus der Ruhr gezogen. Todesursache: eine Überdosis Liquid Ecstasy. Die als K.-o.-Tropfen bezeichnete Droge Gamma-Hydroxid-Buttersäure wird den Opfern ins Getränk gemischt, um sie willenlos und gefügig zu machen. Tatverdächtig ist der 23-jährige Marc K. aus Bochum, mit dem das Opfer zur Tatzeit unterwegs war. Bei einer Wohnungsdurchsuchung wurde das tödliche Medikament bei ihm sichergestellt. Er wartet in der Untersuchungshaft auf seinen Prozess. Mit den verzweifelten Eltern sprach unsere Mitarbeiterin vor Ort: »Wir haben ihm vertraut. Christina war unser einziges Kind. Unser Leben ist vorbei.«

Herr Oberler beugt sich nah zu ihm hin, dass ihm eine Knoblauchfahne um die Nase weht. Mit gespieltem Wohlwollen im Blick flötet er wie die Schlange Kaa aus dem Dschungelbuch: »Wir sagen es dem Richter genauso, wie es war, und stellen Ihre Vergangenheit dar. Den Unfall der Eltern. Ihre Verzweiflung. Den Halt bei der Freundin. Die Feier. Alkohol. Den Streit. Ja, ich kenne das. Ihre Panik, als sie bewusstlos wurde. Das überstürzte Handeln. Ich bereite alles vor. Sie brauchen nur zu unterschreiben. Wir fordern ein Gutachten an, plädieren auf verminderte Schuldfähigkeit zum Tatzeitpunkt. Im affektgeladenen Zustand haben Sie die Tote in die Ruhr geworfen. Sie kommen in eine Klinik, um Ihr Trauma aufzuarbeiten.«

»Sie haben mich nicht verstanden«, sagt Marc leise. »Ich habe Christina nicht umgebracht.«

»Damit kommen wir nicht durch«, schimpft der Anwalt. »Begreifen Sie das endlich. Wenn Sie bei der Aussage bleiben, werden Sie die nächsten fünfzehn Jahre hinter Gittern verbringen. Wie kann man so stur sein? Ich biete Ihnen eine Chance, einigermaßen sauber aus der Sache rauszukommen. Aber Sie brauchen nicht auf mich zu hören. Es ist Ihr Leben, das Sie zerstören. Nur weiß ich nicht, wie ich Sie verteidigen soll, wenn Sie die Tat leugnen.«

Marc steht auf, klopft an die Tür. Müller kommt. Oberler nimmt den Zeitungsartikel, klappt seinen Koffer zu und geht ohne ein weiteres Wort hinaus. Marc wird auf die Zelle zurückgebracht, er läuft hin und her, eine Beruhigung stellt sich nicht ein.

Denny steckt bei dem Umschluss einen Joint an, den er mitgebracht hat. »Um blöde Gedanken zu vertreiben«, sagt er. Marc ist froh, nicht allein zu sein. Er zieht an dem Joint, hofft, sich zu beruhigen. Denny erzählt, dass er bei einem größeren Deal erwischt wurde und auf eine schnelle Vermittlung in eine Drogenklinik wartet. Sein Anwalt würde sich für ihn einsetzen. Er habe andere Verteidiger erlebt, die sich für ihre Mandanten nicht die Bohne interessierten. Damit trifft er genau Marcs Thema. Gemeinsam ziehen sie über Rechtsanwälte her, besonders über Oberler. Marc erzählt, wie der ihn mit sanfter Stimme zu einem Geständnis überreden wollte, ihm dabei so auf die Pelle rückte, dass er ihn mit der Schlange Kaa verglich. Sie lachen über den Vergleich, bis Denny ihn fragt, ob er eine Anzahlung leisten könne. Marc denkt an das Sparbuch seiner Eltern. Katrin wird ihm aushelfen, er braucht es ihr nur zu schreiben.

»Nimm meinen Anwalt, Dr. Baum. Der wird sich für dich einsetzen und nicht so einen Schwachsinn von verminderter Schuldfähigkeit labern. Ich habe eine Visitenkarte mitgebracht.« Er reicht sie ihm. »Nun erzähl schon, was dir vorgeworfen wird.«

Nach der Schilderung wirkt Denny erschüttert. Über Christinas Tod, über den Verdacht. Es stellt sich heraus, dass er Christina über ihre Freundin kannte. »Alessa hat bei uns eingekauft. Ich habe sie gemocht. Weißt du, was aus ihr geworden ist?«

»Sie ist in einer Drogenklinik in Hannover.«

»Das ist gut.« Denny atmet auf. »Ich habe immer gedacht, sie bringt sich irgendwann um.«

»Und du? Wolltest du dich auch umbringen?«

»Vielleicht …«

»Warum Denny? Ich versteh das nicht.«

»Erinnerst du dich an meinen Vater?«

»Nein, was meinst du?«

»Plötzlich war er tot. Ohne Sinn. Ich war zehn Jahre alt, habe es nicht verstanden. Bis heute nicht. Ich finde draußen keine Ruhe.«

»Und hier findest du Ruhe?«

Denny schweigt, sieht ihn an. Er schämt sich für seine voreiligen Worte.

»Ich habe mal was gelesen«, sagt Denny. »Eine Frau besucht einen weisen Mönch in den Bergen.«

»Und?« Marc sieht ihn überrascht an.

»Sie möchte seinen Rat. Denkt immer, nach ihrem Tod würde nur eine Klette auf ihrem Grab wachsen. Der Gedanke verfolgt sie bei Tag und Nacht. Sie fühlt sich völlig davon gefangen, traut sich kaum heraus. Und das Schlimmste: Keiner interessiert sich dafür.«

»Was sagt der Mönch?«, fragt Marc.

»Das ist es. Sie soll sich für andere einsetzen, für Schwächere, für Kinder, für die Natur. Dann würden sie solche Fragen nicht bedrängen.«

»Du solltest Philosophie studieren. Ich glaube, das ist deine Welt. Mensch Denny, dass wir uns im Knast wiedersehen. Du als Dealer, ich als Mörder.«

»Unsinn, du hast sie nicht umgebracht. Die sind alle verblendet.«

»So einen Träumer wie dich brauchen sie auch nicht einzusperren.«

Denny sieht ihn mit verträumtem Blick an. »Wir funktionieren nicht wie die anderen, sind aus ihrem Kreislauf gefallen. Deswegen sperren sie uns ein. Sie mögen nur Leute, die leben und feiern wie sie, und nicht nachdenken.« Denny zieht am Joint und bietet ihn Marc erneut an.

Er nimmt mehrere Züge. »Als hätte das alles nichts mit mir zu tun. Verstehst du? Ich bin der Sohn eines Staatsanwaltes, einer strengen Katholikin, war Messdiener in der Gemeinde. Ohne irgendein Interesse für juristische oder katholische Spielereien. Ich war Schüler, habe für Klausuren gebüffelt, ohne mich dafür zu interessieren. Und habe Informatik ohne Interesse an Mathematik und Physik studiert. Ich war mit Christina zusammen, ohne sie zu lieben. Ich habe mich ihren Bedürfnissen angepasst. Nun bin ich inhaftiert ohne Straftaten. Mein Leben ist verplant und ich weiß nicht, wer es plant. Dazu so miserabel.«

Denny lacht. »Ich würde an meinem Leben auch Korrekturen vornehmen, zum Beispiel verbieten, nach dem Besuch meiner Freundin gefilzt zu werden.«

»Haben sie was gefunden?«, fragt Marc entsetzt.

»Klar. Bei meinem Pech. Ich habe nicht gesagt, dass sie es mitgebracht hatte. Sondern, dass ich es auf dem Fußboden fand.«

»Das haben sie nicht geglaubt, oder?«

»Das spielt keine Rolle. Meine Freundin bekam Besuchsverbot, ich eine Woche *Bunker*. Wundere dich nicht, wenn du mich die nächste Zeit nicht siehst.«

»Was bedeutet Bunker?«, fragt Marc.

»Eine gesicherte Arrestzelle. Doppelte Gitter. Keine beweglichen Sachen. Keine Kontakte, kein Fernseher, keine Musik. Dreimal am Tag Essen. Ein getrennter Hofgang. Fertig. Sonst nur nachdenken. Der ganz normale Wahnsinn hinter Gittern.«

Kapitel 20

Die Eisentür wird aufgeschlossen. Zwei junge Frauen warten im Besucherraum. Marc denkt sofort an seine Schwester und Lena. Sein Herz schlägt wie wild. Müller führt ihn den gleichen Weg wie beim Besuch des Rechtsanwalts. Vorbei an dem großen Raum für Privatbesuche zu den Einzelzimmern für Anwälte und Behördenmitarbeiter. Kaum hat er die Tür geöffnet, kommt Lena auf ihn zu und umarmt ihn. Die andere mit den blonden Haaren und der engen Lederhose kennt er nicht.

»Meine Freundin Marie«, klärt Lena ihn auf. »Ohne sie hätte ich es nicht so schnell geschafft.« Auf dem Tisch stehen drei Kaffeetassen und liegen Schokoladen und Plätzchen herum. Müller bleibt in der Tür stehen, er wirkt überrascht, erschrocken. Sieht Lena an, als würde er sie kennen. Tatsächlich begrüßt sie ihn mit einer schnellen Umarmung.

»Dein Vater hat immer von den langen Haaren geschwärmt«, sagt er, bevor er sich zurückzieht. Lena lässt sich gedankenversunken auf einem Stuhl nieder. Marc setzt sich zu ihr, Marie auf die andere Seite.

»Ich freue mich über euren Besuch. Wie immer ihr es geschafft habt.« Er erinnert sich an die Feier. Lenas glänzende Augen. Die langen schwarzen Wimpern.

»Marie ist Bewährungshelferin. Deswegen der schnelle Termin und der Besuchsraum«, sagt Lena. »Nun zu dir, was sagt dein Anwalt?«

»Er will mich zum Geständnis überreden und ein Gutachten beantragen. Er meint, eine verminderte Schuldfähigkeit wäre vor dem Hintergrund des traumatischen Unfalls meiner Eltern und dem Konsum von Diazepam und Alkohol zur Tatzeit drin. Er faselte etwas von jugendlichem Leichtsinn und einer Affektstörung.«

»Spinnst du? Lass dir das nicht einreden.« Lena hat Tränen in den Augen.

»Sie wollen mich kleinkriegen, weißt du. Ich habe alles falsch gemacht. Habe so lange gewusst, dass Christina nichts für mich ist, Informatik nichts für mich ist, doch ich habe weitergemacht in der Hoffnung, irgendwer wird es schon richten.«

Sie nimmt seine Hand. »Das reicht nicht zum Einsperren«, flüstert sie und lehnt sich an ihn.

Marie erkundigt sich nach dem Rechtsanwalt und stöhnt bei dem Namen auf. »Du brauchst unbedingt einen anderen Anwalt.«

»Das hat Denny auch gesagt. Er sitzt wegen Drogen in U-Haft. Ich kenne ihn aus der Schule. Es ist verdammt gut, dass ich ihn getroffen habe.«

»Wir müssen herausfinden, wer dir die Tropfen in die Tasche geschmuggelt hat. Nach der Untersuchung steht fest, dass sie den Tod von Christina Wieden verursacht haben«, sagt Marie.

»Woher weißt du das?«, fragt Marc.

»Mein Freund arbeitet bei der Kripo. Das bleibt unter uns, klar. Die Ermittlungsergebnisse darf ich nicht weitertragen.«

»Wenn ich nur wüsste, wer es mir zugesteckt hat. Sowas muss man doch merken. Ich werde noch verrückt. So blöd kann man nicht sein.«

Lena sieht ihn eindringlich an. »Selbstvorwürfe helfen nicht weiter. Was können wir draußen für dich tun? Sollen wir einen anderen Anwalt beauftragen?«

»Ja. Dr. Baum. Fragt ihn bitte, ob er mein Mandat übernimmt.«

»Das regele ich schon«, sagt Marie. »Er hat vor kurzem einen Klienten von mir betreut. Er steht auf der Seite der Mandanten, wird dir nicht so einen Unsinn erzählen.«

»Katrin wird ihm einen Vorschuss zahlen. Ich habe ihr meine Bankdaten und eine Vollmacht geschickt. Vater hatte ein Sparkonto für uns angelegt. Ihr müsst ihr nur mitteilen, was sie überweisen soll.«

»Das ist im Moment das geringste Problem«, sagt Marie. »Das kriegen wir hin. Gibt es noch etwas?«

»In der Nacht hatte ich Oliver im Intershop getroffen, ich habe es Lena schon erzählt. Einen Freund. Vielleicht erinnert er sich an etwas, das mich entlasten kann. Auf jeden Fall wird er bestätigen, dass ich in der Nacht zum Sonntag von drei bis halb fünf mit ihm zusammen war.« Er notiert den vollständigen Namen und die Adresse, sogar die Handynummer aus einem kleinen Notizbuch, das sie ihm gelassen haben.

»Hast du ein Bild von Christina?«, fragt Lena. »Wenn sie vor deiner Haustür aufgewacht ist, wird sie versucht haben, nach Linden zu kommen. Da liegt es nahe, dass sie ein Taxi angehalten hat. Ich verstehe nicht, warum die Kripo das nicht untersucht«, sagt sie mit einem Blick zu Marie.

»Darf ich offen sein?«, fragt ihre Freundin.

»Natürlich«, erwidern Marc und Lena im Duett.

»Es gibt keinen Zweifel an deiner Schuld. Erstens wurde das Liquid Ecstasy bei dir gefunden, zweitens hat dich eine Polizeistreife in der Nacht vor der Haustür gesehen. Du warst allein und gabst an, deine Freundin wäre mit dem Auto gefahren.«

»Ich wollte die Beamten loswerden. Weil ich Angst hatte vor einem Alkoholtest. Ich wusste doch nicht ...« Er sieht Lena an. »Ich hatte geschlafen. Ein Albtraum hatte mich geweckt, indem Christina vorkam. Ich bin runter, um nachzusehen, ob sie noch im Auto ist. Sie war während der Fahrt eingeschlafen. Ich sollte sie nach Linden bringen, habe ich aber nicht, da bin ich mir sicher.« Er spürt Maries zweifelnde Blicke. »Das klingt schräg, das weiß ich. So ist mein ganzes Leben.«

»Hast du ein Foto von ihr«, drängt Lena.

»In meiner Wohnung. Mein Nachbar hat einen Schlüssel. Olaf Klein. Wundere dich nicht. Er ist etwas seltsam, seit seine Freundin ihn verlassen hat.«

»Ich komme schon klar«, verspricht sie.

»Die Fotos sind in der Schreibtischschublade, wenn die Beamten nicht alles auf den Boden geworfen haben.«

»Ich werde sie finden«, lacht sie und sieht ihn aus ihren dunklen Augen an, dass er ihr sofort einen Kuss gibt. »Auf meinem Notebook findest du auch Fotos. Du kannst sie ausdrucken. Kennst du dich damit aus?«

»Ja, klar.« Sie notiert sich das Passwort.

»Ich habe ihr keine K.-o.-Tropfen gegeben. Ich habe sowas nie besessen. Ich hoffe, ihr glaubt mir.«

»Sonst wären wir nicht hier«, sagt Marie. »Ich hatte mal einen ähnlichen Fall.«

Marc fragt nach und Marie erzählt von Frederik, einem ehemaligen Klienten, der in U-Haft kam. Nach kurzer Zeit habe sich seine Unschuld herausstellt und er sei entlassen worden. Er wäre nach Münster gezogen, um Medizin zu studieren. Sie habe Kontakt zu ihm und werde ihn bald besuchen.

»Ich hoffe, bei mir wird es genauso.« Er denkt mit Schaudern an die Zelle zurück. Was würde er darum geben, mit ihnen das Gefängnis zu verlassen. Er würde draußen jeden Grashalm küssen. Er ärgert sich über die vertane Zeit in seinem Leben und nimmt sich vor, alles zu ändern, wenn er rauskommt. Keinen Tag wird er mehr sinnlos verschwenden.

»Was denkst du?«, fragt Lena, die ihn beobachtet.

»Ich stelle mir vor, nach der Entlassung jeden Grashalm zu küssen.«

Sie lacht und küsst ihn. »Ich werde dich daran erinnern. Gibt es sonst noch Pläne?«

»Mit dir am Bermuda3eck zu sitzen, Leute zu beobachten, ins Kino zu gehen. Oder durch den Wald zu laufen, an der Ruhr mit dem Rad zu fahren, ein Essen für uns zuzubereiten, dich zu verwöhnen. Es ist so eintönig auf der Zelle.«

»Hast du einen Verdacht?«, fragt Marie. »Es wäre hilfreich. Wer hatte Kontakt zu dir, um dir die K.-o.-Tropfen zuzustecken?«

»Mir fällt keiner ein. Echt. Es ist verhext. Ach so, Denny erwähnte Alessa Hauser, Christinas beste Freundin. Ich weiß nicht, warum sie mir nicht aus dem Kopf geht. Ich werde das Gefühl nicht los, sie kann uns weiterhelfen.«

»Wer ist noch mal Denny?« Marie sieht ihn fragend an.

»Der ehemalige Mitschüler, den ich in der Freistunde traf. Sein Vater starb damals bei einem Unfall. Denny kam nie darüber weg, nahm Drogen und handelte damit. Er gab mir auch den Tipp mit Dr. Baum.«

»Also kennt er Alessa aus der Drogenszene?«, folgert Marie.

»Ja, genau«, bestätigt Marc.

»Was kann Alessa mit dem Tod von Christina zu tun haben?«

»Es ist nur ein Gefühl. Vielleicht bedeutungslos.« Er nimmt die Zweifel in Maries Blick wahr.

»Wir werden sie besuchen«, sagt Lena. »Um nichts unversucht zu lassen. Es wird sich klären. Davon bin ich überzeugt. Du kommst bald dazu, deinen Grashalm zu küssen.«

Kapitel 21

Lena fühlt sich erleichtert, aus der Haftanstalt raus zu sein, wo sie alles an ihren Vater erinnerte. Sie weiß nicht, ob sie es ohne Marie überhaupt geschafft hätte. »Wie geht's weiter«, fragt sie ihre Freundin.

»Ich bringe dich zu deiner Hausärztin, dort lässt du dich eine Woche krankschreiben. So wie du aussiehst, fährst du besser nicht in die Kinderklinik. Ich werde mit Dr. Baum sprechen und ihn bitten, Marc schnell zu besuchen.«

»Es passt nicht zu ihm, weißt du. So kann man sich in einem Menschen nicht täuschen. Sie gab den Ton an und wollte unbedingt nach Hause.«

»Wir müssen herausfinden, wie die K.-o.-Tropfen in seine Tasche geraten sind.«

Lena zuckt mit den Schultern. »Warum überprüft die Kripo nicht alle, die mit Marc Kontakt hatten?«

»Es wird schwierig, Christian zu überzeugen. Für ihn und die Kollegen ist der Fall abgeschlossen«, erwidert Marie.

Lena zuckt mit den Schultern. »Ich werde die Fotos von Christina besorgen, um sie Taxifahrern zu zeigen. Ich wette, sie hat sich ein Taxi genommen. Bist du nachher im Büro?«

»Ja. Sonst melde dich über WhatsApp. Viel Glück. Der Nachbar soll seltsam sein. Wenn du Hilfe brauchst, rufe mich an.«

»Marie, ich dank dir für alles.« Sie umarmt sie. »Ohne dich wären Marc und ich verloren.«

»Hauptsache, wir holen ihn schnell da raus.«

Lenas Ärztin hat Verständnis und schreibt sie ohne große Nachfragen für eine Woche arbeitsunfähig. Damit hat sie Zeit gewonnen. Sie läuft zu ihrer Wohnung, um ihr Fahrrad zu holen, und fährt weiter zu Marcs Adresse in Wiemelhausen. Sie findet die Namen auf der Klingelanlage, schellt bei Klein und spürt ihren Puls. Nichts passiert. Sie drückt etwas länger auf die Klingel. Keine Reaktion. Sie muss sich gedulden und später wiederkommen. Sie fährt zu einem Café im Kirchviertel, bestellt Milchkaffee und Apfelkuchen. Die Begegnung mit dem Justizbeamten hat ihr zugesetzt. Sobald sie an den Tod ihres Vaters erinnert wird, stürzt ihre mühsam aufgebaute Welt zusammen. Ist es Zufall, dass ihr Freund in der Haftanstalt einsitzt, wo ihr Papa sich das Leben nahm? Sie darf nicht darüber nachdenken, sondern muss ihre To-do-Liste abarbeiten. Zuerst gilt es, den Schlüssel für Marcs Wohnung beim Nachbarn zu holen. Sie braucht die Fotos von Christina, um sie den Taxifahrern am Bahnhof zu zeigen. Um den Anwalt braucht sie sich nicht zu kümmern, den wird Marie einschalten. Sie versucht, Katrin zu erreichen, doch es meldet sich die Mailbox.

Sie trinkt ihren Milchkaffee aus und verlässt das Café. Zurück vor dem Hauseingang sieht sie auf ihr Smartphone. Nicht mal eine Stunde ist vergangen. Sie schellt zweimal hintereinander bei Klein. Zu ihrer Überraschung wird die Tür aufgedrückt. Der Hausflur wirkt dunkel und etwas unheimlich. Sie überlegt, dass sie Marc erst auf Katrins Feier kennengelernt hat. Trotzdem ist er ihr schon vertraut. Ein Mann um die dreißig, barfuß und in einem dunkelblauen Bademantel, wartet an der Wohnungstür im ersten Stock.

»Was willst du hier?«, fragt er barsch und tastet sie mit seinem Blick ab. Ehe sie antworten kann, fügt er hinzu: »Wenn du Marc suchst, der ist im Knast, weil er seine Freundin umgebracht hat. Polizei und Presse waren schon da. Mir reichts. Damit tschüss.«

»Warten Sie bitte. Marc sagte, sie hätten einen Schlüssel für seine Wohnung. Wir benötigen Fotos von Christina, um sie Taxifahrern zu zeigen. Wir nehmen an, dass sie in der Nacht mit dem Taxi nach Linden gefahren ist.«

Sie spürt erneut seinen abschätzenden Blick. »Du kannst den Schlüssel haben, wenn du dich um seine Wohnung kümmerst. Ich will nichts damit zu tun haben, hörst du? Mir reicht der Aufstand der Bullen. Sie haben meine Wohnung auf den Kopf gestellt, um nach K.-o.-Tropfen zu suchen. Sag es ihm, wenn du ihn besuchst. Er ist mir was schuldig. Wenn er in zwanzig Jahren entlassen wird.«

»So lange wird es nicht dauern«, behauptet sie. »Er ist eher zurück, als Sie denken.«

»Hast du die Zeitung nicht gelesen? Er war in der Nacht mit Christina in Köln. Sie sind zusammen zurückgefahren, doch nur er kam in Bochum an.« Er macht eine kunstvolle Pause. »Ich habe ihn am nächsten Morgen an seinem Auto getroffen.« Er zieht die Worte in die Länge: »Er wirkte, als hätte er etwas Furchtbares zu verbergen. Eine Wasserleiche. Ich habe es der Polizei und der Presse gesteckt.« Er grinst.

»Warum sagen Sie das? Was haben Sie gegen ihn? Hat er Ihnen etwas getan?«

»Nein, sie wollten es hören, besonders die von der Presse. Marc hat immer angegeben mit seinen Frauengeschichten. Ich hatte ihn gewarnt. Sie bringen nur Unglück. Meine Freundin hat mich mit einem anderen verlassen, nachdem sie mein Konto leergeräumt hatte. Ich hätte sie am liebsten auch ...«

»Geben Sie mir den Schlüssel«, fordert Lena ihn auf. »Ich kümmere mich um die Wohnung.«

»Nicht so schnell. Ich ziehe mich an und werde ihn suchen. Komm solange rein. Ist doch blöd, im Flur zu warten.«

Lena folgt ihm in seine Wohnung. Die dunklen Vorhänge vor den Fenstern lassen nur wenig Tageslicht herein. Es dauert, bis sich ihre Augen daran gewöhnt haben.

»Möchtest du was zu trinken? Kaffee oder was Alkoholisches?«, fragt er. »Ich habe auch Cola.«

»Nein, danke. Wenn ich ehrlich bin, würde ich gern in Marcs Wohnung gehen und dann sofort weiter.«

»Um seine Unschuld zu beweisen.« Er grinst.

»Was ist daran falsch?«

»Nichts. Außer der Kleinigkeit, dass er sie umgebracht hat. Hat er dir von seinen Eltern erzählt?«

»Ja, sie starben bei einem Autounfall.«

Er zieht die Stirn in Falten, nickt geheimnisvoll. »Er stritt im Auto mit ihnen, als es passierte. Na, macht es klick?« Er dreht sich zur Küchenzeile, legt zwei Pads in die Senseo-Maschine und stellt Kaffeetassen hinein. »Man muss aufpassen, auf wen man sich einlässt. Jetzt trinken wir erstmal einen Kaffee zusammen.« Er nickt bedeutungsvoll.

»Ich weiß schon, auf wen ich mich einlasse.«

»Dann ist ja alles gut. Milch, Zucker?«

»Nur Milch, bitte.«

Er reicht ihr die Kaffeetasse.

»Danke. Würdest du bitte den Schlüssel suchen? Ich habe es eilig.«

»Das klingt gleich vertrauter. Vielleicht kann aus uns noch was werden.« Er nimmt drei Stücke Zucker für seinen Kaffee und bleibt an der Küchenzeile stehen. »Marc trank ihn immer mit viel Milch und zwei Stücken Zucker, meine Freundin schwarz wie die Nacht. Eine dunkle Seele.«

»Und Christina?« Sie spürt ein leichtes Zittern.

»Christina? Sie trank am liebsten Cocktails.«

Ihr Blick streift durch die Küche.

»Ist ein bisschen chaotisch, seit meine Freundin ausgezogen ist. Ich warte auf den Tag, an dem es mich packt und ich alles aufräume.«

»Wann ist sie ausgezogen?«, fragt Lena.

»Vor ein paar Wochen oder Monaten. Die Zeit vergeht so schnell. Marc sagt immer, ich solle sie vergessen und mir eine andere suchen.«

»Hast du Christina gekannt? Ich meine, du kennst dich mit ihren Lieblingsgetränken aus.«

Er grinst wieder. »Gibst du die Ermittlerin? Bin ich der Mörder? Ja, warum nicht? Meine Frau hat mich verlassen. Ich war geil und Christina besuchte mich in der Nacht, um Marcs Schlüssel zu holen. Hast du keine Angst?«

»Unsinn.« Lena streicht durch ihre langen Haare.

Olaf lächelt bewundernd. »Die Zeitung schrieb, dass er auf der Feier in Köln eine andere kennen lernte. Bist du das?«

»Ja, das bin ich. Lena heiße ich, wenn es dich interessiert.« Sie hat gelesen, dass man den Namen nennen sollte, um nicht nur Objekt zu sein. Doch er kannte auch Christina mit Namen.

»Wie im Krimi.« Er beugt sich zu ihr. »Ich sage dir, das Leben ist anders. Wenn die Justiz Marc einsperrt, geschieht es nicht ohne Grund. Glaub mir. Du bist an den Falschen geraten. Einen Frauenmörder. Hui! Da steht ihr drauf, was.« Er sieht sie mit starrem Blick an, dass sie den dringenden Wunsch verspürt, sofort zu verschwinden, doch nicht ohne die Fotos. Er scheint ihre Gedanken zu lesen.

»Du gibst so schnell nicht auf, was? Okay, ich suche den Schlüssel.«

»Wir nehmen an, dass sich Christina in der Nacht ein

Taxi nahm. Wenn wir den Fahrer finden, ist Marc entlastet.«

»Habt ihr in Betracht gezogen, dass der Fahrer sie vergewaltigt, getötet und in die Ruhr geworfen hat? Aber warte einen Augenblick. Ich bin zurück und helfe bei der Aufklärung.« Olaf verschwindet im Bad.

Lena nimmt einen Schluck Kaffee, überlegt, dass Christina genauso unbedacht das Getränk mit der tödlichen Dosis zu sich genommen hat. Sie geht zur Spüle, spuckt den Kaffee in das Becken, gießt den Rest aus der Tasse dazu und spült ihren Mund mit Leitungswasser aus. Ließ sich Christina mit dem Taxi zu Marc zurückfahren, nachdem sie ihre Eltern nicht angetroffen hatte? Vertraute sie sich Olaf Klein an? Die Badezimmertür wird geöffnet. Er erscheint im dunklen Jogginganzug und begleitet sie in die Nachbarwohnung. Sie wirkt freundlicher, die Fenster werden nicht von Vorhängen verdeckt. Der helle Laminatboden und die weißen Ikea-Möbel gefallen ihr. Olaf deutet im Schlafzimmer auf den Boden. »Das waren die Bullen.«

Zeugnisse und andere Unterlagen liegen verteilt neben leeren Schubladen. Lena entdeckt einzelne Fotos darunter. Marcs Schwester ist dabei, sie meint, die Eltern zu erkennen. Christina kniet mit einem kurzen Rock bekleidet auf einem Bett und streckt die wohlgeformten Brüste vor. Olaf sieht ihr über die Schulter. Sie dreht das Foto schnell um, um ihn nicht auf falsche Ideen zu bringen. Ein Bild zeigt Christina auf einem Fahrrad, sie findet weitere Passbilder von ihr. »Es reicht mir. Ich fahre sofort zum Bahnhof.«

Er stellt sich ihr in den Weg. »Für meine Hilfe wären zehn Euro angebracht. Ich bin fürchterlich abgebrannt. Habe nichts mehr im Kühlschrank. Kannst dich in der Küche davon überzeugen.«

»Nicht nötig. Ich glaube dir auch so.« Auf keinen Fall wird sie in die Wohnung zurückkehren. Sie kramt in ihrer Tasche, holt ihr Portemonnaie hervor und gibt ihm zehn Euro. Er steckt sie ein und gibt ihr Marcs Schlüssel. »Jetzt trinken wir in aller Ruhe den Kaffee aus.« Er geht vor in seine Wohnung. Sie schließt ab und rennt die Treppen runter, ist schon an der Haustür, da holt er sie ein.

»War nur Spaß, entschuldige. Grüß Marc, wenn du ihn siehst. Mit den Cocktails habe ich einen Scherz gemacht, Christina hat es mal gesagt, als wir in Marcs Küche einen Milchkaffee tranken.« Er öffnet ihr die Tür. »Kannst mich jederzeit besuchen. Ich habe immer ein offenes Ohr für dich.«

Kapitel 22

Am Taxistand kann sich niemand an die junge Frau auf den Fotos erinnern. Lena bittet die Fahrer, sie den Kollegen zu zeigen, die Samstagnacht Schicht hatten und schreibt ihren Namen und die Handynummer auf die Rückseite. Kaum ist sie zurück am Fahrrad, erscheint Katrins Nummer auf dem Display ihres Smartphones. Sie drückt auf Verbindung.

»Warst du bei Marc im Knast?«, fragt Katrin.

»Ja klar. Mit Marie. Der gleiche Raum, der gleiche Beamte wie bei meinem Vater. Ich hasse es, wenn sich alles wiederholt. Katrin, ehrlich, ich weiß nicht, ob ich es noch mal schaffe. Ohne Marie hätte mich an der Pforte der Mut verlassen.«

»Verstehe ich. Sobald ich Urlaub habe, komme ich nach Bochum. Im Moment sieht es nicht gut aus in der Klinik wegen Urlaub und Krankheit. Wann kommt Marc raus? Wie steht die Sache?«

»Die wollen es ihm anhängen. Marc und ich, wir sind richtige Pechvögel. Das verbindet uns.«

»Wer will es ihm anhängen?«, fragt Katrin.

»Na, der Pflichtverteidiger und der Richter. Die stecken unter einer Decke.«

»Er soll den Anwalt wechseln. Wenn ihr Geld braucht,

sagt es mir.«

»Marc möchte Dr. Baum aus Herne beauftragen. Marie kümmert sich darum.«

»Wer ist Dr. Baum?«

»Ein Rechtsanwalt. Marie meint, er würde sich für seine Mandanten einsetzen.«

»Fragt ihn nach der Höhe der Anzahlung und der Kontoverbindung. Hat Marc einen Verdacht, wer dahinterstecken könnte?«

»Du hast ihm gesagt, Rainer wollte sich in der Nacht mit Christina treffen.«

»Ja«, bestätigt Katrin, »Das habe ich der Polizei auch gesagt. Deswegen verstehe ich nicht, warum sie Marc festgenommen haben.«

»Sie sind von seiner Schuld überzeugt. Maries Freund ist mit dem Fall befasst. Er rechnet damit, dass Marc früher oder später gesteht. Marie versucht, ihn vom Gegenteil zu überzeugen. Ist aber nicht so leicht. Nochmal zu Rainer, wer hatte ihn eingeladen?«

»Na, ich. Er gab mir früher Nachhilfe in Mathematik, er konnte besser erklären als unser Lehrer. Nachher haben wir uns zum Essen getroffen.«

»Sag bloß, du hattest was mit ihm. Ehrlich?«

Katrins Stimme klingt ablehnend: »Nein. Er war nur an Jüngeren interessiert. Ich passte nicht in sein Beuteschema.«

»War er mit Christina zusammen?«

»Ja, auch, aber erst mit Alessa, ihrer Freundin. Ich habe sie bei einer Feier kennengelernt. Sie hatte so eine melancholische Ausstrahlung.«

»Ich werde das Gefühl nicht los, dass Alessa uns weiterbringen kann. Marc sprach es beim Besuch an.«

»Was verspricht er sich von ihr?«, fragt Katrin.

»Sie war Christinas beste Freundin. Hat Rainer was zu ihr gesagt?«

»Er schwärmte von ihr, doch es funktionierte nicht im Bett. Deswegen ließ er sich auf Christina ein. Er erzählte mir, dass Alessa nach ihrer Trennung an einen Dealer geriet, der sie anfixte.«

»Sie ist in einer Fachklinik in Hannover, um von dem Zeug runterzukommen. Ich werde sie besuchen.«

»Du willst zu ihr in die Klinik. Wie willst du das anstellen?«

»Mit Marie. Als Bewährungshelferin wird sie Alessa besuchen können.«

»Ich verstehe nicht, was es bringen soll.«

»Nach dem Besuch sind wir schlauer«, verteidigt sich Lena. »Vorerst bleibt es ein Gefühl. Kennst du Marcs Nachbarn? Den komischen Typen.«

»Meinst du Olaf Klein? Ja, den habe ich mal kennengelernt.«

»Ich habe bei ihm einen Schlüssel für Marcs Wohnung geholt. Er sagte mir ins Gesicht, dass er ihn für schuldig hält. Ich hätte ihm am liebsten eine geknallt, aber hatte Angst. Besonders, als er herumspekulierte, er selbst könnte der Täter sein. Er bot mir einen Kaffee an, den ich in die Spüle kippte, als er im Bad war. In Marcs Wohnung hat er mir zehn Euro für seine Hilfe abgenommen.«

»Was hast du in der Wohnung gesucht?«

»Fotos von Christina. Ich habe sie Taxifahrern am Bahnhof gezeigt in der Hoffnung, dass sie einer in der Nacht nach Linden gefahren hat. Sie war so auffällig gekleidet, da wird sich der Fahrer erinnern.«

»Hat sie jemand erkannt?«, fragt Katrin nach.

»Noch nicht. Die Fahrer wollen die Fotos auch ihren Kollegen zeigen. Ich habe ihnen meine Handynummer notiert. Hoffentlich haben wir Glück.«

»Rufe mich an, wenn sich was ergibt. Ich sehe zu, dass ich bald nach Bochum komme.«

Kapitel 23

Die Tage ziehen sich für Marc dahin. Er liest, verfolgt die Sendungen im Fernsehen und denkt nach, während Denny im *Bunker* den Arrest absitzt und ihm bei der Freistunde und beim Umschluss fehlt. Er wartet auf die Mahlzeiten, auf die Freistunde und nachts auf den Schlaf. Eine Frage verfolgt ihn. Wie ist das Fläschchen in seine Tasche gekommen? Es müssen Fingerabdrücke nachweisbar sein, wenn der Täter sie ihm zugesteckt hat. Er befürchtet, dass wichtige Untersuchungen unterlassen werden, weil sie ihn für den Mörder halten, und wartet auf Dr. Baum, um ihn darauf anzusprechen. Endlich kündigt Müller den Anwalt an. Auf dem Weg durch die Flure sprechen sie über Lena. Marc erzählt von der Feier bei seiner Schwester und erkundigt sich bei dem Beamten, wo sie sich kennengelernt haben.

»Ich kannte ihren Vater«, sagt Müller knapp.

Das reicht Marc, um zu verstehen. »Lena hat mir von dem Banküberfall und dem Selbstmord auf der Zelle erzählt.« Die Erleichterung liest er auf dem Gesicht des Beamten.

»Beim Aufschluss gab es keine Rettung mehr. Ich war mehrere Monate krank und vergaß den Brief an Lena. Nach meiner Rückkehr in den Dienst fand ich ihn in der

Schreibtischschublade. Ich überlegte hin und her, ihn ihr zu schicken, doch wollte sie nicht erschrecken mit dem Brief des verstorbenen Vaters. Ich nahm mir vor, ihn zu zerreißen, aber schaffte es nicht.« Er drückt Marc ein weißes Kuvert in die Hand mit der Aufschrift: *Für Lena.* »Geben Sie ihr den Brief. Erklären Sie ihr, dass ich schwer erkrankt war. Sie ahnen nicht, wie Sie mir damit helfen.« Vor dem Besucherraum verabschiedet er sich.

Dr. Baum erhebt sich vom Stuhl. Er wirkt auf Anhieb sympathisch. Jeans, blaues Jackett. Hinter einer randlosen Brille mustern ihn interessierte Augen. Marie Marler und ihre Freundin hätten ihn beauftragt, seine Schwester schon einen Vorschuss überwiesen. Mit dem Kollegen Oberler werde er die Übernahme regeln. Er lässt sich eine Vollmacht unterschreiben.

Marc jagt Adrenalin durch den Körper. »Der Richter und Herr Oberler wollten mich zu einem Geständnis überreden, obwohl ich unschuldig bin. Wie sehen Sie das?«

Der Anwalt mustert ihn. »Wir werden das Beste für Sie herausholen. Dazu erwarte ich, dass Sie ehrlich sind. Ich möchte nicht von anderer Seite mit Indizien überrascht werden, die ich nicht kenne. Im Gegenzug versichere ich Ihnen, dass nichts nach außen dringt, das Sie mir anvertrauen, wenn Sie es nicht wünschen.«

»Okay«, antwortet er. »Ist klar.«

»Dann erzählen Sie mal«, fordert ihn Dr. Baum auf. Er schildert alles, was ihm zu dem Wochenende einfällt. Der Anwalt hört zu, ohne zu unterbrechen, bis er irgendwann zusammenfasst.

»Bei den Beweisen handelt es sich also um den Streit mit Christina Wieden auf der Feier in Köln, um die Rückfahrt zum errechneten Todeszeitpunkt, um den Fundort an der Ruhr, um die Beobachtung der Polizeistreife in der Nacht vor Ihrer Haustür und ganz wesentlich um das Fläschchen mit Liquid Ecstasy in Ihrer Jackentasche.«

»Wenn ich nur wüsste, wie es da reingekommen ist.«

»Dazu notieren Sie bis zu unserem nächsten Treffen jede Begegnung an dem Wochenende. Lassen Sie nichts aus, auch wenn Sie meinen, es sei nicht wichtig. Sie sind dem Täter begegnet. Er kam nah an Sie heran, um Ihnen das Fläschchen zustecken zu können. Seien Sie darauf gefasst, dass Sie in den nächsten Tagen Besuch von einem Gutachter erhalten. Versuchen Sie, kooperativ zu sein. Ich werde für alle Fälle schon eine Haftprüfung beantragen.«

»Habe ich eine Chance?« Seine Stimme klingt brüchig.

»Sie sind polizeilich gemeldet, studieren, arbeiten. Das spricht für Sie, die Schwere der Schuld gegen Sie. Da Sie die Tat leugnen, wird das Gericht von einer Wiederholungsgefahr ausgehen.«

»Also nein. So ähnlich hatte ich Herrn Oberler auch verstanden.«

»Wenn es etwas zu gestehen gibt, sagen Sie es mir. Denken Sie an unsere Vereinbarung. Es bringt nichts, wenn Sie mir etwas verschweigen.«

»Ich bin alkoholisiert von Köln nach Bochum gefahren. Das gebe ich zu. Liquid Ecstasy habe ich nie besessen und Christina nichts gegeben.«

Der Anwalt sieht ihn erneut mit einem prüfenden Blick an. »Haben Sie eine Ahnung, wer Ihnen das Zeug zugesteckt haben könnte?«

»Nein. Ich überlege die ganze Zeit hin und her. Habe auf der Zelle ja sonst keine Beschäftigung.«

»Ich nehme an, dass Sie Ihre Jacke Samstag und Sonntag getragen haben.«

»Ich habe die Jacke beim Taxifahren ausgezogen, weil mir warm war. Ich weiß aber nicht mehr, wann genau. Später ... bei Lena, habe ich sie im Golf gelassen und am Morgen in meine Wohnung mitgenommen.«

Der Anwalt spricht die Worte aus, auf die Marc so gehofft hatte: »Wir werden es schaffen. Seien Sie unbesorgt. Sie müssen nur Geduld aufbringen.«

»Auf der Zelle ist mir etwas eingefallen.«

»Ja, bitte. Sagen Sie alles, was Ihnen durch den Kopf geht.«

»Der Täter muss Fingerabdrücke auf dem Fläschchen hinterlassen haben.« Sein Herz schlägt wie wild.

»Wenn er keine Handschuhe getragen hat.«

»Wie lange wird es bis zur Haftprüfung dauern?«

»Rechnen Sie nicht mit einer Entlassung, wenn wir nichts anzubieten haben. Das sage ich nur, um Sie vor einer Enttäuschung zu bewahren. Ich möchte das Gericht unter Druck setzen, die Hauptverhandlung zügig anzusetzen. U-Haftsachen sind vorrangig zu behandeln.«

Zurück auf der Abteilung erfährt Marc, dass Denny zurückverlegt wurde. Der Essensträger steckt ihm bei der Ausgabe des Abendessens ein kleines Päckchen zu. »Für Denny. Dich kontrollieren sie nicht, du wirst nicht verdächtigt.«

Marc meldet sich zum Umschluss und wartet auf den Abteilungsbeamten. Wenn das Päckchen bei ihm entdeckt wird, kann er sich auf eine Woche Bunker einstellen. Er steckt es unter den Slip. Ein junger Beamter kommt, sieht ihn mürrisch an und bringt ihn ohne Worte zu Denny, der auf dem Bett liegt. Die Augen haben allen Glanz verloren, wirken stumpf. Marc spürt die Wut dahinter, die Aggression. Er gibt ihm das Päckchen. Denny dreht sich einen Joint und raucht in tiefen Zügen.

»Ich habe nicht schlafen können, war immer allein. Kein Fernseher, keine Ablenkung. Doppelte Gitter an den Fenstern. Nichts zu rauchen. Ich hätte gemordet, um raus zu kommen. War Dr. Baum bei dir? Gibt es was Neues?«

»Ich soll alle Begegnungen aufschreiben, die ich an dem Wochenende hatte. Irgendwer hat mir die K.-o.-Tropfen zugesteckt.«

Kapitel 24

Marie wird am frühen Morgen von ihrem Handy gestört. Erst denkt sie, es wäre die Weckerfunktion, bis Christian sich über den frühen Anrufer beschwert. Sie erinnert sich, dass sie nach einem Kinobesuch und einer Flasche Wein zusammen im Bett verschwanden. »Geh nicht dran«, vernimmt sie seine Stimme. In dem Moment erkennt sie die Nummer von Lena im Display und nimmt das Gespräch an.

»Christina ist in der Nacht am Bahnhof in ein Taxi gestiegen. Es ist wahr. Ein Anrufer hat sie auf den Fotos erkannt.«

Sofort ist Marie hellwach und schaltet auf laut, um Christian mithören zu lassen. »Hat er seinen Namen genannt?«

»Nein. Er wollte ihn nicht nennen, hat aufgelegt, als ich ihm zugesetzt habe. Was mach ich denn jetzt?«

»Wiederhol nochmal, was er gesagt hat. Christian ist bei mir. Er hört zu.«

»Die Frau auf dem Bild wäre in der Nacht gegen Viertel vor zwei in das Taxi eines jungen Türken gestiegen. Schwarze lockige Haare. Knapp dreißig Jahre, vielleicht jünger. Seit dem Vorfall habe er ihn nicht mehr am Bahnhof gesehen.«

»Warum hat der Anrufer seinen Namen nicht genannt?«, fragt Christian. Marie gibt die Frage an Lena weiter.

»Er wollte mit der Polizei nichts zu tun haben. So hat er sich ausgedrückt, bevor er auflegte.«

»Sie wurde in der Nacht am Taxistand gesehen und wir haben eine Beschreibung des Fahrers«, sagt Marie in Richtung Christian, der mit den Schultern zuckt. »Kommst du um sieben zum Frühstück?«, fragt sie Lena. »Ich muss um halb zehn zu einer Hauptverhandlung und bereite zuhause die Stellungnahme vor.«

»Das passt. Ich habe Spätschicht. Ich bringe Brötchen mit. Bis gleich.«

Marie sieht Christian an. »Warum fürchtet er, als Belastungszeuge auszusagen? Verstehst du das?«

»Ohne den Namen ist die Aussage wertlos. Da ist nichts zu machen.«

Sie stößt ihn in die Seite und giftet: »Er möchte, dass der richtige Täter gefunden wird. Scheint bei euch niemanden zu interessieren.«

»Stopp. Bisher gibt es keinen Grund, an Marcs Schuld zu zweifeln. Daran ändert ein anonymer Anrufer nichts. Solche Aufschneider erleben wir ständig.«

»Erinnerst du dich an Frederik?«

»Wenn dir nichts anderes mehr einfällt, kommst du mit Frederik. Dabei kannst du es nicht vergleichen. Jeder Fall ist anderes. Wir haben ihn damals sofort aus der U-Haft entlassen.«

Sie geht nicht darauf ein. »Es wäre eure Aufgabe, am

Taxistand nach einem Türken mit schwarzen lockigen Haaren zu fragen.«

Christian lächelt. »So untätig, wie du denkst, sind wir nicht. Wir haben längst bei der Taxizentrale angefragt. Es gab zu der Zeit keine Fahrt vom Hauptbahnhof nach Linden. Der mysteriöse Anrufer war ein Aufschneider, das sage ich doch.«

Sie spürt, wie sie auf Krawall gebürstet ist. »Ich habe immer gedacht, ihr müsstet die Schuld beweisen, nicht wir die Unschuld.«

Er nimmt sie in den Arm. »Wer seid ihr und wer sind wir?« Erst wehrt sie sich, will ihn wegdrücken, dann spürt sie seine Wärme und lässt es geschehen. »Ist da nicht zumindest ein kleiner Zweifel?«, flüstert sie ihm ins Ohr. »Ich traue es Marc nicht zu, außerdem hat sich Lena in ihn verknallt. Nach dem Drama in ihrer Familie hatte sie sich von allen zurückgezogen.«

»Frag den Richter, ob er ihn wegen deiner Freundin rauslässt. Er entscheidet über den Haftbefehl. Wir tragen nur die Indizien für die Staatsanwaltschaft zusammen und die sind nun mal eindeutig.«

»Ach! Ihr und eure Indizien, was anderes fällt euch nicht ein. Nur Fakten und null Gespür!« Sie kuschelt sich an ihn und schläft schnell ein.

Kurz vor sieben kommt Lena zum Frühstück. Christian hat Brötchen besorgt und verschwindet in seiner Wohnung, um sich auf den Arbeitstag vorzubereiten. Kaum ist er weg, legt Lena los. »Der Anrufer hat Christina am Bahnhof gesehen. Hundertprozentig! Weiß der Teufel, warum er die Polizei fürchtet.«

»Christian meint, ohne Namen ist seine Aussage wertlos. Er hält ihn für einen Aufschneider. Was meinst du?«

»Nein, nein! Es klang echt. Ich werde mit der Beschreibung zum Bahnhof gehen, vielleicht erkennt ihn jemand. Weißt du, wir haben sonst nichts, was Marc entlastet. Der Taxifahrer ist ein Lichtblick.«

Kapitel 25

Das Gutachten zur Schuldfähigkeit und zur Wiederholungsgefahr verfasste Dr. Kriem nach einem Gespräch mit Marc Kröner in den Besucherräumen der Haftanstalt. Auszüge zur Familiengeschichte:

(Beschreiben Sie die Beziehung zu Ihrer Mutter)

»Sie verwöhnte uns. Las uns vor, als wir klein waren, war nachgiebig. Sie entschuldigte uns in der Schule, wenn wir Kopfschmerzen hatten oder eine Klassenarbeit nicht mitschreiben wollten.«

(Die Beziehung zu Ihrem Vater)

»Er war ehrgeizig als Staatsanwalt. Von meiner Schwester und mir erwartete er Einser in der Schule. Wenn er mit unseren Hausaufgaben oder einer Klassenarbeit nicht zufrieden war oder wenn Mutter uns mal wieder verpetzt hatte, holte er uns nach dem Abendessen einzeln in sein Arbeitszimmer, um uns die Leviten zu lesen.«

(Ihre Eltern stritten sich)

»Ja, ständig. Über die richtige Erziehung. Er verlangte mehr Disziplin, sie verwöhnte uns. Aber sie stritten auch unabhängig von uns. Ihr gefiel nicht, dass er seine Zeit auf dem Golfplatz verbrachte. Ihm gefiel nicht, dass sie ehrenamtlich in der Gemeinde arbeitete.«

(Sie hielten zu Ihrer Mutter)

»Wir lachten zusammen. Vater blieb immer ernst, fordernd. Er war anstrengend. Ich fürchtete mich vor seinen Launen.«

(Wenn er Sie zum Verhör in sein Arbeitszimmer holte)

»Ich bekam beim Abendessen keinen Bissen herunter. Ich spüre die Beklemmung noch heute, wenn ich in ein Büro gerufen werde mit einem großen Schreibtisch.«

(Sie wollten ihn loswerden)

»Ich hoffte, Mutter würde sich von ihm trennen.«

(Ihre Eltern sind verstorben)

»An meinem achtzehnten Geburtstag bei einem schweren Unfall.«

(Sie haben als Einziger im Auto überlebt)

»Der Wagen überschlug sich, blieb auf dem Dach liegen. Die Tür klemmte. Ich konnte mich durch die zersplitterte Seitenscheibe befreien.«

(Vor dem Unfall gab es Streit im Auto)

»Sie stritten sich um Geld für ein Gemeindefest.«

(Sie mischten sich ein)

»Ich wollte den Streit beenden. Es war mein Geburtstag.«

(Ich wiederhole. Sie wollten ihn loswerden)

»Nicht so, wie Sie meinen.«

(Sie alarmierten über Ihr Handy die Polizei)

»Bevor ich bewusstlos wurde. Ich erwachte im Krankenhaus.«

(Seit der Zeit leiden Sie unter Schlafstörungen)

»Im Traum wiederholt sich der Unfall. Ich höre den

Streit, den fürchterlichen Knall, sehe seine toten Augen und das Blut.«

(Sie nahmen ärztliche Hilfe in Anspruch)

»Mein Onkel verschrieb mir Diazepam.«

(Er ist Arzt)

»Er hat eine Praxis in Wattenscheid.«

(Er besucht Sie hier)

»Nein. Unsere Kontakte beschränkten sich auf die Praxis. Privat zog er sich nach einem Herzinfarkt mit seiner Ehefrau zurück.«

(Sie sprachen mit ihm über Ihre Schuldgefühle)

»In der Praxis blieb wenig Zeit.«

(Sie nahmen regelmäßig Diazepam)

»Nur, wenn mich Albträume quälten.«

(Sie leiden unter Schuldgefühlen)

»Gegenüber meinen Eltern. Weil ich mich in den Streit im Auto einmischte.«

(Gegenüber Christina)

»Nein. An ihrem Tod bin ich nicht schuld.«

(Partnerwahl in Ihrem Alter ist die Wahl eines Elternteils)

»Sie meinen, Christina gleicht Vater und Lena Mutter.«

(Sie empfinden es so)

»Nein. Aber folgt man Freud, könnte ich Christina als Vaterbild getötet haben, um mit Lena als Mutterbild zusammenzukommen.«

Kurzes gemeinsames Auflachen.

(Sie haben sich mit Freud beschäftigt)

»Ich habe mich nach dem Tod meiner Eltern mit

psychologischer Literatur beschäftigt.«

(Trotzdem das Informatikstudium gewählt)

»Um den Wunsch meines Vaters zu erfüllen.«

(Sie erreichen gute Leistungen)

»Nein. Ich werde den Fachbereich wechseln, wenn ich rauskomme.«

(Zur Psychologie)

»Oder zur Sozialpädagogik. Studiert ein Freund von mir.«

(Sie enttäuschen Ihren Vater)

»Ich habe mich genug verbogen.«

(Sie haben den Vaterkonflikt an Christina abgearbeitet und sich befreit)

»Sie meinen, ich habe sie benutzt. Sie wollen mir Schuldgefühle einreden.«

(Oder Sie vor Wiederholungen schützen)

Kurzes Schweigen.

»Wir benutzen uns alle.«

(So jung und so nachdenklich)

»Auf der Zelle ist genügend Zeit zum Denken. Dreiundzwanzig Stunden am Tag.«

Auszüge zur sexuellen Entwicklung:

(Sie wurden im Elternhaus aufgeklärt)

»Ja, und im Schulunterricht.«

(Als Kind hatten sie Doktorspiele)

»Keine Erinnerung.«

(Und an das erste Mal)

»Im Sommerurlaub in Lloret de Mar. Sie war älter und

erfahrener. Eine Luxemburgerin.«

(Weitere Beziehungen vor Christina)

»Die längste über ein halbes Jahr. Zu Beginn die große Liebe, doch sie hielt nicht.«

(Mit Christina war es anders)

»Nein. Wir waren längst dabei, uns voneinander zurückzuziehen.«

(Erklären Sie es)

»Ein Abkühlen der Gefühle durch ihre ständigen Vorwürfe. Mit mir konnte sie ihre Bedürfnisse nicht verwirklichen.«

(Bedürfnisse im Bett)

»Christina war lebensbejahender, lustvoller. Sie warf mir vor, ich würde zu früh kommen. Ich habe versucht, mich zurückzuhalten. Dabei verlor ich die Lust.«

(Christina machte Ihnen auf der Feier Vorwürfe)

»Sie war eifersüchtig auf Lena. Drängte mich zur Rückfahrt. Deswegen bringe ich sie nicht um.«

(Dann müssen wir andere Gründe suchen)

Kurzes gemeinsames Auflachen.

»Es gibt keinen Grund. Trennen reicht.«

(Der besondere Reiz einer Frau)

Kurzes Überlegen.

»Bei Lena habe ich mich in ihre Augen verliebt, in ihre gesamte Ausstrahlung.«

(Und bei Christina)

»Sie strahlte Leben aus. Wildheit. Rausch. Ich fühlte mich nach dem Tod meiner Eltern allein. Wollte vergessen und mich berauschen.«

Auszüge des Gutachtens zum Tatgeschehen:

(Auf der Feier war Christina eifersüchtig)

»Dabei hatte sie mit Rainer geflirtet.«

(Sie waren wütend auf Christina)

»Ich wollte die Beziehung beenden.«

(Sie waren am Rastplatz in Remscheid)

»Um Kaffee für uns zu holen.«

(Auch für Christina)

»Für den Fall, dass sie aufwacht.«

(Und sie ist aufgewacht)

»Nein, ihr Kaffee blieb unberührt.«

(Ihre letzte Erinnerung an Christina)

»Auf der Autobahn. Sie schimpfte, ich soll besser aufpassen. Weil ich zu hastig auf die linke Spur wechselte und sie mit dem Kopf gegen die Scheibe stieß. Das war vor Remscheid.«

(Das gab Streit)

»Nein, ich sagte nichts dazu und sie schlief weiter. Sie hatte einen tiefen Schlaf. Deswegen ist sie in Remscheid nicht aufgewacht.«

Zusammenfassung von Dr. Kriem

Marc Kröner zeigte sich während der zweistündigen Exploration gut orientiert und gesprächsbereit. Seine sprachlichen Fähigkeiten wiesen keinerlei Defizite auf. Er war bei klarem Bewusstsein und von rascher Auffassungsgabe. Sein Kurz- und Langzeitgedächtnis schienen ungestört. Er verfügte über gute kommunikative Fähigkeiten.

Er wuchs mit einer älteren Schwester im Haushalt der Eltern Kröner auf. Seinen Vater beschrieb er als ernsthaft, kontrollierend, angsteinflößend. Seine Mutter als einfühlsam, verwöhnend, nachgebend. Im Gespräch wurde deutlich, dass er die väterliche Dominanz mit den Schwerpunkten auf Gehorsam, Leistung, Gesetz und Strafe innerlich ablehnt. Positiv empfand er das Mütterliche, das gewährt, verwöhnt und nachgibt.

Trotzdem orientierte er sich, wie in seiner Situation durchaus zu erwarten ist, in der Berufs- und Partnerwahl zuerst an dem Väterlichen. Er studierte Informatik, was dessen Berufswunsch für ihn entsprach und verbrachte seine Freizeit mit der lebhaften Studentin Christina Wieden, dem späteren Opfer.

Die Ablehnung gegenüber dem als väterlich Empfundenen führte zum Leistungsabfall im Studium und zu Beziehungskonflikten mit der Freundin. Die Sehnsucht nach dem Mütterlichen trat in den Vordergrund. Er plante, zu einem sozial orientierten Fachbereich zu wechseln, und begeisterte sich für die Kinderkrankenschwester Lena Saga.

Sein Einkommen erzielte Herr Kröner aus der Waisenrente und Bafög. Durch Taxifahren verdiente er sich etwas hinzu. Seine Eltern hatten für ihn ein Sparbuch angelegt, über das er verfügte.

Er benannte einen gelegentlichen Alkohol- und THC-Konsum ohne Suchtpotential. Nach dem plötzlichen Unfalltod der Eltern ließ er sich über die Praxis seines Onkels Diazepam verschreiben.

Eine konkrete Deliktrekonstruktion konnte insgesamt nicht erfolgen. Zum Zeitpunkt der vorgeworfenen Tat beklagte er Gedächtnislücken im Zusammenhang mit Diazepam und Alkohol. Eine diagnostische Einordnung des Übergriffs zum Nachteil des Opfers war somit nicht möglich.

Herr Kröner äußerte Schuldgefühle hinsichtlich des Unfalls seiner Eltern, da er an dem vorangegangenen Streit im Auto beteiligt war und als Einziger überlebte. Hinsichtlich der vorgeworfenen Tat zum Nachteil von Christina Wieden konnte bei ihm kein Schuldgefühl festgestellt werden, nur hinsichtlich der unternommenen Alkoholfahrt in der Nacht.

Hinweise für das Vorliegen einer besonderen Gewaltbereitschaft ergaben sich bei Marc Kröner nicht. Für eine sexuelle Devianz zeigten sich bei den verschiedenen Testverfahren keine Anhaltspunkte.

Im Rahmen des Gutachtens sollten die Fragen beantwortet werden, ob von einer verminderten Schuldfähigkeit zum Zeitpunkt der Tat auszugehen ist, und ob eine Wiederholungsgefahr anzunehmen ist.

Herr Kröner ist grundsätzlich als psychisch stabil anzusehen, auch wenn die Beziehung zum Vater von Konflikten und Ängsten geprägt war und er durch den Tod der Eltern eine posttraumatische Erfahrung erlitten hat. Er begab sich in die Behandlung seines Onkels (Dr. Scheint, Internist in Bochum) und studierte psychologische Literatur gegen seine Schuldgefühle. Einer Traumabehandlung unterzog er sich bisher nicht. Hier wurde er motiviert, diese nachzuholen.

*Von einer verminderten Schuldfähigkeit im Sinne des §
21 StGB ist bei ihm zum Tatzeitpunkt nicht auszugehen.
Die beschriebene Einnahme von Diazepam und Alkohol
hinderte ihn nicht, die Rückfahrt von Köln nach Bochum
durchzuführen. Auch stellten die Polizeibeamten in der
Nacht keine übermäßigen Auffälligkeiten bei ihm fest.
Eine Wiederholungsgefahr kann nur im Rahmen eines
nie auszuschließenden Restrisikos bei der vorgeworfenen
Tat angenommen werden.*

Gez. Dr. Kriem

Kapitel 26

Katrin und ihr Freund Thomas sehen nach einem anstrengenden Arbeitstag einen Krimi auf Netflix. Die Melodie ihres Smartphones erklingt. Sie drückt auf Verbindung. Sofort legt der Anrufer los.

»Endlich erreiche ich dich. Hast du mir das eingebrockt?«

»Was meinst du?« Katrin hat Rainer sofort an der Stimme erkannt. Verwunderlich, denkt sie, dass er so eine eigene Stimmfarbe hat.

»Die Kripo hat meine Wohnung auf den Kopf gestellt. Komm vorbei und sieh es dir an, aber vergiss den Staubsauger nicht.«

»Haben sie was gefunden?«, fragt Katrin.

»Was denn? Was denkst du?«, empört er sich.

Thomas unterbricht den Krimi. Katrin betätigt die Lautsprecherfunktion des Smartphones, um ihn mithören zu lassen. »Du wolltest dich in der Nacht mit Christina treffen«, sagt sie zu Rainer und zwinkert ihrem Freund zu.

»Dann würde sie noch leben, verstehst du. Wenn ihr deinem bescheuerten Bruder helfen wollt, dann bitte nicht auf meine Kosten. Ich habe einen Ruf zu verlieren.«

»Du warst in der Küche so vertraut mit Christina. Gib zu, dass ihr euch verabredet habt. War doch kein Zufall, dass du so schnell nach ihr verschwunden bist.«

»Ja, wir hatten uns verabredet. Das bestreite ich nicht. Sie wollte Marc loswerden und mich anrufen.«

»Und sie hat dich nicht angerufen?« Katrins Hand zittert, mit der sie das Handy hält. Thomas rückt zu ihr hin und legt einen Arm um ihre Schultern.

»Noch einmal zum Mitschreiben. Wenn sie mich in der Nacht angerufen hätte, wäre sie bei mir gelandet und nicht in der Ruhr.«

»Du warst mit Christinas Freundin zusammen«, lenkt Katrin ab. »Wie hieß sie noch? Ich hatte sie mal bei dir angetroffen.«

»Du meinst Alessa. Sie erwischte mich mit Christina im Bett. Da war die Beziehung beendet.«

»Und warum lief es nicht zwischen dir und Christina? Dann wäre meinem Bruder einiges erspart geblieben.«

»Es gab ständig Stress. Wir konnten nicht ohne und nicht miteinander. Dann hat sie im Studium deinen Bruder kennengelernt.«

»Es gibt Zeugen, die sie in der Nacht in Bochum gesehen haben. Kann es sein, dass du ihren Anruf nicht gehört hast?«

»Das glaube ich nicht. Ich habe mich auf sie gefreut und das iPhone extra auf laut gestellt.«

»Hast du dein Verhältnis zu Christina der Kripo geschildert?«, fragt Katrin.

»Hallo. Du fragst mich hier aus. Klar habe ich gesagt,

dass wir früher Sex hatten. Aber nicht in der Tatnacht und nie mit K.-o.-Tropfen. Das lasse ich mir nicht anhängen.«

»Und Marc traust du es zu, was?«, ereifert sich Katrin.

»Sorry, er ist dein Bruder, nicht meiner. Vielleicht hat sie ihm auf der Rückfahrt von mir erzählt und die Beziehung beendet. Was weiß ich, was in einem eifersüchtigen Schädel vorgeht. Ich kenne deinen Bruder nicht.«

»Du spinnst, ehrlich. Marc hatte sich auf der Feier in meine Freundin verknallt. Er wollte mit Christina Schluss machen.«

»Ach, Unsinn. Er hing an ihr wie eine Klette. Sie blieb nur aus Mitleid bei ihm wegen des Unfalls eurer Eltern. Er hatte niemanden außer ihr.«

»Leg auf«, mischt sich Thomas ein. »Der spinnt.«

Katrin beendet die Verbindung und dreht sich zu ihm. »Warum hatte ich ihn bloß eingeladen?«

»Der totale Narzisst«, sagt Thomas. »Trotzdem hat er Christina nicht umgebracht.«

»Ich weiß, aber wer war es dann? Sag es mir. Es ist zum Verrücktwerden.«

»Keiner von der Feier. Wir werden ihn nicht kennen. Ich hoffe, die Kripo findet ihn und Marc kommt aus dem Knast.«

»Ich bin so nutzlos für ihn«, sagt Katrin. »Gut, dass Lena und ihre Freundin sich um ihn kümmern.«

»Du vergisst den Anwalt. Gemeinsam werden sie seine Unschuld beweisen. Warte ab.«

Kapitel 27

Oliver trifft sich mit seiner Freundin Hannah zum Brunch im Café Extrablatt. Sie kommen auf Christinas Tod zu sprechen. »Marc war in der Nacht ziemlich angeschlagen«, sagt Oliver. »Aber von ihrem Tod wusste er nichts, da bin ich mir sicher.«

Hannah sieht ihn nachdenklich an. »Ich kann nicht begreifen, dass sie tot ist. Sie war immer voller Leben, hatte so viele Pläne.«

Oliver rückt näher zu ihr. »Wir haben es nicht in der Hand. Darum verstehe ich nicht, wie gleichgültig viele Menschen mit ihrer Zeit umgehen.«

»Oliver, in der Zeitung stand, dass die Kripo über eindeutige Beweise verfügt. Sie behaupten, dass Marc sie auf dem Weg von Köln nach Bochum mit K.-o.-Tropfen betäubt und nach ihrem Tod in die Ruhr geworfen hat.« Sie dreht sich von ihm weg, sieht zur Fußgängerzone.

»Ja, aber das glaube ich nicht. So verstellen kann er sich nicht. Entschuldige, ich habe dich unterbrochen.« Oliver zieht sie auf seinen Schoß.

»Denk bloß nicht, dass ich mich wichtigmachen will.« Sie gibt ihm einen Kuss und setzt sich auf ihren Platz zurück.

»Nein, wie kommst du darauf?«, ermutigt er sie.

»Ich glaube, ich habe sie in der Nacht gesehen.«

»Was? Christina? Wo denn?« Oliver springt auf.

Hannah zeigt zum Bermuda3eck. »Sie kam vom Union Kino und lief in Richtung Hauptbahnhof.«

»Sag das nochmal. Ich kriege gerade die totale Gänsehaut.« Er setzt sich wieder.

»Als mein Vater mich abholte, lief sie nur ein paar Meter an uns vorbei. Erst dachte ich, sie hätte mich erkannt und würde mitfahren wie beim letzten Mal, als wir uns zufällig trafen, doch sie lief weiter.«

»Bist du sicher, dass es Christina war?«, fragt Oliver.

»Nicht hundertprozentig. Sonst wäre sie doch mit uns gefahren.«

»Gibt es einen Grund, warum sie nicht mit euch fahren wollte?«

»Ich habe darüber nachgedacht. Sie wollte nicht auf Marc angesprochen werden oder hatte ein Date in der Stadt«, antwortet sie. »Oder beides.«

»Einmal habe ich dich nicht begleitet, schon passiert so etwas.« Er erinnert sich, wie sie sich im Intershop mit einem Kuss verabschiedet hatten.

»Du warst in ein Gespräch vertieft mit einem Kommilitonen.« Sie rückt nah an ihn heran, küsst ihn auf die Wange und verreibt den Lippenstift. »Es ging um die Verwaltungsklausur.«

»Ja, es ist nicht unbedingt mein Fach. Weißt du, wann dein Vater kam?«

»Ziemlich genau zwanzig vor zwei.«

»Du musst es der Kripo sagen«, sagt er.

»Ich bin mir nicht sicher. Es könnte nach einem falschen Alibi aussehen.«

Oliver nimmt sein Handy. »Marcs neue Freundin sollte es wissen. Sie hat mir ihre Nummer gegeben, falls mir zu dem Abend noch etwas einfällt.«

»Wie war sie?«, fragt Hannah.

»Echt nett.« Oliver wählt die Nummer.

»Lena Saga«, meldet sich die Stimme.

»Hi, Oliver. Kannst du zum Extrablatt kommen? Es hat sich etwas Neues ergeben.«

»Ja, ich bin gerade mit meiner Freundin in der Nähe.« Sie vereinbaren ein Erkennungszeichen.

»Marcs Anwalt hat einen Haftprüfungstermin beantragt«, sagt Lena nach der Begrüßung. »Aber es wird schwierig, den Richter zu überzeugen. Also, was gibt es Neues?«

»Ich glaube, Christina war in der Nacht in Bochum«, platzt Hannah heraus.

»Wie kommst du darauf?«, fragt Lena.

Hannah erzählt von ihrer Beobachtung. Marie mischt sich ein. »Woher kanntest du Christina?«

»Vom Gymnasium. Sie und ihre Freundin Alessa waren unsere Patinnen bei der Einschulung. Sie hatten einen Grillabend organisiert und einen Kinobesuch, einmal waren wir bowlen an der Herner Straße.«

»Hast du sie in der Zwischenzeit gesehen?«, fragt Marie.

»Ja, noch vor zwei Wochen. Da hat mein Vater sie mitgenommen nach Linden. Ich würde sie nicht verwechseln, wenn du das meinst.«

»Würdest du deine Aussage gegenüber der Kripo wiederholen?« Schon hat Marie ihr Smartphone in der Hand und wählt Christians Nummer.

»Ich hoffe, dass es Marc hilft. Ich möchte nichts Falsches sagen.«

»Es muss stimmen«, sagt Marie entschieden. »Eine Gefälligkeitsaussage schadet ihm mehr, als sie nutzt.« Schon meldet sich Christian. »Komm bitte zum Café Extrablatt«, sagt Marie. »Eine Zeugin möchte im Fall Kröner eine Aussage machen. Nachher bleibt uns Zeit, in der Stadt etwas zu essen.«

Christian Kramer ist wenige Minuten später bei ihnen. Er begrüßt Marie mit einem Kuss und hört sich Hannahs Aussage an.

»Ich kann nicht beschwören, dass es Christina war.« Die Panik vor einer falschen Aussage steht Hannah ins Gesicht geschrieben.

»Ich würde euch raten, es mit Kröners Anwalt zu besprechen«, rät Christian. »Wenn er der Ansicht ist, dass die Aussage Marc Kröner hilft, wird er dich als Zeugin laden lassen.«

»Es wird also eine Gerichtsverhandlung geben«, sagt Hannah bestürzt.

»Wenn sich im Vorfeld keine Anhaltspunkte ergeben, die seine Unschuld beweisen. Wie sieht es mit dem Taxifahrer aus?«

Lena schüttelt den Kopf. »Er hat sich nicht mehr gemeldet.«

»Damit sind es schon zwei, die Christina in der Nacht in Bochum gesehen haben«, sagt Marie und nimmt Hannahs Aufatmen wahr.

»Wann sollen wir uns treffen?«, fragt Lena. Sie möchte vor der Fahrt nach Hannover noch Einkäufe in der Stadt erledigen.

»Um zwei im Tucholsky«, erwidert Marie. »Um fünf müssen wir bei Alessa in der Klinik sein.«

»Was versprecht ihr euch davon? War sie an dem Wochenende in Bochum?«, fragt Christian.

»Sie war lange Zeit ihre beste Freundin«, sagt Lena. »Sie kann uns sicher einen Tipp geben, wohin Christina sich wenden würde, wenn sie nachts bei ihren Eltern vor verschlossener Tür steht. Es ist nur ein Versuch. Marie, wenn du meinst, es hat keinen Sinn, dann lassen wir es.«

»Nein, mein Gefühl sagt mir, dass uns der Besuch weiterbringt. Also, um zwei im Tucholsky.«

»Grüßt sie von mir«, ruft Hannah ihnen nach.

Kapitel 28

Müller holt ihn von der Zelle ab. Sein Anwalt wartet. Marc denkt an den Gutachter, der ihm durch die Fragen nach den Eltern und dem Unfall mächtig zugesetzt hat. Allein die Situation der Befragung sprach ihn schuldig, auch wenn der Gutachter äußerte, kein Anzeichen einer psychischen Auffälligkeit bei ihm zu erkennen, die eine solche Tat vermuten ließe. Eine Wiederholungsgefahr nur in dem Rahmen, in dem jeder Mensch unter bestimmten Bedingungen zu strafbaren Handlungen neigen würde. Aber allein der Begriff Wiederholungsgefahr deutet auf ein erstes Mal hin, oder sieht er das falsch? Offenbar hat der Gutachter nicht verstanden, dass es kein erstes Mal gab. Die Untersuchungshaft spricht ihn automatisch schuldig, es ist wie verhext.

Dr. Baum begrüßt ihn, schiebt ihm einen Kaffeebecher über den Tisch und deutet auf die Süßigkeiten. Marc greift nach einem Marsriegel.

»Wir haben eine Entlastungszeugin«, sagt Dr. Baum.

»Ich verstehe nicht.« Er spürt einen intensiven Widerstand, nach dem Gespräch zurück auf die Zelle geführt zu werden. Er hat nichts verbrochen und will raus aus dem Knast.

»Lassen Sie es mich in aller Ruhe erklären. Ich möchte

keine Hoffnung säen, die sich nicht erfüllt. Es gibt immer Wichtigtuer, deren Aussagen vor Gericht nicht standhalten. Der Richter ist von Ihrer Schuld überzeugt. Da müssen wir eindeutige Fakten liefern, die Sie entlasten.«

»Was hat der Richter gegen mich?« Er könnte aufspringen und herumlaufen. Kann er das Gericht nicht wegen Freiheitsberaubung anzeigen?

Dr. Baum räuspert sich und nimmt einen Schluck von dem Automatenkaffee. »Er wollte mit meinem Kollegen Oberler eine Absprache treffen. Sie liefern ein umfangreiches Geständnis und er erklärt sich im Gegenzug zu einem milden Urteil bereit. Nun ist er enttäuscht. Sollte es zum Schuldspruch kommen, legen wir Rechtsmittel ein.«

»Das darf nicht wahr sein. Würden Sie sich auf ein Geständnis einlassen, wenn Sie unschuldig sind?«, ereifert sich Marc.

»Unter dem Druck der Untersuchungshaft sind Absprachen zwischen Richtern und Anwälten nicht selten. Beschuldigte räumen Taten ein, die sie nachher wieder bestreiten.«

»Was hat das mit Wahrheitsfindung zu tun? Das hatte ich mir anders vorgestellt.«

»Das Gericht kann nur versuchen, sich der Wahrheit zu nähern. Denkbar ist, dass ein Beschuldigter eine Tat gesteht und sie nachher wieder leugnet, weil er sich vor anderen schämt oder die Reaktionen der Mitgefangenen fürchtet. Möglich ist auch, dass ein Beschuldigter die

Untersuchungshaft nicht erträgt und eine Tat gesteht, die er nie verübt hat, nur um den Druck loszuwerden. Aber ich wollte etwas anderes sagen. Marie Marler hat mich auf der Fahrt angerufen. Olivers Freundin …«

»Was ist mit Hannah?« Marc ist so aufgeregt, dass er ihn nicht aussprechen lässt.

Dr. Baum lächelt: »Hannah Torer glaubt, in der Tatnacht Ihre Exfreundin in Bochum gesehen zu haben. In der Nähe vom Café Konkret.«

Marc spürt ein heftiges Lidzucken und reibt mit seiner Hand über das Auge. »Augenblick! Das geht mir zu schnell. Hannah hat Christina in der Nacht in Bochum gesehen? Das reicht doch, um zu beweisen, dass ich es nicht war. Oliver kann bestätigen, dass ich um drei Uhr im Intershop war.«

»Leider ist sich Frau Torer nicht sicher. So würde der Richter die Aussage als Gefälligkeit werten. Das Fläschchen mit Liquid Ecstasy in Ihrer Tasche sieht er als eindeutigen Beweis Ihrer Schuld.«

»Haben sich Fingerabdrücke darauf gefunden?« Sein Herz klopft. Er hat sich so viele Gedanken auf der Zelle gemacht.

»Nein. Es wird vermutet, dass Sie die Fingerabdrücke abgewischt haben.«

»Unsinn. Ich hätte es mit den anderen Sachen weggeworfen.« Er meint, in den Augen von Dr. Baum Zustimmung zu sehen.

»Wenn Christina Wieden am Café Konkret war, wo könnte sie hingewollt haben?«

»Zum Taxistand am Hauptbahnhof«, sagt Marc spontan. »Ist doch klar.«

»Der Taxistand am Schauspielhaus wäre näher gewesen. Wieso läuft sie zum Bahnhof?«

»Samstags herrscht um diese Zeit Hochbetrieb. Ich kenne das, fahre selbst Taxi. Das Schauspielhaus war nicht besetzt. Zum Warten fehlte ihr die Ruhe.«

»Frau Wieden ist zum Bahnhof gelaufen, weil am Schauspielhaus kein Taxi war?«

Er bestätigt es durch Kopfnicken. »Ihr iPhone lag in meinem Golf. Sie konnte nicht anrufen.«

»Dazu würde die Aussage des Unbekannten passen, der angeblich am Hauptbahnhof sah, wie sie in ein Taxi stieg.«

»Was ist das für ein Unbekannter?« Marc steht auf, läuft um den Tisch herum. Das kann doch alles nicht wahr sein. Die Entlastungszeugen werden nicht ernstgenommen.

»Lena hatte den Taxifahrern Fotos gezeigt und ihre Handynummer hinterlassen. Es hat jemand angerufen, der Christina gesehen haben will. Leider verweigerte er, seinen Namen zu nennen. Er wollte keinen Kontakt zur Polizei. Damit ist die Aussage wertlos. Wir müssen weitersuchen. Könnten Sie sich vorstellen, dass Christina in Bochum jemand getroffen hat, bei dem sie übernachtete?«

»Nein, das kann ich mir nicht vorstellen. Schon eher, dass der Unbekannte sie am Bahnhof gesehen hat, wie sie in ein Taxi stieg, um zu Rainer zu fahren. Das würde einen Sinn ergeben. Sie konnte ihn nicht anrufen, wusste aber, wo er wohnt.«

»Dafür spricht, dass die Nachbarn ihrer Eltern sie in der Nacht nicht hörten«, bestätigt der Anwalt. »Ihr Vater hatte ihnen einen Schlüssel gegeben.«

»Ja, er hat mir am Sonntagabend erzählt, er hätte in der Nacht geschlafen und sie nicht gehört.«

»Sie haben mit ihm gesprochen?«, fragt Dr. Baum erstaunt.

»Zufällig. Ich hatte seine Ehefrau vom Bochumer Hauptbahnhof nach Linden gefahren. Ich erzählte ihr von Christinas Verschwinden. Sie fragte ihn an der Haustür in meinem Beisein, ob Christina den Schlüssel abholte.«

»Haben Sie alle Namen notiert, die an dem Wochenende mit Ihnen Kontakt hatten?«, fragt Dr. Baum.

Marc bestätigt es und gibt ihm die Liste.

»Haben Sie auch die Gäste Ihrer Schwester notiert? Es wäre möglich, dass der Täter Ihnen das Fläschchen dort zugesteckt hatte.«

Marc schüttelt den Kopf. »Da müssen Sie meine Schwester anrufen. Ich kenne sie nicht alle.«

»Ich hole sie mir von der Staatsanwaltschaft. Wir werden den Verantwortlichen finden, das verspreche ich Ihnen. Aber wir brauchen Zeit und Sie müssen Geduld aufbringen.«

Kapitel 29

Marie und Lena werden von einer jungen Mitarbeiterin in den Besucherraum geführt mit hellen Tapeten, Grünpflanzen, einer gemütlichen Sitzecke und einem runden Tisch. Marie ist nicht wohl bei der Sache. Sie hat sich als Bewährungshelferin den Zugang erschlichen, ohne Alessa zu kennen und zu wissen, wie sie reagiert. Sie zweifelt, ob der Zweck die Mittel heilt. Christian hatte beim Essen im Tucholsky den Besuch eher kritisch gesehen.

Alessa Hauser bitte in den Besucherraum, ertönt es aus der Lautsprecheranlage. Marie spürt ihren schnellen Puls. Ein Blick zu ihrer Freundin verrät, dass die genauso fühlt. Hoffentlich ist Alessa schon über den Tod ihrer Freundin informiert.

»Sollen wir sie direkt auf Christinas Tod ansprechen?«, fragt Lena.

»Wir warten, wie sich das Gespräch entwickelt. Ich hoffe, sie hat davon gehört. Sonst weiß ich nicht, wie sie es verkraftet.«

Die Tür öffnet sich. Eine junge Frau bleibt im Türrahmen stehen, sie wirkt zerbrechlich, klein und dünn auf Marie. Sie trägt eine Flickenjeans, darüber einen kurzen Wollpullover, der einen gepiercten Bauchnabel freigibt.

»Was wollt ihr von mir? Ich kenne keine Bewährungshelferin.«

»Wir sind wegen Christina hier.« Marie beobachtet Alessa, die schnell zum Tisch kommt und sie feindselig aus grünen Katzenaugen mustert.

»Wenn die feine Nachbarstochter was von mir will, soll sie selbst kommen. Sagt ihr das. Wenn das alles war, ist das Gespräch beendet.« Sie wendet sich zur Tür. Marie hätte der zierlichen Person eine solch dunkle, entschiedene Stimme nicht zugetraut. Soll sie es sagen oder besser mit Lena verschwinden. Ihr bleibt keine Zeit zum Überlegen, Alessa ist schon an der Tür. Sie wird es früher oder später auch so erfahren. »Christina kann nicht mehr selbst kommen«, sagt sie.

»Wie meinst du das?« Alessa dreht sich zu ihr um und sieht sie mit großen Augen an. Weiß oder ahnt sie etwas? Sie nimmt die Ungeduld in dem Ausdruck wahr.

»Mensch, sag schon, was los ist. Warum kann Christina nicht kommen? Ist sie krank? Nimmt sie Drogen?«

»Christina ist tot.« Marie atmet durch. Es ist raus, sie kann es nicht zurücknehmen, komme, was wolle. Sie beobachtet Alessa, die zurückkommt, auf einen blauen Sessel sinkt und aus dem Fenster starrt. Sie scheint völlig in ihre Welt abgetaucht zu sein. Tränen laufen über ihre Wangen.

»Es tut mir leid.« Marie setzt sich auf die Sessellehne neben Alessa und reicht ihr ein Taschentuch. »Wir dachten, du wüsstest es.«

Alessa schüttelt den Kopf und wischt sich die Tränen

ab. »Woran ist sie gestorben?«

Ihr Blick hat alle Feindseligkeit verloren. Ihre Stimme klingt leise und gefühlvoll.

Lena erzählt von dem Wochenende, von der Vergewaltigung unter dem Einfluss von Liquid Ecstasy, erklärt den Fundort der Leiche, berichtet von Marc, der als Verdächtiger in Untersuchungshaft sitzt.

Alessa hört gebannt zu, bis sie plötzlich aufspringt. »Warum kommt ihr damit zu mir? Was erwartet ihr von mir?« Ihr Blick nimmt an Unruhe zu, als fürchte sie etwas, als sei ihr mit einem Mal etwas bewusst geworden.

Lena sagt: »Ich habe mich in Marc verliebt. Er hat Christina nicht umgebracht. Wir wissen nicht weiter und hoffen, dass du uns helfen kannst. Du warst ihre beste Freundin, du kennst sie am längsten.«

»Ihr vergesst, dass wir seit Monaten keinen Kontakt hatten. Ich weiß nicht, mit wem sie sich herumgetrieben hat. Ehrlich nicht.«

»Man entwickelt ein Gespür für die andere, wenn man sich so lange kennt. Christina hat auf der Feier einen Schulfreund getroffen, Rainer Dahlke. Den kennst du doch.«

»Rainer. Da habt ihr den Richtigen. Christina war verknallt in ihn. Sie hat sich auf einer Feier mit ihm eingelassen, obwohl er mit mir zusammen war. So verhält sich keine beste Freundin. Bestimmt hat sie Marc auch mit Rainer betrogen.«

»Woher weißt du das?«, fragt Lena.

»Habt ihr nicht von einem Gespür für die beste Freundin gesprochen.«

»War Rainer in Christina verknallt?«, fragt Marie.

»Ja, sicher. Er hat es mir gestanden, als ich sie erwischte. Ich habe die Beziehung zu beiden beendet. Tja, ich fürchte, ich kann euch nicht helfen. Aber danke, dass ihr mich informiert habt. Ich dachte schon, es würde um mich gehen. Mutig von euch, hier unter dem Schild der Bewährungshilfe aufzutauchen.«

»Entschuldige«, sagt Marie. Alessa winkt ab.

»Warum blieben die beiden nicht zusammen, wenn sie so verliebt waren?«, setzt Lena nach.

»Sie hielten es miteinander nicht aus. Verstehst du? Keiner wollte nachgeben. Beide waren auf die eigenen Vorteile fixiert.« Alessa erhebt sich aus dem Sessel und sieht aus dem Fenster. »Rainer war es nicht. Den könnt ihr vergessen. K.-o.-Tropfen passen nicht zu ihm. Höchstens Koks, um die Lust zu steigern.«

»Gibt es einen, dem du es zutrauen würdest? Wir vermuten, dass sie sich nach dem Streit mit Marc ein Taxi nahm, um zu ihren Eltern zu fahren. Doch sie waren in Hamburg und Christina hatte ihren Schlüssel vergessen.«

Alessa wendet sich ab und geht zur Tür. »Das passt. Immer am Rockzipfel der Eltern, nie Verantwortung übernehmen. Ich denke darüber nach, versprochen. Jetzt möchte ich allein sein.«

Marie gibt ihr eine Visitenkarte. »Rufe mich an, ja. Egal, was ist.«

»Warte. Kennt ihr Olaf Klein? Der wohnt bei Marc im

Haus.«

»Du kennst ihn?« Lena ist erstaunt.

»Er hat schlechte Ware verkauft, dabei versucht, jeden abzuziehen. Dem traue ich sogar K.-o.-Tropfen zu. Wäre ja möglich, dass Christina zu Marc zurückwollte, er nicht zuhause war und sie bei Olaf auf ihn wartete. Er fand sie scharf, das tönte er überall herum.«

»Dank dir für dein Verständnis und entschuldige, dass wir dich mit der Nachricht überfallen haben«, sagt Marie.

Alessa begleitet sie bis zur Außentür.

»Von Hannah sollen wir dich grüßen,«, sagt Lena.

In Alessas Augen blitzt es kurz auf. »Grüßt sie zurück. Danke für euren Besuch.«

Beim Hinausgehen nimmt Marie aus den Augenwinkeln wahr, wie Alessa ihre Hände zu einer Faust ballt, in der sie die Visitenkarte hielt. Sie hat ihnen etwas verheimlicht. Aber was und warum? Sie überlegt kurz, zurückzugehen und sie zu fragen. Doch spürt, dass es keinen Sinn hat. Alessa würde ihr nicht mehr sagen. Sie muss auf den Anruf warten.

Kapitel 30

Schon zwei Wochen wartet Marc auf Besuch. Vierzehn Tage mal dreiundzwanzig Stunden auf zwei mal drei Meter plus Freistunde auf dem Hof. Zermürbend. Das Nichtstun frisst einen auf. Die Leere, das Alleinsein. Immer die gleiche Frage. Warum geschieht es ausgerechnet ihm? Hat er mit dem Verlust seiner Eltern nicht genug gelitten? Oder geschieht es deswegen? Lastet ein Karma auf ihm, das anderen den Tod bringt?

Endlich ist jemand da. Müller führt ihn zu den Besucherräumen. Er muss fürchterlich aussehen, hat die dunklen Ringe unter seinen Augen im Spiegel bemerkt. Müller spricht ihn auf dem Weg darauf an:

»Lass den Mut nicht sinken. Lena und ihre Freundin werden dich rausholen.« Vor der Tür erinnert er ihn an den Brief ihres Vaters an Lena und zieht sich zurück.

»Es ging nicht früher«, sagt Lena zur Begrüßung.

»Liegt an mir. Ich hatte zu viel Arbeit«, ergänzt Marie. »Das Leben nimmt keine Rücksicht, es geht immer weiter.«

»Meine Schuld. Wäre ich in der Nacht nur in Köln geblieben«, sagt Marc.

»Christina wollte fahren«, erwidert Lena. »Du nicht. Vergiss das nicht.«

»Niemand hat mich gezwungen, ihr zu folgen. Dein Blick wollte mich aufhalten.«

Lena sieht ihn zärtlich an. »Trotzdem bist du gefahren. Das lässt sich nicht mehr ändern.«

Soll er den Brief ansprechen? Er überwindet sich. »Müller hat mir erzählt, dass er deinen Vater damals auf der Zelle fand. Er hatte ihn gemocht, war lange krank deswegen.«

Lenas Augen füllen sich mit Tränen. »Versprich uns, keinen Unsinn zu machen.« Sie sieht ihn eindringlich an, bis er es verspricht.

»Er hat mir einen Brief für dich gegeben.« Marc ist froh, dass Marie dabei ist, sonst hätte er es nicht angesprochen. »Er fand ihn in seinem Schreibtisch, als er nach der Krankheit in den Dienst zurückkehrte. Er wusste nicht, ob er ihn dir schicken sollte, er wollte dich nicht erschrecken.«

Lena wird knallrot. Er ärgert sich, es angesprochen zu haben. Hätte Müller ihn besser zerrissen. Er fügt schnell hinzu: »Du hast doch bedauert, keinen Abschiedsbrief erhalten zu haben. Ich dachte, du würdest dich freuen.«

»Entschuldige. Ich freu mich ja. Es kommt nur so überraschend.« Lena wischt sich mit der Hand die Tränen aus den Augen. Ihre Hände zittern. »Würdest du ihn öffnen?«

Er reißt den Brief auf. Eine Seite. Er soll ihn vorlesen.

Lena

Weißt du noch? Wie wir auf Spielplätzen tollten? Auf unserer Mauer saßen, Eis schleckten? Erinnerst du dich an unser Lied: »Verdammt, ich lieb dich?« Wenn du an mich denkst, dann an die schöne Zeit, nicht an die Besuche im Knast. Ich möchte, dass du mich in guter Erinnerung behältst. Lena, das ist wichtig für uns beide. Einmal im Leben habe ich etwas richtig gemacht. Einmal Grund, stolz zu sein. Auf dich! Ich habe arbeiten wollen. Für uns arbeiten wollen. Um es dir leicht zu machen, deine Interessen zu leben. Ohne dich verbiegen, ohne dich unterordnen zu müssen. Erst als nichts mehr ging, als alle Hoffnung verbraucht war, es durch Arbeit zu schaffen, als die Familie in Schutt und Asche lag, reifte die Idee des Bankraubs. Der falsche Weg. Du hast gezeigt, dass es anders geht. Ich bin stolz auf dich und wünsche dir Glück im Leben. Möchte dich nicht mit meinem Scheitern belasten. Es gibt keine Möglichkeit, die Vergangenheit zu ändern. Sie bestimmt unsere Gegenwart und unsere Zukunft. Es gibt nur dieses kleine Veto, zu dem ich mich entschlossen habe. Sei nicht traurig, ich werde bei dir sein. Jedes Mal, wenn du an mich denkst. Verzeih mir ... Papa

Eine junge Beamtin kommt, um den Besuch zu beenden. Der Raum würde dringend gebraucht. Sie sieht, wie Lena weint, wie sie sich in Marcs Arme drückt. Marie bittet sie, ihnen Zeit zu lassen. Es sei wichtig. Die Beamtin verschwindet wieder.

»Ich ertrage nicht, dass du hier bist«, sagt Lena. »Ich möchte dich bei mir haben.«

»Ich komme zu dir, sobald ich raus bin. Das verspreche ich.«

162

»Rainer hat sich bei deiner Schwester über den Polizeieinsatz beschwert. Sie glaubt nicht, dass Christina bei ihm war. Es bleibt nur dein Nachbar, der wirkt schon komisch, das musst du zugeben.«

»Olaf?«, fragt er. »Warum?«

»Als ich die Fotos abholte, dachte ich, ich käme da nicht mehr lebend raus.«

»So schlimm?« Er schüttelt den Kopf.

Lena schildert die Begegnung mit dem Nachbarn, der im Bademantel an der Wohnungstür stand.

»Ich hatte dich gewarnt. Olaf kifft und säuft den ganzen Tag, seit seine Freundin weg ist. Aber er hat Christina nicht umgebracht. Außerdem würde sie nachts nicht bei ihm schellen. Sie mochte ihn nicht.« Die Vorstellung von Christina und Olaf scheint ihm zu abwegig.

»Kann doch sein, dass er sie gehört hat, als sie vor deiner Tür stand. Du warst ja im Intershop«, mischt sich Marie ein. »Er hat ihr geöffnet.«

»Vielleicht hat er ihr sein Telefon angeboten, um dich anzurufen«, ergänzt Lena. »Und ihr dabei die Tropfen ins Glas gemischt und sie vergewaltigt. Vielleicht war er duschen, als sie bewusstlos wurde. So ähnlich muss es passiert sein.«

»Du meinst, er duscht ständig, weil er dir im Bademantel die Tür geöffnet hat.«

»Ist nicht selten, nach dem Sex zu duschen«, kontert Lena und gibt ihm einen Kuss. »Hättest hören sollen, was der Blödmann über dich verbreitet hat.« Lena stützt sich mit den Ellbogen auf den Tisch. »Er erzählt rum, dass du sie umgebracht hast. Du wärst am Sonntag noch völlig verwirrt gewesen, als er dich vor dem Haus antraf.«

»So ein Schwein. Und ich gab ihm zehn Euro, weil ich Mitleid mit ihm hatte.«

»Mir hat er auch einen Zehner abgenommen.« Lena richtet sich entrüstet auf. »*Für seine Hilfe bei der Aufklärung*, so ähnlich hat er sich ausgedrückt.«

»Besitzt er ein Auto?«, fragt Marie.

»Einen alten Volvo«, antwortet Marc. »Einen Kombi. Eher unauffällig. Damit fährt er immer nach Holland, um neue Ware zu holen.«

»Was für Ware?«

»Ach, Gras und Pillen. Er meint, vom Bürgergeld nicht leben zu können. Sie haben es gekürzt, weil er einen Vorstellungstermin versäumte.«

»Wenn er mit Drogen handelt, ist es nicht abwegig, dass er auch Liquid Ecstasy besaß …«

Er unterbricht Marie. »Olaf ist abgedreht, raucht Gras und schluckt Pillen. Aber er bringt Christina nicht um und wirft sie nicht in die Ruhr. Das glaube ich nicht.«

»Sie sah an dem Abend verführerisch aus. Dagegen war ich eine graue Maus«, sagt Lena.

»Du sahst fantastisch aus. Ich hab mich gleich in dich verliebt.« Er küsst sie und vergisst für einen Moment die Umgebung.

Marie unterbricht sie. »Christina wird bei Olaf über dich hergezogen haben. Ich kann mir vorstellen, dass er seine Chance witterte und ihr das Zeug ins Glas mischte, um sie rumzukriegen. Wie Lena vorhin sagte. Er wollte sie nicht umbringen, doch als sie bewusstlos war, fürchtete er den Knast und schleppte sie in den Kombi, um sie zu den Ruhrwiesen zu bringen und es dir anzuhängen.«

»Du sagst das, als wärst du dabei gewesen. Machst mir richtig Angst«, unterbricht Lena.

»Bin selbst erschrocken«, meint Marie. »So kann es sich abgespielt haben. Die Frage ist nur, wie wir es beweisen können. Ich werde es Christian schon mal stecken.«

»Er sagte an dem Sonntag, dass er in nächster Zeit zu Freunden nach Bayern zieht«, erinnert sich Marc.

»Wann genau?«, fragt Marie.

»Nach der Kündigungsfrist. Aber ich glaube ihm nicht. Minuten später wollte er sich wieder eine Arbeit suchen.«

»Wie nah war er am Sonntag an dir dran?« Marie sieht ihn neugierig an.

»Er kommt immer nah heran, hat mich sogar umarmt. Du meinst, er hat mir dabei das Fläschchen in die Tasche gesteckt.«

»Könnte sein, dass er vor deinem Auto gewartet hat, um dir das Beweismittel unterzujubeln«, sagt Lena.

»Er kann auch gewartet haben, um mir die zehn Euro abzuschwatzen oder mit mir in die Stadt zu gehen, wie er es vorgeschlagen hatte.«

Die Beamtin kommt erneut, meint, sie könnten nicht länger warten.

»Fünf Minuten«, sagt Marie. »Es ist wichtig.«

»Okay. Dann ohne Diskussion.«

Marc fühlt sich an die Kindheit erinnert, wenn Vater drohte, in fünf Minuten das Licht zu löschen. »Der Anwalt war bei mir. Wisst ihr, dass Olivers Freundin Christina in der Nacht am Café Konkret gesehen hat?«

»Ja. Hannah ist sich aber nicht sicher«, meint Marie. »Dabei würde es passen. Christina läuft zum Bahnhof, um sich ein Taxi zu nehmen. Fährt nach Linden, trifft ihre Eltern nicht an und lässt sich zu dir zurückbringen. Olaf ist allein in seiner Wohnung, er kann nicht schlafen und hört sie.«

Marc schüttelt den Kopf. »Nein. Von ihren Eltern aus wäre sie zu Rainer gefahren, warum zu mir? Es ist zum Verrücktwerden. Wir übersehen etwas.«

»Alessa konnte es sich vorstellen«, trumpft Lena auf. »Wir haben sie in der Klinik besucht.«

»Ihr habt was?« Marc spürt seinen Herzschlag.

»Du hattest uns auf die Fährte gesetzt, schon vergessen? Marie hat sich als Bewährungshelferin ausgewiesen.«

»Wusste Alessa davon?«, fragt er.

»Nein, wir mussten es ihr sagen. Mach uns kein schlechtes Gewissen.« Lena errötet.

Er schüttelt den Kopf. »Äußerte sie einen Verdacht?«

»Rainer schloss sie aus. Er hätte bei Christina keine K.-o.-Tropfen gebraucht. Olaf traute sie es zu. Er hätte schlechte Ware verkauft und Leute abgezogen.«

»Also nichts Konkretes. Ich habe mir eingebildet, sie könnte uns weiterhelfen ... als Christinas beste Freundin.«

Marie zuckt mit den Schultern. »Sie war nicht ehrlich zu uns, sie hat ctwas verheimlicht. Ich weiß nicht, warum. Zumindest wollte sie uns anrufen.«

»Wie lange ist es her?«, fragt er.

»Acht Tage«, sagt Marie. »Ich gebe zu, es ist zum Verrücktwerden. Ich habe schon Angst, dass sie anruft, wenn ich mein Handy nicht dabei habe. So wie jetzt. Hier dürfen wir es nicht mitnehmen. Außerdem befürchte ich, dass sie nach dem Besuch entwichen ist. Nur so ein Gefühl.«

»Oliver macht ein Praktikum bei der Krisenhilfe in Bochum. Vielleicht kann er in Erfahrung bringen, wo sie steckt, wenn sie aus der Klinik entwichen ist.«

»Gute Idee«, sagt Marie. »Ich werde mich darum kümmern. Wenn sie entwichen ist, wende ich mich an Oliver.«

Kapitel 31

Beim Frühstück spricht Marie ihren Freund an. »Es ist wie verhext. Warum meldet sich Alessa nicht?«

Christian reibt sich über die Stirn. »Rufe in der Klinik an. Du redest die ganze Zeit davon. Hast du Angst, dass sie dir Vorwürfe machen und dich nicht durchstellen?«

»Ich habe Angst, dass sie wegen uns die Therapie abgebrochen hat. Ich befürchte, genau das werden sie mir sagen.« Sie sucht im Smartphone nach der Telefonnummer. Es meldet sich die Zentrale. »Marie Marler von der Bewährungshilfe in Bochum. Würden Sie bitte Alessa Hauser ans Telefon holen? Ich habe sie kürzlich besucht und hätte eine Nachfrage. Es ist wichtig.«

»Frau Hauser hat die Fachklinik auf eigenen Wunsch verlassen. Mehr kann ich Ihnen nicht sagen. Da müssen Sie gegen 11:00 Uhr noch einmal anrufen und mit der Bezugstherapeutin sprechen.«

Marie streicht mit der linken Hand über ihre kurzen Haare. Ein Signal für Christian, dass sie seine Unterstützung benötigt.

»Hat sie die Klinik verlassen?«, fragt er.

»Ja, die Zentrale hat es bestätigt. Ich habe gewusst, dass sie uns was verheimlicht hat. Sie ist raus, um sich Klarheit zu verschaffen.«

»Meinst du, sie hat im Freundeskreis von einem Vorfall mit K.-o.-Tropfen gehört?«, fragt Christian. »Vielleicht war sie selbst betroffen?«

Marie sieht ihn zärtlich an. »Danke, dass du dich
darauf einlässt. Ich glaube, sie war das Opfer. Das passt
zu den Drogen.«

Er erwidert den Blick, gibt ihr einen Kuss. »Gibt es
eine Verbindung zwischen Alessa und Olaf Klein?«

»Er verkaufte ihr schlechte Ware.«

»Und schwärmte für Christina Wieden?« Er sieht
Marie nachdenklich an. »Vielleicht sollten wir ihn uns
noch einmal vornehmen. Wenn er die beiden kannte, und
Alessa Drogen besorgte.«

»Außerdem fährt er einen Kombi. Könnte der nicht auf
Spuren untersucht werden?«

»Das haben wir schon. Wir sind nicht so untätig, wie
du denkst. Keine Spur von Christina. Und Klein wirkt
nicht wie ein Reinigungsfachmann.«

Marie hat eine Idee. »Habt ihr mit Alessas Eltern gesprochen?«

»Ja, sicher. Sie war an dem Wochenende bei der Tochter in Hannover. Er hatte einen Schlüssel für alle Fälle,
aber ab Mitternacht geschlafen und nichts gehört. Dabei
schließt er nicht aus, dass sie in der Nacht vor verschlossener Tür stand.«

»Das meine ich nicht. Es wäre das Natürlichste, dass
Alessa sich jetzt bei ihren Eltern aufhält.«

»Wir können da nicht auftauchen und nach ihrer Tochter fragen. Sie werden denken, wir kommen vom

Drogendezernat. Ich gebe dir ihre Telefonnummer. Ruf sie aus dem Büro an.«

»Und was soll ich sagen?«

»Lass dir was einfallen. Eine Klassenfeier oder so. Oder du meldest dich mit der Bewährungshilfe.«

Er gibt ihr die Nummer.

»Ich möchte nicht so lange warten. Ich rufe sofort an.« Marie schaltet ihr Handy auf laut, um ihn mithören zu lassen. Nach mehrmaligem Läuten meldet sich Elisabeth Hauser.

»Einen schönen guten Morgen. Marie Marler von der Bewährungshilfe. Wir haben Ihre Tochter in der Therapie besucht und hätten weitere Fragen. Leider hat sie die Klinik vorzeitig verlassen und so nehmen wir an, dass sie sich bei Ihnen aufhält.«

»Wer sind Sie? Was erzählen Sie da? Was hat meine Tochter mit der Bewährungshilfe zu tun? Das fehlt uns noch. Außerdem wohnt sie nicht bei uns. Sie befindet sich in der Fachklinik in Hannover. Das müssten Sie wissen, wenn Sie meine Tochter dort besucht haben. Guten Tag.«

»Frau Hauser. Es ist wichtig. In der Fachklinik ist sie nicht mehr. Ich habe mit den Mitarbeitern telefoniert. Wir müssen mit ihr sprechen.«

»Bitte?« Frau Hauser wirkt entsetzt. »Es hatte ihr so gut gefallen.« Ein Schluchzen dringt durch die Leitung.

»Entschuldigen Sie meine Frage. Wann hatten Sie den letzten Kontakt zu Ihrer Tochter? Es ist wichtig, sonst hätte ich nicht angerufen.«

»Vor ein paar Wochen. Meine Güte, Sie haben mich so aufgeregt, ich muss mich erst einmal setzen. Bestimmt ist mein Puls auf hundertachtzig. Sie hat sich seit damals nicht gemeldet, selbst an meinem Geburtstag nicht, obwohl wir uns in der Klinik ausgesprochen hatten. Ach, ständig kommen solche Nachrichten. Die Tochter unserer Nachbarn ist verstorben. Jetzt das. Es ist schrecklich, was man mit den Kindern erlebt. Ich sehe sie im Garten spielen und weine von morgens bis abends.«

»Das verstehe ich, Frau Hauser. Notieren Sie sich bitte meine Telefonnummer. Wenn sich Ihre Tochter meldet, sagen Sie ihr, ich warte auf ihren Anruf. Es sei dringend.«

Sie dreht sich zu Christian, der ihr bestätigend zunickt.

Kapitel 32

»Kennst du einen Taxifahrer in Bochum, einen jungen Türken mit lockigen schwarzen Haaren, der eine Lederjacke und Jeans trägt?«, überraschen ihn Lena und Marie beim Besuch, kaum dass er sie begrüßt hat. Die Zeiten im Taxi scheinen mit seinem Leben nichts mehr zu tun zu haben.

»Ich kann mich an die Kollegen kaum noch erinnern. Oder meint ihr Ismail Kilic? Das ist ein Freund von mir. Er würde zu der Beschreibung passen. Wir fahren für den gleichen Unternehmer.«

»Was weißt du über ihn?«, fragt Marie.

»Ja, wie gesagt. Er ist Mitte zwanzig, ungefähr so groß wie ich. Er studiert Maschinenbau und fährt bei dem gleichen Unternehmer aushilfsweise Taxi. Wir besuchen zusammen ein Sportstudio.«

»Kann es sein, dass er an dem Samstag gefahren ist?«, fragt Marie weiter.

Er zuckt mit den Schultern. »Er musste seinen Führerschein für vier Woche abgeben, weil er auf der Herner Straße in der Dreißigerzone geblitzt wurde.«

»Lebt er allein?«, fragt Lena.

»Nein, er ist seit Jahren in einer Beziehung. Wir waren mit ihm und seiner Freundin zusammen essen. Er hätte

172

Christina nicht angerührt.«

»Es würde reichen, wenn er sie in der Nacht gefahren hat. Dann wärst du raus, verstehst du«, meint Marie.

»Wie kommt ihr darauf, dass er sie gefahren hat? Gibt es einen Hinweis?« Ständig tauchen neue Zeugen auf, die Hoffnungen wecken, trotzdem sitzt er noch in dem Bau.

»Ein Anrufer hat beobachtet, wie Christina am Hauptbahnhof in das Taxi eines jungen Türken stieg.«

»Meint ihr den Anrufer, der seinen Namen nicht nennen wollte. Dr. Baum hat mir davon erzählt. Wie kann er mir helfen, wenn er keinen Namen nennt? Dr. Baum zeigte da wenig Hoffnung.«

»Wenn es stimmt, dass es dein Freund Ismail war, wird er uns sagen, wo er sie abgesetzt hat«, sagt Lena. »Dann hätte uns der Unbekannte einen wichtigen Tipp gegeben.«

»Warum meldet sich Ismail nicht, wenn er dein Freund ist?«, fragt Marie. »Alle Medien berichten über den Fall. Hast du eine Erklärung?«

Marc spürt eine Gänsehaut. »Er plante, seine Großeltern in der Türkei zu besuchen. Er hatte ihnen versprochen, bei der Renovierung ihres Hauses zu helfen. Außerdem wollte er mit seiner Freundin ans Meer fahren.«

Marie steht vom Stuhl auf, wandert im Raum hin und her. »Auch dort gibt es Medien. Hast du die Adresse der Großeltern?«

»Nein, er sagte nur, dass die Familie in der Nähe von

Bodrum wohnt. Er wollte erst nach den Semesterferien zurückkommen.«

»Spielen wir es durch«, sagt Marie. »Ismail bringt Christina in der Nacht nach Linden. Die Eltern sind nicht da. Wie verhält sie sich?«

Marc trinkt einen Schluck Kaffee, nimmt sich von den M&M´s auf dem Tisch. »Bevor sie aus dem Taxi steigt, bittet sie ihn, zu warten, um nachzusehen, ob ihre Eltern da sind. Sie kommt zurück. Er nimmt sie wieder mit.« Hoffnung keimt in ihm auf. Er umarmt Lena, die den Faden weiterspinnt.

»Ismail überredet sie, zur Versöhnung zu dir zu fahren. Du bist im Intershop. Sie schellt bei Olaf.«

»Nein. Das kann ich mir nicht vorstellen.«

»Nur, um sein Telefon zu benutzen. Ihr iPhone liegt in deinem Golf, erinnerst du dich. Er bietet ihr einen Cocktail an und mischt K.-o.-Tropfen rein. Nach dem Sex verliert sie das Bewusstsein. Er gerät in Panik und fährt sie zur Ruhr. Am Sonntagmorgen wartet er an deinem Auto, um dir das Fläschchen anzudrehen.«

»Er wollte mich überreden, mit mir in die Stadt zu gehen, um zu reden. Dann nervte er mit seiner Geldnot, bis ich ihm die zehn Euro gab. Klar, er redete vom Umzug nach Bayern. Also, ich weiß nicht.«

Marie mischt sich ein. »Es bewegt sich was. Die Kripo ist wieder in die Ermittlung eingestiegen. Sie hat eine Hausdurchsuchung bei ihm gemacht und verschiedene Drogen gefunden, auch eine Feinwaage, allerdings kein Liquid Ecstasy. Keine Spuren, die auf Christina Wieden hinweisen. Auch in seinem Kombi war nichts.«

»Woher weiß du das alles?«, fragt er.

»Sie ist mit dem Hauptkommissar befreundet«, sagt Lena.

»Ehrlich?« Marc ist überrascht. Er stellt sich die beiden Beamten vor, die ihn verhörten. »Mit welchem? Der Lederjacke oder dem Jackett?«

»Der Lederjacke«, lacht Lena.

»Der war auch freundlicher zu mir.«

»Wir werden versuchen, Ismail ausfindig zu machen«, sagt Marie. »Wenn er sie gefahren hat, wird er uns sagen, wo er sie abgesetzt hat.«

Marc spürt neue Hoffnung in sich aufkommen. Er kann sich beim Abschied kaum von den Freundinnen lösen. Auf dem Weg zu seiner Zelle fällt er in das dunkle Loch zurück, das sich in den einsamen Stunden auf der Zelle in ihm ausgebreitet hat. Wenn wenigstens Müller da wäre, doch der junge Beamte, der ihn zurückbringt, wirkt unnahbar und tauscht kein Wort mit ihm aus. Auf der Zelle hält er es nicht aus und meldet sich zum Duschen.

Ein anderer Abteilungsbeamter führt ihn hin. Zwei Inhaftierte kommen dazu und starren ihn an. Muskulös, kurzgeschnittene Haare, Tattoos auf Oberarmen und Rücken. Starren ihn fortwährend an und grinsen.

»Guck mal, der Frauenmörder«, sagt der eine und löst sich von dem anderen. Kommt auf ihn zu, um ihn von oben bis unten zu betrachten. »So sieht ein Frauenmörder aus.« Er dreht sich zu seinem Kumpel.

»Ich habe niemanden umgebracht«, sagt Marc und versucht, sich abzuwenden. Der andere springt herbei: »Er ist es. Ist nur zu feige, es zuzugeben. Frauenmörder sind so entsetzliche Feiglinge.« Er kommt nah an Marc heran.

»Ich habe sie nicht umgebracht«, sagt er.

»Doch! Du bist das Schwein. Es stand in der Zeitung. Ganz sicher. Du bist das Schwein.« Er bückt sich dicht vor ihm, als betrachte er die nackten Füße auf dem Fliesenboden. Marc sieht automatisch nach unten. In diesem Moment schießt er mit dem Kopf nach oben und trifft ihn im Gesicht. Aus der Nase tropft Blut, vermischt sich mit dem Wasser aus der Dusche, läuft an den Beinen herab.

»Na los! Wehr dich, wenn du kein Feigling bist.«

Marc weicht einen Schritt zur Seite. Sterne tanzen vor seinen Augen. In dem Moment kommt der andere und schlägt ihm mit der Faust direkt ins Gesicht.

Er spürt, wie das rechte Augenlid anschwillt. Faustschläge prasseln auf ihn herab, er verliert das Gleichgewicht, stürzt auf die Fliesen, stöhnt vor Schmerzen.

Sie lachen. Treten zu. In den Magen, ins Gesicht. Er hört ihre Worte: »Beim nächsten Mal bist du tot. Verstehst du?«, schreit der eine ihn an.

»Ja«, antwortet er. Blutet aus dem Mund.

»Schweine gehören nicht unter die Dusche. Man muss sie an ihrem Gestank erkennen.« Sie lachen. »Verstehst du?«, schreit der eine wieder.

»Ja«, erwidert er erneut.

Der Abteilungsbeamte findet ihn und ruft Verstärkung,

um ihn auf die Krankenabteilung zu bringen.

»Unter der Dusche ausgerutscht«, sagt er zum Anstaltsarzt, der die Wunden versorgt.

Kapitel 33

Zurück auf der Zelle besucht ihn Denny zum Umschluss.
»Wer war das?«, fragt er.

»Keine Ahnung. Ich habe ihnen gesagt, ich sei unter der Dusche ausgerutscht. Ich möchte nicht noch mehr Ärger mehr, verstehst du?«

»Ich habe viel über dich nachgedacht, Marc. Im Arrest. Ich weiß nicht, ob ich es ansprechen soll.«

»Worüber genau hast du nachgedacht?«

»Christina und du. Ihr Tod. Ich habe überlegt, ob ich mit dir darüber sprechen kann.«

»Ja, klar. Jeder Gedanke ist wichtig. Lena und ihre Freundin versuchen gerade, den Taxifahrer zu erreichen. Ein Zeuge hat behauptet, sie wäre in der Nacht am Hauptbahnhof in ein Taxi gestiegen. Die Beschreibung passt auf Ismail Kilic, einen Freund von mir. Er ist im Moment mit seiner Freundin bei den Großeltern in der Türkei.«

»Wenn das stimmt, bist du schnell hier raus. Dann behalte ich meine Gedanken lieber für mich. Ich möchte keinen falschen Verdacht schüren.«

»Rede schon. Ich halte große Stücke auf deine Meinung.«

»Nichts geschieht ohne Grund. Weißt du? Es ist immer

nur ein Kreis, der sich schließt.«

»Worauf willst du hinaus? Sage es ohne lange Vorreden. Ich bin gespannt.«

»Alles hängt zusammen. Die gesamte Welt. Wenn die Menschen miteinander kooperieren statt dem einsamen Traum zum Millionär zu folgen, wären Hunger und Kriege zu verhindern.«

»Das ist sicher richtig, aber komm zur Sache.«

»Was meinst du, warum Alessa so exzessiv Drogen nahm? Eine Frau aus guten Verhältnissen. Ihr Vater ist Lehrer, sie besuchte das Gymnasium, bewohnte im Haus der Eltern ein Dachgeschoss für sich allein, fuhr regelmäßig in Urlaub. Hast du mit Christina darüber gesprochen?«

»Nicht wirklich. Nur das Übliche. Probleme mit Männern. Umgang oder so. Der Freund aus der Drogenszene hat sie angefixt.«

»Das ist zu einfach. Warum ließ sie sich anfixen und trieb sich mit Junkies herum, statt wie andere Kinder wohlhabender Eltern herumzureisen?«, bohrt Denny weiter.

»Keine Ahnung. So gut habe ich sie nicht gekannt. Vielleicht ein, zweimal gesehen, wenn ich Christina abholte. Worauf willst du hinaus.«

»Auf ihr Trauma und den Täter.«

Er sieht in dem Moment allwissend aus. Marc spürt er ein Frösteln von den Zehen bis hinauf in den Kopf. Dabei schmerzen seine Rippen noch immer von den Schlägen unter der Dusche.

»Brauchst dich nicht so zu erschrecken. Ist nur eine Vermutung, sagte ich schon.«

»Du machst es echt spannend.«

»Olaf war es nicht. Der ist verquatscht und bösartig, weil seine Freundin ihn betrogen hat. Ein Schwätzer, der niemals die Nerven hätte, eine Tote in die Ruhr zu werfen.«

»Das sehe ich genauso. Wer dann?«

»Rainer auch nicht. Dem sind die Weiber zugeflogen, besonders Christina. Sorry, aber das gibt keinen Sinn.«

»Wer?« Marc spürt seine Ungeduld. Die beiden Hauptverdächtigen hat Denny an die Seite geräumt. Er gesteht sich ein, es genauso zu sehen.

»Einer, der es schon mal gemacht hat. Ein Perverser mit Nerven. So ein richtiges Schwein.«

»Sag schon«, drängt Marc und denkt an die Dusche. Denny scheint es zu genießen, ihn auf die Folter zu spannen.

»Ich habe dir von meinem Vater erzählt, von seinem Tod. Meistens hat es mit Eltern zu tun. Mit plötzlichem Verlust, Vernachlässigung, Missbrauch.« Er schweigt, sieht Marc ernst an.

»Du verdächtigst Alessas Vater oder zumindest jemand aus der Familie?«

Der Beamte schließt die Tür auf, um den Umschluss zu beenden. Denny hält ihn fest.

»Alessa in der Drogenklinik, seine Frau an dem Wochenende bei ihr zu Besuch. Er war in der Nacht allein. Christina schellte bei ihm, um nach einem Schlüssel zu fragen oder zu telefonieren. Ihr iPhone lag in deinem Golf. Warum habt ihr ihn ausgeklammert? Erinnere dich, konnte er dir die Tropfen andrehen?«

Marc ist zu überrascht, um zu antworten. Der Beamte drängt. Einschluss. Allein auf der Zelle. Ein ungeheurer Verdacht. Er erinnert sich. Dr. Hauser wollte ihm den Schlüssel geben. Hatte er noch die Jacke an? Er hatte sie während der Taxifahrten auf den Rücksitz gelegt. Aber wann? Vor oder nach der Fahrt mit Frau Hauser? Er weiß es nicht mehr. Wäre es denkbar? Alessas Vater? Dr. Hauser. Der Lehrer vergewaltigt junge Frauen, macht sie mit K.-o.-Tropfen gefügig. Er erinnert sich. Dr. Hauser trug Handschuhe. Es war ihm komisch vorgekommen. So kalt war es nicht. Wollte er Fingerabdrücke vermeiden?

Wieso hat er nicht an Dr. Hauser gedacht? Weil es unvorstellbar ist. Oder? Es fügt sich eins zum anderen. Ismail brachte Christina mit dem Taxi nach Linden. Sie schellte bei ihren Eltern. Die waren nicht da. Aber der Nachbar. Dr. Hauser hörte sie und öffnete. Er bot ihr ein Getränk an und mischte die Tropfen hinein, um sie zu vergewaltigten. Atemstillstand. Er schaffte sie ins Auto, brachte sie zu den Ruhrwiesen und nutzte am Sonntag den Zufall aus, um ihm das Fläschchen anzudrehen. Hatte er Alessa vergewaltigt? Das meinte Denny mit dem Trauma, mit den Drogen. Christina würde noch leben, wenn Alessa ihren Vater angezeigt hätte. Warum hat sie es nicht getan? Sie fühlt sich schuldig. Ihre Flucht nach dem Besuch von Lena und Marie. Es passt alles zusammen. Sie hält sich auf der Szene auf und macht sich dicht.

Spinnt er sich was zusammen oder ist es wahr? Verdammt, Alessa könnte ihm helfen, statt sich auf der Szene rumzutreiben. Er hat gelesen, dass die meisten drogenabhängigen Frauen Opfer von Misshandlung oder Missbrauch waren. Alessas Mutter. Sie war so still im Taxi, nachdem er ihr erzählt hatte, dass Christina in der Nacht vor der verschlossenen Tür ihrer Eltern stand. Eine unangenehme Stille. Sie hatte Angst, ihr Mann könnte Christina das angetan haben. Er erinnert sich. Er hatte im Taxi gefragt, warum ihr Ehemann nicht mitgefahren wäre in die Fachklinik, und sie geantwortet, Alessa wollte mit ihr allein sprechen. Über den Missbrauch? Er drückt die Ampel, muss den Verdacht mitteilen, bevor ein weiteres Unglück geschieht.

Ein Beamter kommt. Der Abteilungsbeamte, der ihn unter der Dusche fand. Er fragt, ob er duschen möchte. Und lacht über den angeblichen Scherz.

»Ich habe eine wichtige Aussage zu machen. Bitte!«

Der Beamte schüttelt den Kopf. »Morgen. Um diese Zeit schlafen alle. Morgen kannst du alles gestehen. Das reicht.«

»Es ist wichtig«, beteuert Marc. »Ich muss es jemandem sagen.«

»Nichts ist so wichtig«, grinst der Beamte. »Dass es nicht Zeit bis morgen hätte. Und du hast viel Zeit. Sehr viel Zeit.« Er schließt die Eisentür und geht davon. Lässt ihn mit der vielen Zeit allein.

Kapitel 34

Am Morgen hat keiner Zeit für ihn. Der Betreuer meint, er solle seine Aussage schriftlich fixieren. Marc zappt durch die Fernsehprogramme. Eine Frage beschäftigt ihn: Wann kommen Lena und Marie? Er muss mit ihnen sprechen, es duldet keinen Aufschub. Oder ist es zu spät, ist Dr. Hauser nichts mehr nachzuweisen? Hat er alle Spuren verwischt, die zu ihm führen könnten?

Er kennt Lena erst seit dem verhängnisvollen Sonntag. Wird sie ihm glauben? Wie steht es mit Marie? Haben sie die Hoffnung aufgegeben? Er könnte es verstehen. Die schweren Schritte auf dem Gang. Kommt Müller zu ihm? Nein, er geht an seiner Zelle vorbei.

Marc versucht, sich auf die Sendung im Fernsehen zu konzentrieren. Sieht die Bilder, hört die Worte, doch sie rauschen an ihm vorbei. Warum kommt Lena nicht? Er geht zum Waschbecken, um Wasser über die Unterarme fließen zu lassen, zwingt sich zu gymnastischen Übungen. Anspannen, entspannen. Er würde alles darum geben, Lena den neuen Verdacht mitzuteilen. In ihren Augen zu sehen, ob sie ihm glaubt. Was Marie dazu sagt, sie wirkt abgeklärter. Wieder der schleppende Schritt auf dem Gang. Diesmal dringt der Schlüssel in die richtige Eisentür. Sein Herz schlägt, als wollte es aus seiner Brust springen. Er ist schon an der Tür, doch Müller versperrt ihm den Weg.

»Lena hat angerufen. Sie schafft es heute nicht, ihre Freundin hat einen auswärtigen Termin. Sie kommen morgen. Du musst Geduld haben.«

»Ausgerechnet heute, verdammt. Die Kripo soll bei dem Nachbarn ihrer Eltern ermitteln, ehe alle Spuren beseitigt sind.« Er sieht zu dem Beamten. Glaubt er ihm oder hält er ihn für einen Irren, der die Schuld auf andere schieben will? Er würde ihn gerne fragen.

»Ich bringe dich später zu Denny«, lenkt Müller ab. »Er hat Besuch vom Drogenberater. Wird bald eine Therapie aufnehmen. Es ist besser für ihn.«

»Ja, sicher. Sagen Sie ihm, dass ich zum Umschluss komme. Allein auf der Zelle werde ich verrückt.« Er spürt Tränen in den Augen, könnte den Beamten umarmen.

Müller reicht ihm die Hand. Sieht ihn an und nickt mit dem Kopf. »Lena und ihre Freundin werden es aufklären. Nur Geduld.«

Das sagen alle, aber er ist allein auf der Zelle und könnte heulen über sein Leben. Seine Kindheit mit den Ängsten vor den abendlichen Verhören, über den ständigen Streit der Eltern. Über Vater mit dem bescheuerten Golfclub, Mutter mit ihrer ewigen Gemeindearbeit, über ihren frühen Tod bei dem Unfall, über die blinden Ermittler mit ihren angeblich so eindeutigen Beweisen. Was bedeuten sie schon? Sind sie glaubwürdiger als seine Worte? Was ist mit Dr. Hauser, war er es oder ist es eine törichte Idee, aus der Verzweiflung geboren? Ist Hauser so krank, seine eigene Tochter und die Nachbarstochter zu vergewaltigen? Nach dem Abendessen hält er es kaum noch aus.

Endlich kommt der Abteilungsbeamte und bringt ihn zu Denny. Er zittert auf dem Weg, hat Angst, dass sein Freund den Verdacht nicht so ernst genommen hat. Er wird strahlend empfangen.

»Die Staatsanwaltschaft hat der Therapie zugestimmt. In zwei Wochen ist der Aufnahmetermin in der Fachklinik *Bussmannshof* in Bochum. Ich freu mich so.« Denny ist völlig aufgekratzt.

Marc gratuliert ihm, wünscht ihm, dass er die Therapie durchhält. »Du schaffst das.«

»Wie ist es bei dir gelaufen?«, fragt Denny mit einer Sorgenfalte auf der Stirn. Er sieht ihn mit dem forschenden Blick an, bei dem Marc immer den Eindruck hat, als wüsste er schon alles.

»Lena war nicht da«, bricht es aus ihm heraus. »Sie hat sich entschuldigt, kommt morgen. Denny, ich hab solche Angst, dass draußen alles so weiterläuft wie immer und keiner sich um unseren Verdacht kümmert.«

»Ach, Unsinn. Lena wird herausfinden, dass es der Hauser war. Pass auf, du bist schneller raus als ich. Nach der Kontaktsperre besuchst du mich in der Fachklinik. Wir halten zusammen, okay?«

»Ja, versprochen. Wenn ich rauskomme, besuche ich dich. Sonst kommst du hierher, sobald du Ausgang hast.«

»Okay. Und glaub mir, ich bin brennend an der Enttarnung des Dr. Hauser interessiert«, lacht er.

»Ich habe die totale Angst, dass sie mich schuldig sprechen«, dämpft Marc die Stimmung. »Und ich in diesem Loch verrecke.«

»Warum?«, fragt Denny verständnislos. »Wir haben gestern geklärt, dass es der Lehrer war. Es kann nicht anders sein.«

»Und wenn schon, er hat Geld und verkehrt in den besten Kreisen der Stadt. Er ist einer von ihnen, kennt den Staatsanwalt und den Richter persönlich. Ich kann mir nicht vorstellen, dass sie ernsthaft gegen ihn ermitteln. Sie werden den Verdacht als Unverschämtheit werten.«

»Nein, bei so einem Verbrechen zählt das nicht, glaub mir. Da brauchst du dir keine Gedanken zu machen. Ich frage mich nur, ob seine Frau eingeweiht ist.«

Marc denkt an die Fahrt mit Frau Hauser im Taxi. »Sie wirkte verändert, als ich sie fragte, ob Christina in der Nacht den Schlüssel holte. Es war kein Gespräch mehr möglich. Als wäre da eine Mauer.«

»Ich kenne diese Mauer«, meint Denny. »Nach Vaters Unfall verschwand meine Mutter dahinter. Wenig später auch ich. Sie weiß es, glaub mir. Umso schlimmer für Alessa, umso besser für dich. Sag Dr. Baum, er soll sie als Zeugin vorladen lassen. Er wird sie in die Mangel nehmen. Dann bist du aus der Nummer raus.«

»Ich wünschte, deinen Optimismus zu haben«, sagt Marc.

Kapitel 35

Nach der Freistunde liegt der Brief auf dem Tisch. An ihn adressiert. Marc reißt ihn auf und überfliegt den Inhalt. In zehn Tagen beginnt die Hauptverhandlung vor der Großen Strafkammer des Landgerichts.

Fünf Verhandlungstage sind angesetzt, jeweils dienstags und donnerstags um 09:00 Uhr. In der Anklageschrift wird ihm vorgeworfen, auf der Rückfahrt von Köln nach Bochum Christina K.-o.-Tropfen in ein Getränk gemixt zu haben, um ihren Widerstand zu brechen und sie zu vergewaltigen. Sie sei ins Koma gefallen, er habe sie nackt in der Nähe der alten Fähre in die Ruhr geworfen und dabei ihren Tod vorsätzlich herbeigeführt.

Marc sieht sich die Zeugenliste an. Ehepaar Wieden, seine Schwester Katrin, ihr Freund Thomas, Rainer, Polizeibeamte, Olaf, Oliver, Hannah und ihr Vater, Lena, die Hausers. Ausgerechnet die Hausers. Sie haben allen Grund, ihn zu belasten.

Müller schließt die Zelle auf und lächelt verheißungsvoll. Also sind Lena und Marie gekommen. Marc kann sich nicht erinnern, einen Besuch jemals so herbeigesehnt zu haben. Mit klopfendem Herzen folgt er Müller durch die Gänge zu den Besucherräumen. Werden sie ihm glauben, dass der Lehrer dahinter steckt? Bei Lenas

Anblick erschreckt er sich, sie sieht verändert aus, strahlt weniger Zuversicht aus als sonst. Sie bedankt sich bei Müller, drückt sich dann in seine Arme, gibt ihm einen Kuss. Der Beamte zieht sich zurück.

»Was ist los?«, fragt Marc.

»Nichts, das ist es ja, es macht mich fertig. Alessa meldet sich nicht, dabei hatte ich so auf ihre Unterstützung gehofft.«

Sein Puls will sich nicht beruhigen. Sie scheint es zu spüren. »Es kommen bessere Tage, davon bin ich überzeugt. Lass dich nicht von mir anstecken.«

»Glaubt ihr mir eigentlich noch?«

»Wie kannst du das fragen?«, mischt sich Marie ein. »Wir wissen im Moment nicht weiter, das ist alles. Wir fühlen uns ohnmächtig. Die Zeit vergeht und du bist immer noch hier. Deinen Freund erreichen wir nicht.«

»Ich habe einen Verdacht«, sagt Marc. »Denny hat mich drauf gebracht, er sitzt wegen Drogen ein. Ich kenne ihn aus der Schule.«

Sie sehen ihn überrascht an. »Was ist das für ein Verdacht?«

»Es ist immer nur ein Kreis, der sich schließt, meint Denny. Dieses Mal passt alles. Anders als bei Olaf und Rainer.«

»Wer? Sag schon!«, fordert Lena ihn auf. Seine Erregung hat sich auf sie übertragen.

»Dr. Hauser, Alessas Vater, der Lehrer.«

Lena nimmt ihren Kopf in beide Hände und schließt die Augen. Verharrt für Sekunden in dieser Haltung.

Marie sieht ihn an. »Alessas Vater?«

»Die Aussagen von Hannah und dem anonymen Anrufer stimmen. Ismail Kilic oder ein anderer Taxifahrer hat Christina in der Nacht nach Linden gebracht.«

»Weiter«, bittet Marie. Lena verharrt in der abwartenden Haltung.

»Christina schellt vergeblich bei ihren Eltern. Sie überlegt, ob sie zurück zum Taxi laufen soll, sie hat Ismail gebeten, zehn Minuten zu warten. Natürlich kann sie auch bei den Nachbarn schellen, es ist zwar spät, aber ein Notfall. Sie kennt die Hausers seit der Kindheit. Sie würden es ihr nachsehen, betonen ja immer, sie wäre für sie wie ein zweites Kind. Christina ahnt nicht, dass seine Frau bei Alessa in Hannover ist, sonst hätte sie vielleicht nicht geschellt. Er bittet sie herein, spendiert ihr einen Cocktail. Sie liebt sie, er wusste es und war vorbereitet.«

»Du meinst, er hat ihr die K.-o.-Tropfen hineingemixt, um sie zu vergewaltigen«, ergänzt Marie.

»Wie bei seiner Tochter, die Drogen nahm, um es zu verdrängen.«

Lena erblasst, sieht ihn durchdringend an.

Marie zieht die Stirn in Falten. »Das würde Alessas Reaktion in der Klinik erklären. Aber wie hat er es geschafft, dir das Fläschchen zuzuspielen?«

»Zufall oder Schicksal. Ich fuhr seine Frau am Sonntag mit dem Taxi vom Hauptbahnhof nach Linden. Vor der Haustür gab er mir die Schlüssel für Christina. Das Fläschchen bemerkte ich nicht. Es kann nur so gewesen sein.«

»So ein verdammtes Schwein.« Lena steht vom Stuhl auf. Marc auch, er nimmt sie in den Arm.

»Alessa verließ die Klinik, um ihn zur Rede zu stellen«, sagt Marie. »Vorher kaufte sie sich was auf der Platte, um ihre Gefühle auszuschalten.«

Marc wendet sich ihr zu. »Erst missbraucht er die Tochter. Dann nutzt er das Vertrauen ihrer Freundin aus, um sie zu vergewaltigen. Er nimmt ihren Tod in Kauf und schiebt den Verdacht auf mich.«

»Meinst du, seine Frau deckt ihn?«

»Denny glaubt, dass sie nichts sagt, weil sie den Ruf der Familie fürchtet oder nicht allein sein will.«

»Wie können wir es beweisen?«, fragt Lena.

»Ihr müsst Alessa ausfindig machen, auch Ismail bei seinen Großeltern in der Türkei. Ich würde so gerne mitkommen, aber ich sitze hier fest.«

Kapitel 36

Zwei Justizbeamte führen Marc in den Gerichtssaal, einen großen Saal mit Neonlicht. Die Tische sind in U-Form gestaltet und mit Mikrophonen ausgestattet. Über dem Richterpult thront ein Flachbildfernseher. Marc erkennt den Gutachter, der ihn in der Untersuchungshaft zweimal besuchte und in einer Akte blättert, wahrscheinlich in seiner Akte. In dem kräftigen Mann mit Hornbrille und grauen Schläfen daneben vermutet er den Staatsanwalt, der angeregt mit der Protokollantin flirtet, die am Rande des Richtertisches vor einem Bildschirm sitzt. Für sie alle ist es Gewohnheit, tägliche Arbeit, einen Angeklagten zu verurteilen. Nur seine Rolle ist falsch, er gehört nicht dazu, möchte nichts mit ihnen zu schaffen haben. Dr. Baum kommt auf ihn zu. Marc will ihm die Hand geben und denkt nicht an die Handschellen. Der Anwalt klopft ihm freundschaftlich auf die Schulter.

Die Protokollantin beugt sich über das Mikrophon. »Beteiligte im Verfahren gegen Marc Kröner bitte eintreten.« Die Türen öffnen sich. Neugierige Blicke treffen ihn. Ehemalige Mitschüler, ihre Eltern, Kommilitonen aus dem Fachbereich. Er kann nicht hinsehen. Alles zieht sich in ihm zusammen.

In dem Moment öffnet sich die Tür hinter dem Richterpult. Der Vorsitzende Richter am Landgericht erscheint mit einem Beisitzer, einer Beisitzerin und zwei Schöffen. Dr. Baum erläutert Marc, dass die Große Strafkammer mit drei Berufsrichtern und zwei Schöffen besetzt ist und die erste Besucherreihe für Zeugen unbesetzt bleibt, die bis zur Aussage vor dem Saal warten müssen und nachher den Prozessverlauf verfolgen können.

Der Vorsitzende eröffnet das Verfahren, stellt die Strafkammer des Landgerichts vor, den Staatsanwalt, den Rechtsanwalt, den Gutachter, und teilt mit, dass die Zeugen zu unterschiedlichen Zeiten an den Verhandlungstagen gehört werden. Die Reihenfolge der Aussagen sei dem Verlauf des verhängnisvollen Wochenendes nachgestellt, um der Strafkammer ein genaues Bild zu vermitteln. Er beginnt mit den Fragen zu Marcs Personalien und wiederholt die Angaben für das Protokoll.

Marc Kröner, 23 Jahre alt, Student der Informatik. Vater Staatsanwalt. Mutter Hausfrau. Beide bei einem tragischen Autounfall vor fünf Jahren ums Leben gekommen. Keine Vorstrafen. Eine Schwester, die als Krankenpflegerin in Köln arbeitet.

Der Staatsanwalt erhebt sich. Warum erheben sich Staatsanwälte? Als er seinen Vater das erste Mal zu einer Verhandlung begleitete, erschrak er, als der plötzlich aufsprang, um die Anklage zu verlesen.

Der Staatsanwalt setzt seine Hornbrille in die richtige

Position und sieht zu den Aufzeichnungen. Die Stimme wirkt eindringlich, unerbittlich, sie erinnert Marc erneut an seinen Vater. So kann nur sprechen, wer die Wahrheit auf seiner Seite glaubt, auf der Seite des Guten gegenüber dem Bösen und allem Unangepassten auf der Welt und besonders auf der Anklagebank. »Verursacht der Täter durch die sexuelle Nötigung oder Vergewaltigung wenigstens leichtfertig den Tod des Opfers, so ist die Strafe lebenslange Freiheitsstrafe oder Freiheitsstrafe nicht unter zehn Jahren.«

Marc kommt ein irrwitziger Gedanke. Sein Vater verfolgt ihn aus dem Grab heraus, um ihn für den tödlichen Unfall anzuklagen. Verrückt, denkt er. Er wird verrückt. Doch wer wird bei der Androhung einer lebenslangen Freiheitsstrafe nicht verrückt? Wer kann normal bleiben, wenn er in Handschellen wie ein Schwerverbrecher in den Gerichtssaal geführt wird, wo ehemalige Mitschüler den Prozess verfolgen. Er muss sich immer wieder sagen, er ist nicht schuldig. Nicht am Tod seiner Eltern, nicht am Tod von Christina. Sein misstrauisches Ich, das ihn seit dem damaligen Unfall verfolgt und in einsamen Stunden quält, flüstert ihm zu, dass Hannah sich nicht erinnern und Ismail nicht erscheinen wird. Sein Rechtsanwalt schaut beunruhigt zu ihm rüber, als könnte er Gedanken lesen.

»Wir setzen auf die Aussage von Hannah und dem Taxifahrer.«

»Wenn er kommt«, gibt Marc zurück. Der Staatsanwalt schaut verärgert herüber.

»Sollen wir unterbrechen? Für ein Geständnis ist immer Zeit.«

Dr. Baum winkt ab. »Entschuldigen Sie, fahren Sie bitte fort.«

»Ohne Geständnis, ohne jegliche Einsicht Ihres Mandanten sehe ich keinen Grund, vom Antrag auf lebenslange Freiheitsstrafe abzusehen.«

»Warten wir die Beweisaufnahme ab«, erwidert Dr. Baum. »Vielleicht fällt Ihr Antrag wesentlich anders aus.«

Marc nimmt Sprachfetzen von der Rede des Staatsanwaltes wahr. So richtig kann er sich nicht konzentrieren. Sein Vertrauen zu Dr. Baum kämpft mit dem Misstrauen, das die Justiz in ihrer Oberflächlichkeit verflucht.

»Eifersuchtsdrama auf der Feier. Liquid Ecstasy, um sie gefügig zu machen, ihre Gegenwehr zu brechen. Vergewaltigung. Den Tod in Kauf genommen. Nichts unternommen, um sie zu retten. Stattdessen in die Ruhr geworfen. In Bochum der Polizeistreife aufgefallen. In Panik die Autotür aufgelassen und den Beamten wirres Zeug erzählt. Sie hinsichtlich des Anrufes der Schwester getäuscht. In die Stadt gelaufen. Im Intershop einen Freund getroffen. Weiter mit ihm getrunken. Einen verwirrten Eindruck hinterlassen bei den Zeugen: Olaf Klein, Rainer Dahlke. Bei Dr. Hauser und dessen Gattin. Sie alle werden es bezeugen.«

Marc spürt bei den Worten ein Zucken durch seinen Körper wie bei einem elektrischen Schlag.

»Was hören wir von dem Angeklagten? Einsicht? Ein Geständnis? Zumindest Reue? Nein, falsche Verdächtigungen werden laut gegen die Zeugen. Erst soll es der Jurastudent Rainer Dahlke gewesen sein, dann der Nachbar Olaf Klein. Bleiben wir bei den Tatsachen. Der Angeklagte verhielt sich nicht professionell, es kann nicht von einer überlegten Tat gesprochen werden, nicht von einem Vorsatz. Alles geschah aus dem Affekt heraus. Soweit kommen wir dem Angeklagten entgegen. Die Tote wurde am frühen Morgen von einem Schäferhund am Ufer aufgestöbert, der Leichnam hatte sich im Geäst verfangen. So konnten Spuren von Liquid Ecstasy nachgewiesen werden. Das Fläschchen mit dem Wirkstoff wurde bei Herrn Kröner gefunden. Er trug es in der Jackentasche bei sich, hatte vergessen, es mit den anderen Sachen des Opfers zu entsorgen. Ein Fehler, Herr Kröner, sicherlich. Sie werden ihn auf der Zelle fürchterlich bereut haben. Ja, das verstehen wir. Doch solche Fehler sind es, mit denen die Mordkommission die Täter überführt. Und es ist nicht allein der tödliche Wirkstoff in der Jackentasche. Der kann ihm von einem unbekannten Täter zugesteckt worden sein. Es ist auch nicht die gemeinsame Rückfahrt von Köln nach Bochum und der vorangegangene Streit auf der Feier. Nein, das gesamte Verhalten vor und nach der Tat spiegelt die Handschrift dieses Täters wider. Leider wurde das benutzte Kondom nicht gefunden, konnten die Kleidungsstücke der Toten nicht sichergestellt werden. Hier ist er uns eine Erklärung schuldig. Hier kann er sich durch ein umfassendes

Geständnis noch eine Strafmilderung verdienen.« Der Staatsanwalt hält inne, sieht zu Dr. Baum, zu Marc, dann zum Richterpult. Er sortiert die Blätter auf dem Tisch und korrigiert erneut den Sitz der Brille. »Fassen wir zusammen. Der junge Mann auf der Anklagebank fuhr in der Nacht mit seiner Freundin nach einem Streit von Köln nach Bochum. Er schmuggelte Liquid Ecstasy in ihr Getränk, um sie sexuell gefügig zu machen. Wahrscheinlich an der Raststätte Remscheid, wo er nachweislich anhielt, um Kaffee zu holen, vielleicht schon vorher. Jetzt passierte etwas, bei dem zu seinen Gunsten davon auszugehen ist, dass er nicht damit rechnete. Die Wirkung von Liquid Ecstasy in Verbindung mit dem genossenen Alkohol war so stark, dass Christina Wieden das Bewusstsein verlor. Es kam zum Atemstillstand. Statt sofortige Hilfe zu leisten und sie ins Krankenhaus zu fahren, beging er ein weiteres Verbrechen. Er brachte sie zu den Ruhrwiesen und warf sie ins Wasser.« Er sieht erneut zu Marc herüber, als wollte er ihn beschwören, reinen Tisch zu machen. »Herr Kröner«, spricht er ihn persönlich an, dass Marc zusammenzuckt. »Wenn Sie bei Ihrer Haltung bleiben, werde ich mich nicht scheuen, eine lebenslange Freiheitsstrafe gegen Sie zu beantragen. Das würde eine Haftverbüßung für mindestens fünfzehn Jahre bedeuten. Sie haben den Vollzug kennengelernt. Sie sollten kooperativer sein. Ihr bisheriges Verhalten schadet Ihnen nur. Einmal müssen wir einen Blick auf unser Handeln werfen, einmal dafür einstehen.« Damit beendet er seine flammende Rede.

Der Vorsitzende fragt Marc, ob er zur Sache aussagen möchte. Dr. Baum nickt ihm bestätigend zu. Er beschreibt seine Beziehung zu Christina, die Fahrt nach Köln, die Feier, die Müdigkeit. Erwähnt, dass er mit dem Schwager Kölsch trank. Der Vorsitzende belehrt ihn, dass die Fahrt unter Alkoholeinfluss nicht Gegenstand der Verhandlung sei. Auch wenn die gezeigte Verantwortungslosigkeit und das verbundene Gefährdungspotential durchaus Rückschlüsse auf das gesamte Tatgeschehen zulasse.

»Das es noch aufzuklären gilt«, sagt Dr. Baum.

Der Vorsitzende schüttelt den Kopf und fordert Marc auf, die Ausführungen fortzusetzen. Er erzählt von der Rückfahrt. Er wollte sich nur kurz aufs Bett legen und schlief ein. Der immer gleiche Albtraum vom Unfall seiner Eltern weckte ihn. Er fürchtete, Christina könnte im Auto schlafen und wollte nachsehen. Er schildert die Begegnung mit den Polizeibeamten auf der Straße, an der Wohnungstür, dann das Treffen mit Oliver im Intershop.

Der Vorsitzende befragt ihn zu den Telefonaten mit seiner Schwester, verlangt eine genaue Beschreibung des Aufenthaltes am Rastplatz in Remscheid, äußert Zweifel an den Erinnerungslücken, zumal er sich an die Auseinandersetzung mit der Polizei gut erinnern kann. Bei weiteren Nachfragen schildert Marc die Ereignisse am Sonntag, die Begegnung mit Olaf Klein, die Fahrt nach Köln zum Reste-Essen, die Gespräche mit seiner Schwester, ihrem Freund Thomas und Lena Saga. Berichtet von der Fahrt mit Frau Hauser im Taxi, der Begegnung mit ihrem Ehemann. Dabei muss der Tonfall oder die Mimik seinen Verdacht verraten.

»Die Tat auf Dr. Hauser abwälzen zu wollen, gereicht Ihnen nicht zum Vorteil«, sagt der Staatsanwalt in einer antiquiert anmutenden Sprache. »Jetzt, wo Sie keinen Ausweg mehr sehen, werfen Sie uns den verdienstvollen Lehrer hin, weil er zufällig der Nachbar des Opfers ist. Mit dem Verhalten verspielen Sie sich jeglichen Kredit auf eine milde Strafe.«

Marc starrt ihn an, sieht erneut seinen Vater hinter dem Schreibtisch. Er fühlt die Handschellen, die an seinen Händen reiben. Der erste Verhandlungstag endet. Der Vorsitzende zieht sich mit den beisitzenden Richtern und den Schöffen zur Beratung ins Hinterzimmer zurück. Der Staatsanwalt verlässt mit den Besuchern den Saal. Dr. Baum verabschiedet sich.

Marie kommt auf ihn zu und umarmt ihn. »Lena ist draußen. Der Oberstaatsanwalt blufft nur. Du wirst sehen. Allerdings hat er die Hausdurchsuchung bei Dr. Hauser verhindert. Mein Freund hatte es nach unserem letzten Gespräch in Erwägung gezogen und ist fürchterlich abgeblitzt.«

»Das kann ich mir denken. Ich hatte vorhin das Gefühl, mein Vater würde auf der anderen Seite sitzen«, sagt Marc.

Sie sieht ihn besorgt an. »Es ist nicht dein Vater, sondern ein normaler Staatsanwalt. Ich wünsche dir, dass du die nächsten Verhandlungstage gut überstehst. Denk an

Lena, sie versucht, Ismail Kilic ausfindig zu machen. Sie wird es schaffen, jede Wette. Nach ihrer Aussage kann sie im Gerichtssaal bleiben und dir Glück bringen.«

»Warum schrieb der Gutachter die ganze Zeit mit?«, fragt er.

»Er wird am letzten Verhandlungstag gehört. Bis dahin nutzt er die Gelegenheit, dich besser kennenzulernen.«

Marc unterdrückt die Tränen. »Manchmal wird mir alles zu viel.«

»Nach dem Freispruch nimmst du dir eine Auszeit, verreist mit Lena für ein paar Wochen. Na, was meinst du?«, fragt Marie.

»An mir soll es nicht liegen, eher an dem Oberstaatsanwalt. Im Moment kann ich mir nicht vorstellen, dass er auf Freispruch plädiert. Dank dir, dass du dir die Zeit nimmst«, sagt er noch zu Marie, bevor die Uniformierten das Gespräch unterbrechen.

Kapitel 37

Am zweiten Verhandlungstag kommt er leicht verspätet in den Gerichtssaal. Sofort erstirbt das Lachen bei den Prozessbeteiligten. Die Sitzung wird eröffnet, auf Anweisung des Vorsitzenden Herr Wieden in den Zeugenstand gerufen. Sein Gang zum Zeugenstuhl ist langsam und gebückt. Schwerfällig lässt er sich auf dem Stuhl nieder. Auf Marc wirkt er um Jahre gealtert.

Der Vorsitzende belehrt ihn über die Wahrheitspflicht vor Gericht und befragt ihn zu seinen Personalien.

Manfred Wieden, 54 Jahre, Kaufmann, wohnhaft in Bochum-Linden, mit dem Angeklagten nicht verwandt oder verschwägert.

Die Fragen des Vorsitzenden beantwortet er stockend, setzt wieder an, verliert den Faden. Bittet den Vorsitzenden, die Worte zu wiederholen. Seiner Aussage ist zu entnehmen, dass er mit der Ehefrau das Wochenende in Hamburg verbrachte und bei dem Nachbarn die Hausschlüssel für seine Tochter hinterließ. Er wollte sie über ihr iPhone informieren, erreichte sie jedoch nicht, was seine Ehefrau beunruhigte, doch er versprach ihr, dass die Tochter bei ihrem Freund in guten Händen wäre. »In guten Händen«, wiederholt er mit einem Blick zur Anklagebank. Marc hält der Verzweiflung in den Augen des

Vaters nicht stand, er errötet und sieht vor sich auf den Tisch. Hoffentlich werten sie es nicht als Schuldeingeständnis.

Auf Nachfrage des Vorsitzenden beschreibt Herr Wieden den Ablauf des Sonntags in Hamburg. Sie erreichten den Beschuldigten an Christinas iPhone. Er gab an, Christina zu suchen, nachdem sie ihn in der Nacht verlassen hätte. Seine Frau telefonierte mit dem Nachbarn, Dr. Hauser. Bei ihm hatte sich die Tochter nicht gemeldet. Sie versuchten es bei Verwandten, bei Freunden. Sie riefen überall an. Nichts. Seine Ehefrau wollte zurückfahren, er die Karten für *Hänsel und Gretel* im Thalia-Theater nicht verfallen lassen, die er mit viel Glück für die Sonntagsvorstellung erworben hatte. Am Abend konnten sie sich auf das Stück nicht konzentrieren, reisten in der Pause ab, nachdem sie noch einmal mit dem Nachbarn telefoniert hatten, der weiterhin keine Nachricht über den Verbleib der Tochter mitteilen konnte. Auf Nachfrage des Vorsitzenden teilt Herr Wieden mit, dass seine Ehefrau den Beschuldigten auf der Rückfahrt erreichte. Er gab an, seinem Nebenverdienst als Taxifahrer nachzugehen. Christina habe sich bei ihm nicht gemeldet.

Später erreichten sie ihn nicht mehr. »So eine Enttäuschung, so eine Enttäuschung«, stammelt er.

Auf Nachfrage des Vorsitzenden teilt er mit, dass sie in den frühen Morgenstunden eine Vermisstenanzeige aufgaben. Er stockt. Auf die Beschreibung passte der Fund einer Toten an der Ruhr. Wir identifizierten sie. »Meine

Ehefrau musste notärztlich behandelt werden, ich nehme seitdem Betablocker. Wissen Sie, sie hat das Leben geliebt, war so engagiert im Studium. Wir hatten ihr das Dachgeschoss ausgebaut. Sie hat es geschmackvoll eingerichtet. Sie war glücklich. Was wünscht man sonst seinen Kindern? Dass sie es besser haben.« Er weint still vor sich hin.

Die Betroffenheit im Saal ist spürbar. Es gibt keine Nachfragen. Herr Wieden sieht Marc an und steht langsam auf.

»Sie können während der Verhandlung im Saal bleiben«, sagt der Vorsitzende mit sanfter Stimme. »Die erste Reihe wurde für die Zeugen freigehalten.«

Herr Wieden sieht zu den Besucherstühlen, zögert und lässt sich auf einem freien Stuhl nieder.

Die Protokollantin ruft Frau Wieden auf, die mit schnellen Schritten zum Zeugenstuhl eilt. Sie sieht Marc mit zusammengekniffenen Augen an. Er kommt sich vor wie in einem Hexenprozess und weicht ihrem Blick aus.

Elisabeth Wieden, 48 Jahre alt, Büroangestellte, wohnhaft in Bochum, mit dem Angeklagten nicht verwandt oder verschwägert.

Sie wiederholt die Schilderungen ihres Ehemanns, setzt hinzu, dass sie nicht nach Hamburg fahren wollte. Sie deutet auf Marc. »Mütterlicher Instinkt oder nennen Sie es, wie Sie wollen.« Leider schaffte sie nicht, es ihrem Ehemann auszureden. Er habe dem Angeklagten vertraut und nicht verstanden, dass sie sich um die einzige Tochter sorgte, seit die Nachbarstochter auf die schiefe Bahn geraten war. Sie dreht sich zu ihrem Ehemann um. »Es war wie ein Fluch. Er wollte unbedingt nach Hamburg, mit einer Barkasse rausfahren am Hafen, abends ins Thalia Theater. Warum habe ich mich darauf eingelassen? Ich weiß es nicht.« Sie wendet sich an den Vorsitzenden.

»Selbstvorwürfe helfen nicht. Dadurch wird sie nicht lebendig«, erwidert er leise und vorsichtig.

»Mein Leben ist vorbei«, fährt sie fort. »Jede Nacht träume ich von ihr. Jeden Morgen gehe ich in ihr Zimmer, um sie zu wecken. Und erinnere mich mit Schrecken, dass sie nicht mehr da ist. Jeden Morgen. Warum haben Sie das gemacht?« Sie wendet sich an Marc. »Was hat Christina Ihnen getan?«

Unruhe im Gerichtssaal. Er denkt an die Schläger unter der Dusche.

»Was sollte das mit dem iPhone?«, folgt ihre nächste Frage.

Marc sieht stur auf den Tisch. Darf er antworten? Oder pfeift ihn der Vorsitzende zurück? Der Anwalt dreht sich zu ihm und schüttelt den Kopf. Der Vorsitzende greift ein. »Würden Sie uns die Frage erläutern? Um sie zu verstehen.«

»Er hat Christinas iPhone in unseren Briefkasten geworfen, während wir unterwegs waren. Mit einer kurzen Nachricht, dass er die Beziehung beenden möchte und Christina Glück wünscht.«

»Ich wusste nichts von ihrem Tod«, sagt Marc dazwischen. Sofort ermahnt ihn der Richter, während der

Zeugenanhörung ruhig zu bleiben. Er habe genügend Zeit gehabt für seine Aussage. Damit wendet er sich Frau Wieden zu. »Wie kam Herr Kröner an das iPhone Ihrer Tochter? Wo bewahrte sie es auf? Versuchen Sie, sich zu erinnern. Das kann wichtig sein.«

»Sie hatte es in ihrer Handtasche«, antwortet Frau Wieden.

»Haben Sie die Handtasche zurückerhalten?«, fragt der Vorsitzende.

»Wie denn? Sie wurde nackt aufgefunden und die Suche nach ihren Sachen verlief ergebnislos.«

Es ist totenstill im Saal. Zumindest kommt es Marc so vor. Er erinnert sich an das ungute Gefühl, als er das iPhone in den Briefkasten warf. Er wollte es los sein und wusste nichts von Christinas Tod. Nun legen sie es als weiterer Beweis gegen ihn aus. Niemand wird ihm glauben, dass er es in seinem Auto fand.

Dr. Baum räuspert sich. »Frau Wieden. Wir teilen Ihren Schmerz über den Verlust Ihrer Tochter.« Er macht eine Pause. »Aber wir müssen herausfinden, ob der Beschuldigte für den Tod verantwortlich ist. Und ich kann Ihnen sagen, dass ich erhebliche Zweifel daran habe, nicht nur, weil ich ihn als Anwalt vertrete. Würden Sie uns bitte den genauen Wortlaut mitteilen, der auf dem Zettel dem iPhone beigefügt war?«

Frau Wieden schließt die Augen: »Sicher. Ich kenne den Text auswendig. Habe ihn mehrmals gelesen. Für Christina, stand da. Wir können nichts dafür. Sind zu verschieden. Ich wünsche dir Glück. Hoffe, dass wir

Freunde bleiben. Dein iPhone fand ich in meinem Golf. Du wirst es vermissen. Gruß Marc. Das war alles.«

»Das macht mich stutzig. Warum sollte mein Mandant das iPhone zurückgeben, wenn er die anderen Sachen vernichtet hat?«

»Das müssen Sie ihn selbst fragen«, antwortet Frau Wieden.

Der Vorsitzende mischt sich ein. »Ich hatte Sie so verstanden, dass Sie am Sonntagmittag Herrn Kröner über das iPhone Ihrer Tochter erreicht hatten.«

»Das ist richtig«, bestätigt Frau Wieden.

Der Vorsitzende und der Staatsanwalt tauschen einen Blick. Es ergeben sich keine Nachfragen an Frau Wieden. Sie darf sich neben ihren Ehemann setzen. Das Gericht beschließt eine Pause von fünfzehn Minuten. Eine endlose Zeit für Marc. Ehepaar Wieden verlässt den Saal. Er kann ihre Trauer, auch die Wut verstehen, erinnert sich an den Traum auf der Zelle, in dem sie ihn schuldig sprachen. Er erzählt dem Anwalt davon, der versucht, ihn zu beruhigen.

Als nächste Zeugin wird Katrin Kröner aufgerufen. Seine Schwester. Sie kommt in den Gerichtssaal, setzt sich auf den Zeugenstuhl in der Mitte des Saals. Sieht ihn erschrocken an. Er fürchtet, gleich bricht sie in Tränen aus.

Der Richter belehrt sie über die Wahrheitspflicht vor Gericht. Es stehe ihr als nahe Angehörige zu, die Aussage zu verweigern. Er befragt sie zu ihren Personalien.

Katrin Kröner, fünfundzwanzig Jahre alt, wohnhaft in

Köln, Kinderkrankenschwester, Schwester des Beschuldigten.

Sie möchte sich zur Sache äußern, beschreibt die Einweihungsfeier mit der geplanten Übernachtung, Christinas Gespräch in der Küche mit Rainer, das anschließende Eifersuchtsdrama im Wohnzimmer. Christinas unbedingtes Verlangen, nach Hause zu fahren. »Ich habe versucht, sie aufzuhalten. Es war nicht möglich. Sie verließ die Wohnung, ohne sich zu verabschieden. Ich vermute, sie hatte sich mit Rainer Dahlke in der Nacht verabredet.«

»Wie kommen Sie auf diese Vermutung?«

»Er brach unmittelbar nach ihnen auf. Das war kein Zufall. Er machte am Telefon kein Geheimnis daraus. Sie werden es von ihm persönlich hören.«

»Hatte der Angeklagte versucht, Frau Wieden aufzuhalten? Oder wie darf ich mir die überstürzte Abreise vorstellen?«, fragt der Vorsitzende.

»Mein Bruder mag solche Szenen nicht. Er fühlte, dass es aussichtslos war, sie aufzuhalten. Er kannte ihren wahren Beweggrund nicht.«

Aus dem Besucherraum ist ein deutliches Schluchzen zu hören. Marc dreht sich um und sieht Christinas Mutter, die ein Taschentuch vor ihre Augen hält. Der Vorsitzende fragt seine Schwester, ob sie sich vorstellen könnte, dass sich ihr Bruder im Auto rächen wollte.

»Nein. Das kann ich mir absolut nicht vorstellen. Marc ist nicht der Typ, der sich rächt. Ich kann mir vorstellen, dass er Christina im Auto schlafen ließ. Schon, um seine

Ruhe zu haben.«

Der Staatsanwalt mischt sich ein. »Ich möchte Sie bitten, bei der Wahrheit zu bleiben. Wir verstehen ja, dass Sie Ihren Bruder schützen wollen, aber Sie stehen vor einem Gericht. Als nahe Verwandte können Sie auch jetzt noch die Aussage verweigern, doch wenn Sie sich dazu entschließen, werden an Sie die gleichen Anforderungen gestellt wie an jeden anderen Zeugen. Sie wollen uns also weismachen, dass Christina Wieden mit Rainer Dahlke verabredet war, und trotzdem auf der Rückfahrt einschlief. Da hatte sie sich ja mächtig auf die Verabredung gefreut. Und Ihr Bruder ließ sie vor seiner Haustür im Auto schlafen. Wissen Sie, das ist unglaubwürdig. Ich überlege, Ihre Aussage mitzuschreiben. Was das bedeutet, können Sie sich hoffentlich vorstellen.«

»Sie kennen meinen Bruder nicht«, erwidert Katrin leise. Der Vorsitzende ergreift das Wort, fragt, ob sie ihn in der Nacht zum Sonntag angerufen hätte.

»Ja, ich machte mir Sorgen. Marc war nicht nüchtern, als er losfuhr. Am Telefon sprach er mich mit Christina an. Ich dachte an eine Verwechslung, schob es auf den Alkohol und die Müdigkeit. Ich hatte selbst getrunken und nahm mir vor, ihn am Morgen wieder anzurufen, um ihn zum Mittagessen einzuladen.«

Der Vorsitzende fragt, ob der Beschuldigte in der Nacht zurückrief.

»Ja. Er erzählte von dem Polizeieinsatz vor seiner Tür, auch von Christinas Verschwinden. Ich lud ihn wie geplant für den nächsten Tag ein, hoffte, dass sich bis dahin alles geklärt haben würde.«

Der Vorsitzende fragt weiter, ob er sich bei dem Mittagessen auffällig verhielt.

»Er hatte sich in Lena Saga verliebt, meine Freundin. Sie auch in ihn. Es war beiden anzumerken. Mit Christina Wieden wollte er Schluss machen, sie passten auch nicht zusammen.«

»Können Sie das näher erklären?«, fragt die beisitzende Richterin.

»Christina war lebenslustig, offen, streitbar, Marc seit dem Tod unserer Eltern in sich zurückgezogen, nachdenklich, auf Harmonie bedacht. Das konnte nicht gutgehen.«

»Bleiben Sie bitte bei den Nachnamen. Wir sind mit den Beteiligten nicht näher bekannt«, fordert der Staatsanwalt. Seine Schwester entschuldigt sich. Der Vorsitzende fragt nach dem Verhältnis ihres Bruders zu den Eltern.

»Mein Bruder litt furchtbar unter ihrem Tod. Er wollte nicht in die elterliche Wohnung zurück, hatte Albträume und schrie in der Nacht auf.« Sie fügt zur Erklärung hinzu: »Er wohnte in der ersten Zeit bei mir und ließ sich von unserem Onkel Diazepam verschreiben.«

Der Vorsitzende fragt, ob sie ihm eine solche Tat zutraut.

»Nein, auf keinen Fall. Nicht so etwas. Ich bin geschockt über Christinas Tod.« Katrin sieht in Richtung des Staatsanwalts. »Aber überzeugt, dass mein Bruder nicht der Täter ist.«

Der Vorsitzende befragt sie zu den anderen Gästen. Ob jemand Frau Wieden das Mittel gegeben und ihrem Bruder das Fläschchen in die Jackentasche gesteckt haben könnte.

Sie zuckt mit den Schultern. »Nein, das kann ich mir nicht vorstellen.«

»Bei Ihrer polizeilichen Vernehmung haben Sie Rainer Dahlke belastet«, merkt der Staatsanwalt an.

»Ja, weil er sich mit ihr verabredet hatte. Er hat es am Telefon auch bestätigt. Sie wollte ihn von ihren Eltern aus anrufen. Aber rief nicht an. Und das glaube ich ihm.«

Das Gericht und die Beteiligten haben keine weiteren Fragen. Katrin wird vom Vorsitzenden entlassen. Sie setzt sich neben Christinas Eltern, die einen Stuhl weiterrücken, als hätte sie eine ansteckende Krankheit. Als nächster Zeuge wird ihr Freund aufgerufen. Er wird über die Wahrheitspflicht und die strafrechtlichen Folgen einer falschen Aussage belehrt.

Thomas Hausschild, 26 Jahre, Architekt, wohnhaft in Köln. Nicht verwandt, noch nicht verschwägert mit dem Beschuldigten.

Er sieht zu Marc herüber, berichtet von der Feier, dass man zusammen Kölsch getrunken habe. Die Eifersuchtsszene habe er nicht verstanden. Noch weniger, dass Marc mit seiner Freundin mitten in der Nacht die Party verließ. »So ein furchtbares Ende. Ich kann mir nicht vorstellen, dass der Beschuldigte das getan hat.« Damit wendet er sich zu Marc, nickt ihm zu. Es ergeben sich keine Nachfragen. Er verzichtet auf die Zeugenentschädigung und setzt sich neben Katrin. Die Protokollantin ruft den Polizeibeamten auf, der Marc in der Nacht kontrollierte. Nach der üblichen Belehrung nennt er seine Personalien.

Harald Schäfer, 58 Jahre, Polizeibeamter, wohnhaft in Bochum, nicht verwandt oder verschwägert mit dem Beschuldigten.

Der Vorsitzende bittet ihn, über den Einsatz in der Nacht zu berichten. Der Beamte beschreibt die Situation auf der Straße und an der Wohnungstür.

»Der Beschuldigte hat uns von Anfang an belogen.« Er deutet auf Marc. »Dabei wollten wir ihn auf die Fahrertür hinweisen, die er aufgelassen hatte. Man kann nicht vorsichtig genug sein.«

»Was sagte er Ihnen zu seiner Freundin?«, fragt der Vorsitzende.

»Sie wäre allein mit dem Golf gefahren. Er hätte das Haus nur verlassen, um nach ihr zu sehen. Woher sollten wir ahnen, was passiert war? Schrecklich, wie er uns das vorschwindeln konnte. Ich meine, er hatte sie vergewaltigt und in die Ruhr geworfen.«

»Ist Ihnen an seinem Verhalten in der Nacht sonst etwas aufgefallen?«, fragt der Vorsitzende.

»Ja, natürlich, er war nervös. Aber wir wussten nicht warum. Wir schoben es auf den Alkohol. Wir hatten ihn ja aus dem Golf kommen sehen. Also, so etwas ist mir in meiner ganzen Karriere noch nicht passiert. Das arme Mädchen und ihre Eltern. Es gibt kein Mitgefühl mehr bei den jungen Leuten.« Er sieht kopfschüttelnd zu

Marc.

»Warum nahmen Sie ihn nicht mit zur Wache für eine Blutprobe?«, fragt der Staatsanwalt.

Der Beamte wendet ihm den massigen Körper zu. »Wir hatten es überlegt, bis die angebliche Freundin anrief, seine Schwester, wie sich später herausstellte. Ja, er hat es geschafft, uns zu täuschen. In so einer Situation. Eiskalt, sage ich Ihnen.«

Der Beamte wird entlassen. Er sieht noch einmal vernichtend zur Anklagebank und verlässt den Saal.

Marc spürt, wie sich die ablehnende Haltung des Gerichts und der Besucher gegen ihn verstärkt hat. In der zweiten Reihe schreibt jemand mit. Lange Haare, lässige Haltung. Bestimmt der Gerichtsreporter. Auch der Gutachter schreibt mit. Er würde es gerne lesen. Er wünschte sich Denny herbei, um was mit ihm zu rauchen und nichts mehr zu fühlen. Die junge Polizeibeamtin wird hereingerufen. Er weiß nicht, wie er noch so eine Aussage durchstehen soll. Nach der Belehrung durch den Vorsitzenden nennt sie ihre Personalien.

Laura Hinz, Polizeibeamtin, wohnhaft in Bochum, 28 Jahre, nicht verwandt oder verschwägert mit dem Angeklagten.

Sie schildert ihre Beobachtungen in der Tatnacht vor dem Haus des Beschuldigten und an dessen Wohnungstür. Der Vorsitzende fragt nach ihrem Eindruck, den der Beschuldigte auf sie gemacht hatte.

»Er wirkte alkoholisiert. Erzählte von seiner Freundin. Sie wäre allein mit dem Golf unterwegs gewesen und verschwunden. Die vorgeworfene Tat hätte ich ihm niemals zugetraut. Eher erweckte er den Anschein, dass er seine Freundin suchte.«

»So war es«, ruft Marc dazwischen und wird vom Vorsitzenden ermahnt, die Beweisaufnahme nicht zu stören.

»Sie wissen inzwischen, dass er bei dem Anruf seiner Schwester gelogen hat«, wirft der Staatsanwalt dazwischen.

»Er wollte uns ablenken«, sagt die Beamtin ruhig.

»Wovon?«, fragt der Vorsitzende.

»Von seinem Alkoholkonsum. Er hatte Angst vor einem Test. Deswegen redete er so voller Spannung und ließ uns kaum ausreden.« Sie lächelt.

»Und Sie nahmen ihn nicht mit zur Wache«, stellt der beisitzende Richter kopfschüttelnd fest. »Sind Sie nicht verpflichtet, dem Verdacht nachzugehen?«

»Wir hatten ihn nicht aktiv im Straßenverkehr beobachtet«, erwidert sie und sieht freundlich zu Marc herüber. »Nach seinen Angaben war er nicht gefahren. Wir hätten es ihm nicht beweisen können.«

»Würden Sie ihm aus heutiger Sicht die Tat zutrauen?«, fragt der Vorsitzende.

»Nein, niemals. Das würde ich nicht«, sagt die Beamtin. »Ich gehe davon aus, dass sie in der Stadt ihrem Mörder begegnet ist.«

»Woher nehmen Sie die Gewissheit?«, hakt der Staatsanwalt ein.

»Ich wurde nicht nach meiner Gewissheit gefragt, sondern, ob ich dem Beschuldigten die Tat zutraue.«

Der Vorsitzende unterstützt sie. »Die Kammer möchte sich einen umfassenden Eindruck verschaffen und nichts auslassen. Natürlich sind die Beweise eindeutig«, sagt er in Marcs Richtung. »Über ein Geständnis würden wir uns immer noch freuen.«

Als nächster Zeuge wird Christian Kramer aufgerufen. Sportliche Lederjacke, dunkle Jeans. Marc erinnert sich an die Überraschung, als ihm die Beamten das Fläschchen mit Liquid Ecstasy zeigten.

»Christian Kramer, 35 Jahre, Polizeibeamter, wohnhaft in Bochum, nicht verwandt oder verschwägert mit dem Angeklagten. Mein Kollege, Herr Schulz, befindet sich im Erholungsurlaub und kann den Termin heute nicht wahrnehmen.«

»Wir haben die Mitteilung erhalten«, bestätigt der Vorsitzende. »Für das Protokoll wird festgehalten, dass im allgemeinen Einvernehmen auf die Aussage des Zeugen Schulz verzichtet wird.« Er hört Kramer zu der Wohnungsdurchsuchung an, dabei interessiert ihn besonders der Fund des Fläschchens mit Liquid Ecstasy. Nach der Befragung durch das Gericht und die Staatsanwaltschaft beugt sich Dr. Baum zum Zeugenstuhl vor. »Erinnern Sie sich an den Moment, als meinem Mandanten das Fläschchen mit den K.-o.-Tropfen gezeigt wurde?«

»Ja, sicher. Er wirkte überrascht, als hätte er es noch nie gesehen. Er sagte, dass es ihm nicht gehören würde.«

»Und? Haben Sie es ihm geglaubt.«

»Nein. Es war in seiner Jackentasche. Und er hatte zugegeben, die Jacke über das Wochenende getragen zu haben.«

»Konnten Fingerabdrücke auf dem Fläschchen sichergestellt werden?«, fragt der Oberstaatsanwalt.

»Nein, entweder wurden sie gründlich abgewischt oder
der Täter trug Handschuhe.«

»Warum sollte er sie abwischen? Er hätte das Fläschchen mit den anderen Sachen entsorgen können.«

Marc wundert sich. Der Oberstaatsanwalt benutzt seine
Argumente.

»Es sind solche Fehler, die uns zu den Tätern führen«,
sagt der Hauptkommissar. Dr. Baum gibt zu Bedenken,
dass auch eine entlastende Interpretation denkbar wäre.

Es ergeben sich keine Nachfragen an den Zeugen.
Kramer wird aus dem Zeugenstand entlassen. Der Vorsitzende verkündet, am nächsten Sitzungstag Rainer Dahlke, Olaf Klein, Oliver Schuler und Lena Saga zu hören.

Kapitel 38

Müller kommt auf die Zelle, setzt sich auf den einzigen Stuhl und fragt, wie es bei Gericht läuft.

»Wie in einem Hexenprozess. Am liebsten würde ich gestehen. Dann hätte ich Ruhe.«

»Warte ab, noch ist das Urteil nicht gesprochen. Dr. Baum wird dir helfen.«

»Er hofft auf die Aussage des Taxifahrers, der Christina in der Nacht nach Linden gefahren hat. Ich bin gespannt, ob es Ismail Kilic war, ein Freund von mir, ob sie ihn finden und er zur Aussage bereit ist. Er ist seit längerer Zeit bei der Familie in der Türkei, müsste langsam zurück sein.«

»Er wird aussagen, Christina gefahren zu haben. Damit fällt die Anklage in sich zusammen«, sagt Müller. »Für die U-Haft wirst du entschädigt.«

»Wenn nur der Albtraum endet und ich frei bin. Alles andere ist unwichtig. Das habe ich auf der Zelle gelernt.«

»Das verstehe ich.« Nach einem kurzen Schweigen: »Wie geht es Lena?«

»Ihre Freundin schläft vor den Verhandlungstagen bei ihr. Wissen Sie, was das Schlimmste ist? Sie erzählen sich Witze in den Pausen. Als sie mich sahen, erstarb ihr Lachen. Ich glaube nicht, dass sie an der Wahrheit interessiert sind. Sie wollen jemand für Christinas Tod verurteilen und derjenige bin ich. Dann haben sie Ruhe.«

»Das stimmt nicht, Marc. Witze sind normal. Stell dir Ärzte vor einer schweren Operation vor. Auch sie erzählen sich Witze. Sonst könnten sie nicht operieren.«

Marc steht vom Bett auf. »In mir wächst eine solche Wut. Allein die Handschellen. Es sieht für jeden so aus, als wäre ich ein Schwerverbrecher. Und es sind so viele Freunde und ehemalige Lehrer da. Bestimmt würden sie mich auf der Straße nicht mehr grüßen. Und der Staatsanwalt, er wartet darauf, dass ich vor allen die Fassung verliere und herumtobe.« Er spürt Müllers besorgten Blick und beendet den Monolog. »Entschuldigen Sie. Ich wollte Sie nicht beunruhigen. Wenn der Taxifahrer aussagt, ist meine Welt wieder in Ordnung.«

»Ich wünsche es dir.« Müller reicht ihm die Hand und verlässt die Zelle. Er ist wieder allein, schaltet den Fernseher ein, doch kann sich nicht konzentrieren. Es ist sinnlos. Hat Ismail wirklich Christina in der Nacht gefahren und sie bei ihren Eltern abgesetzt? Es wäre ein solcher Zufall. Wer würde daran glauben? Die Richter, die Schöffen und der Staatsanwalt lachen ihn aus. Oder nein, sie werden ihn antoben, wie er sich erdreisten kann, das Gericht zu belügen, er hat es doch bei Hannah gesehen. Ismail wird vor Zorn vom Zeugenstuhl aufspringen und den Richtern drohen. Er wird ein Bußgeld kassieren und die Uniformierten werden ihn aus dem Saal führen.

Es gibt keine Hoffnung. Das Urteil steht für das Gericht fest, nichts wird sich ändern, die Rollen sind verteilt und er spielt den Schuldigen. Er steht schweißgebadet auf und wischt sich mit einem feuchten Handtuch über das Gesicht. Durch das Gitterfenster sieht er in die Dunkelheit hinein. Warum?, fragt er sich. Was hat das Schicksal mit ihm vor? Oder ist wirklich alles Zufall?

Kapitel 39

Der Vorsitzende eröffnet den dritten Verhandlungstag. Statt dem Geständnis seines Mandanten präsentiert Rechtsanwalt Dr. Baum den Beweisantrag. »Wir möchten den Taxifahrer Ismail Kilic in den Zeugenstand rufen. Er wird bezeugen, dass Christina Wieden in der Tatnacht in der Bochumer City war. Er fuhr sie gegen zwei Uhr vom Hauptbahnhof nach Linden zu ihren Eltern. Er ist von seinen Großeltern aus der Türkei zurückgekehrt. Ich hatte Gelegenheit, mit ihm zu sprechen.«

Der Vorsitzende starrt Dr. Baum an. Wie soll das möglich sein? Er sieht sich nach den Beisitzern und den Schöffen um. Sie sind auf dem Sprung ins Beratungszimmer. »Das Gericht wird über den Beweisantrag der Verteidigung entscheiden«, beschließt er. »In zehn Minuten wird die Verhandlung fortgesetzt. Die Anwesenden bitte ich, im Sitzungssaal zu bleiben.« Er erhebt sich und schreitet voran ins Hinterzimmer.

»Wenn Christina Wieden in der betreffenden Nacht in der Bochumer City war, scheidet Marc Kröner als Täter aus«, sagt die Schöffin.

Der Vorsitzende ist entsetzt. Meistens warten die Schöffen seine Ausführungen ab und stimmen ihm nach kurzer Beratung zu. Der Bandscheibenvorfall meldet sich wie immer, wenn sich die Dinge nicht so entwickeln, wie er es möchte. Er sollte endlich die Rehabilitation antreten und nimmt sich vor, in der nächsten Woche den Orthopäden aufzusuchen. Die beisitzende Richterin springt der Schöffin bei.

»Oliver Schuler war nach Aktenlagen ab drei Uhr nachts mit dem Beschuldigten im Intershop. Gegen halb fünf hat er ihn zur Wohnung begleitet.«

»Nicht so schnell, verehrte Kollegin«, greift der Vorsitzende ein. »Wenn Dr. Baum einen wichtigen Entlastungszeugen erst so spät benennt, erscheint das zumindest fragwürdig. Es wird sich um einen vertrauten Kollegen des Beschuldigten handeln oder sogar einen Freund, der ihn retten will. Herr Kröner fährt selbst Taxi, um sein Einkommen aufzubessern. Das haben wir von ihm gehört. Wenn der Zeuge aussagt, das spätere Opfer mit dem Taxi befördert zu haben, wissen wir nicht, um welche Nacht es sich handelt. Das geht bei jungen Leuten schon mal durcheinander. Sie bilden sich ein, es war die und die Nacht, dabei bricht die Aussage wie ein Kartenhaus zusammen, wenn man nur ein wenig genauer nachfragt.«

»Und wenn es die Tatnacht war«, beharrt die Schöffin. »Wenn Sie mich fragen, Marc Kröner sieht nicht aus wie ein Frauenmörder.«

»Das wird ja immer besser. Wie sieht denn ein Frauenmörder aus? Wenn das zu erkennen wäre, könnten wir uns die Beweisaufnahme sparen«, sagt der Vorsitzende mit erhobener Stimme.

Der junge Beisitzer mischt sich ein. »Laut Rechtsmedizin trat der Tod des Opfers zwischen ein und drei Uhr morgens ein. Wenn Oliver Schuler bei seinen Angaben gegenüber der Polizei bleibt, war Kröner ab drei Uhr in die Kneipe. Das passt zeitlich zu den Aussagen der Polizeibeamten, die ihn gegen halb drei am Auto beobachteten. Er verließ die Feier in Köln um zwölf Uhr und kam in Bochum um halb drei an. Es blieb ihm also genügend Zeit, Christina Wieden zu vergewaltigen und an der Ruhr zu entsorgen.«

Der Vorsitzende rechnet sofort nach. »Es besteht kein Widerspruch, dass Kröner um Mitternacht mit dem Opfer die Wohnung seiner Schwester verließ. Bei einer Fahrzeit von einer Stunde wäre er um ein Uhr in Bochum gewesen. Die Beamten trafen ihn, wie der junge Kollege ausführte, erst gegen halb drei an seiner Wohnung an. Eine Stunde und dreißig Minuten liegen dazwischen, für die er uns eine Erklärung schuldig geblieben ist. In dieser Zeit trat der Tod des Opfers ein. Und die Polizeibeamten hatten Christina Wieden bei der Ankunft vor seiner Haustür nicht wahrgenommen. Hatte sie sich in Luft aufgelöst? Hatte er sie in der Bochumer Innenstadt abgesetzt? Davon hat er nichts erzählt. Wie auch? Zu der Zeit war sie schon tot.«

»Wenn wir der Einlassung des Angeklagten folgen, hatte er geschlafen, bevor er sich entschloss, im Auto nach der Freundin zu sehen. Erst da wurde er von der Polizeistreife beobachtet«, bemerkt die Schöffin.

»Das glauben Sie ihm?« Der Vorsitzende wendet sich

lächelnd von ihr ab und dem jungen Beisitzer in dunklem Jackett zu. Doch die Schöffin gibt nicht auf. »Es ist möglich, dass die Ermittlungen sich auf Kröner konzentriert haben, weil alles zu gut passte. Ich möchte den Entlastungszeugen hören, um mir einen Eindruck zu verschaffen.«

Die Mehrheit stimmt ihr zu und der Vorsitzende löst die Beratung auf. Zurück im Gerichtssaal verkündet er: »Dem Beweisantrag der Verteidigung wird stattgegeben. Der Zeuge wird zum nächsten Termin zusammen mit Hannah und Gerald Torer geladen.« Er wendet sich an die Protokollantin. »Rufen Sie bitte Oliver Schuler auf.«

Der Zeuge kommt herein, begrüßt den Beschuldigten mit einem freundlichen Lächeln und setzt sich auf den Zeugenstuhl. Nach der Belehrung über die Wahrheitspflicht werden seine Personalien aufgenommen.

Oliver Schuler, 23 Jahre, Student, wohnhaft in Bochum, nicht verwandt oder verschwägert mit dem Angeklagten.

Er habe sich in der Nacht mit seiner Freundin im Intershop aufgehalten. Sie sei um zwanzig vor zwei von ihrem Vater abgeholt worden. Er sei in der Kneipe geblieben, um sich mit einem Kommilitonen über eine Klausur auszutauschen.

Der Vorsitzende fragt, wann der Beschuldigte das Lokal betreten habe.

»Gegen drei Uhr entdeckte ich Marc Kröner an der Theke und trank mit ihm einige Biere.«

»Welchen Eindruck machte Herr Kröner auf Sie?«

»Er wirkte besorgt, nur zeitweise gelang es mir, ihn aufzuheitern. Er suchte seine Freundin, um die Beziehung zu beenden.«

»Haben Sie ihm das geglaubt?«

»Ich hatte keinen Anlass, an seinen Worten zu zweifeln. Er war immer offen zu mir, wie es sich unter Freunden gehört.«

Es ergeben sich von den Prozessbeteiligten keine Nachfragen. Auslagen macht Oliver Schuler nicht geltend, er setzt sich auf einen freien Stuhl in der ersten Reihe.

Als nächster Zeuge wird Rainer Dahlke aufgerufen. Die Gerichtstür öffnet sich. Er steuert zielstrebig auf den Zeugenstuhl zu. Marc hätte ihn nicht erkannt. Es gibt Menschen, die braucht er nur einmal zu sehen und erinnert sich sofort. Und solche Rainers, die er sich nicht einprägen kann, weil sie sich ständig verändern. Speziell fürs Gericht trägt er einen dunkelgrauen Anzug mit weißem Hemd und dunkelblauer Krawatte. Herber Parfümduft weht herüber. Es folgt die Belehrung über die Wahrheitspflicht und die Fragen zur Person.

Rainer Dahlke, 25 Jahre, Student der Rechtswissenschaften, wohnhaft in Bochum, nicht verwandt oder verschwägert mit dem Angeklagten.

Auf Nachfrage des Vorsitzenden erzählt er von seiner Beziehung zu Christina.

»Ist es richtig, dass Sie sich in der Tatnacht mit ihr treffen wollten?«, fragt der Vorsitzende.

»Sie bat mich darum, um die Nacht nicht mit ihrem

langweiligen Freund zu verbringen. Sorry, das waren ihre Worte. Sie wollte ihn abschütteln und mich in der Nacht anrufen. Ich fand sie immer aufregend und habe mich auf das Treffen gefreut. Leider rief sie nicht an.«

»Nehmen wir an«, spekuliert der Vorsitzende, »Frau Wieden wäre in der Nacht in Bochum angekommen, wie es uns die Verteidigung glauben machen will. Dann hätte sie bei Ihnen angerufen, wenn ich Sie richtig verstanden habe?«

»Unbedingt«, bestätigt Rainer. »Deswegen hatten wir die Feier verlassen.«

»Könnte Frau Wieden dem Angeklagten auf der Rückfahrt von der Verabredung erzählt haben?«, fragt der Vorsitzende.

»Gut möglich, dass sie die Rückfahrt zum Anlass genommen hat, die Beziehung zu beenden.«

»Davon hat sie nichts gesagt«, ruft Marc von der Anklagebank und wird vom Vorsitzenden ermahnt, sich ruhig zu verhalten. Er wusste nicht, dass Rainer Jura studiert, und überlegt, ob ihn das vor Gericht glaubwürdiger erscheinen lässt.

»Gibt es weitere Fragen an den Zeugen?«, erkundigt sich der Vorsitzende. Dr. Baum beugt sich zu Rainer.

»Ich möchte den Gedanken des Vorsitzenden aufgreifen, wenn Sie erlauben. Nehmen wir an, Frau Wieden kam in der Nacht in Bochum an. Sie war den Beschuldigten losgeworden und lief zum Hauptbahnhof, um sich ein Taxi zu nehmen. Wo wäre sie hingefahren?«

»Das ist mir zu hypothetisch. Sie hätte mich angerufen

und ich hätte sie mit dem Auto abgeholt. Ich hatte auf der Feier nichts Alkoholisches getrunken.«

»Könnte Sie vor dem Anruf jemanden getroffen haben, um über ihre Beziehungskonflikte zu sprechen?«

»Ach, Unsinn. Sie hätte mich nicht warten lassen. Das passte nicht zu ihr.«

»Es gibt eine Erklärung«, sagt Dr. Baum in Richtung des Vorsitzenden. »Ihr iPhone war weg. Es lag im Golf von Marc Kröner. So entschied sie sich, zu ihren Eltern zu fahren, um von dort Herrn Dahlke anzurufen.«

»Ja, das wäre möglich«, räumt der Zeuge ein. »Den Beschuldigten kenne ich selbst nicht, aber seine Schwester traut ihm die Tat nicht zu.«

Es ergeben sich keine weiteren Fragen an den Zeugen. Er erhält die Bescheinigung über seine Auslagen und verlässt den Gerichtssaal. Olaf Klein wird von der Protokollantin aufgerufen. Er erscheint in einem schwarzen Hemd und einer dunklen Jeans. Ohne sein Kreuz. Nach der Belehrung über die Wahrheitspflicht wird er zu den Personalien vernommen.

Olaf Klein, 28 Jahre, gelernter Koch, arbeitsuchend, wohnhaft in Bochum, mit dem Angeklagten nicht verwandt oder verschwägert.

Auf Befragen des Vorsitzenden berichtet er von der Begegnung an dem Sonntagmittag vor dem Haus, schildert, dass Marc Kröner einen verwirrten Eindruck auf ihn hinterließ. »Ich sah, dass mit ihm etwas nicht stimmte und bot ihm an, in der Stadt einen Kaffee zu trinken, um darüber zu sprechen. Was hätte ich sonst machen können?« Er sieht flüchtig zur Anklagebank herüber.

Die Bettelei um zehn Euro hat er vergessen, denkt Marc. Warum wollen ihn alle hinter Gittern sehen? Weil er auf der Anklagebank sitzt? Er hat Olaf nie was getan. Hat sie in der Nacht bei ihm geschellt? Ist der Lehrer unschuldig? Er möchte, dass sie Ismail vernehmen. Die Aussage wird alles entscheiden. Was ist, wenn sie zu Olaf zurückgefahren ist? Er hört dem Vorsitzenden zu, der sich bei Olaf Klein erkundigt, ob er das Opfer gekannt hatte. Er bestätigt es, meint, sie sei ihm in der Wohnung des Nachbarn begegnet. In der Tatnacht habe er sie nicht gesehen, fügt er eilig hinzu. Warum rechtfertigt sich Olaf, wenn er nichts damit zu tun hat? Marc ist verunsichert. Am Ende hat er den Hauser zu Unrecht beschuldigt. Hat sein Nachbar am Sonntagmorgen auf ihn gewartet, um ihm die K.-o.-Tropfen anzudrehen? Hat er sie heimlich in seine Jackentasche geschmuggelt.

»Sie sind wegen Drogenhandels vorbestraft. Bei der Hausdurchsuchung wurden verschiedene Drogen gefunden. Haben Sie Herrn Kröner die K.-o.-Tropfen besorgt?«, fragt der Vorsitzende.

Diese Variante ist Marc neu, er sieht den Richter und Olaf Klein überrascht an.

»Ich habe nie welche besessen. Außerdem haben die Beamten nichts gefunden«, entgegnet Olaf. »Mit sowas würde ich nie handeln«, fügt er hinzu.

»Aber mit anderen Drogen schon«, wirft der Oberstaatsanwalt ein. »Spielen Sie hier nicht das Unschuldslamm. Es wurde ein Ermittlungsverfahren gegen Sie eingeleitet.«

Die Befragung ist schnell beendet. Lena Saga wird als nächste Zeugin aufgerufen. Marc spürt seinen Herzschlag. Sie kommt herein in einem dunklen, taillierten Anzug, die langen Haare zu einem Zopf nach hinten gebunden. Sie nimmt Blickkontakt auf, lächelt ihm zu. Der Vorsitzende weist sie an, sich an den Zeugentisch zu setzen. Die Wahrheitspflicht betont er bei ihr stärker als bei den anderen Zeugen, zumindest hat Marc den Eindruck. Er muss sich beruhigen, um nicht laut zu werden. Er hört ihre klare Stimme.

Lena Saga, 21 Jahre, Kinderkrankenschwester, wohnhaft in Bochum. Nicht verwandt oder verschwägert mit dem Angeklagten.

Auf Befragen des Vorsitzenden schildert Lena die Situation auf der Feier. Ihre Angaben stimmen mit den anderen Aussagen überein.

»Wollen Sie uns erzählen, warum der Angeklagte sich in der Nacht zum Sonntag bei Ihnen versteckt hielt?«, fragt der Vorsitzende. Marc spürt die Hand seines Rechtsanwalts auf dem Knie und einen Blick, der ihn zur Ruhe zwingt.

»Er hat sich nicht versteckt«, sagt Lena ruhig. »Ich hatte ihn nach seiner Arbeit zu einem Glas Wein eingeladen. Es wurde spät, da übernachtete er bei mir. Wir ahnten nichts von Christinas Tod.«

»Sie wollen uns damit sagen, dass er den Tod von Christina Wieden nicht erwähnte? Das wird ja immer besser.« Der Oberstaatsanwalt sieht sie starr an. »Woher nehmen Sie die Unverschämtheit, vor dem Schwurgericht zu lügen?«

Lena sieht zur Richterbank. »Er wusste nichts von ihrem Tod, sonst hätte er sie nicht gesucht. Ich hatte ihm gesagt, dass es zwischen uns erst etwas werden könnte, wenn er die Beziehung mit ihr beendet hätte.«

»Wann haben Sie ihm das gesagt?«, fragt der Vorsitzende.

»Sonntag bei seiner Schwester. An dem Abend davor gab es keine Gelegenheit zu einem Gespräch. Wir haben uns nur angesehen, da kam Christina Wieden ins Wohnzimmer und wollte die Feier verlassen.«

Dr. Baum spricht Lena auf den jungen Taxifahrer an, der Christina in der Nacht zu ihren Eltern gefahren habe.

Ihre Augen leuchten. »Ismail Kilic hat es mir am Telefon bestätigt. Er ist zurück, um seine Zeugenaussage vor dem Gericht zu machen.«

Der Vorsitzende nickt. »Der Beweisantrag ist angenommen. Sagen Sie ihm bitte, dass er sich am nächsten Verhandlungstag bereithalten soll. Falls ihn die Post nicht rechtzeitig erreicht.«

Es ergeben sich keine weiteren Fragen. Lena verzichtet auf die Zeugenentschädigung. Die Verhandlung wird vom Vorsitzenden unterbrochen, um sie in der folgenden Woche fortzusetzen. Am vierten Verhandlungstag möchte er neben dem Taxifahrer weitere Zeugen hören. Hannah Torer, ihren Vater, außerdem die Nachbarn des Opfers, Herrn Dr. Hauser und seine Gattin. Den fünften Verhandlungstag möchte er für die Verlesung des Gutachtens und der Plädoyers von Staatsanwaltschaft und Verteidigung nutzen, dann einen gesonderten Termin für die Urteilsverkündung anberaumen.

Kapitel 40

Frau Hauser sitzt am Sonntagmorgen mit ihrem Ehemann beim Frühstück im neuen Esszimmer. Dr. Hauser hatte zu ihrem Geburtstag eine Raumausstatterin mit der Neugestaltung beauftragt. Durch die Fensterfront haben sie einen Blick auf die Gartenanlage mit den hohen Weiden und dem beleuchteten Swimmingpool.

»Warum Christina? Reicht dir das Unglück deiner Tochter nicht?«

»Was redest du da? Bist du verrückt?« Dr. Hauser steht auf und wandert im Zimmer auf und ab. Seine Ehefrau weint leise vor sich hin.

»Einmal habe ich Alessa allein besucht. Weil sie es sich wünschte. Einmal. Mein Gott. Christina könnte noch leben.« Sie schluchzt auf. »Du hast kein Herz. So ein junges Ding.«

»Wie kannst du es wagen, solche Verdächtigungen gegen mich auszusprechen, gegen deinen Ehemann.« Er geht zur Bar, gießt sich einen doppelten Whisky ein, riecht daran und benetzt seine Zunge. »Du hast alles zwischen uns zerstört mit deinen ständigen Krankheiten und deiner Lustlosigkeit!«

»Hör auf! Einmal ist dir gelungen, mir die Schuld einzureden. Mich in eine Depression zu stürzen. Kein zweites Mal. Hörst du? Kein zweites Mal. Dieses Mal bist du dran.« In ihrem Gesicht wechseln sich Wut und Trauer ab.

»Merkst du nicht, wie du dich in etwas hineinsteigerst.« Er nimmt einen Schluck Whisky und schließt die Augen. »Kaum sind die Handwerker aus dem Haus, die du herumkommandieren konntest, bin ich wieder die Zielscheibe. Aber treibe es nicht zu weit. Mit Christinas Tod möchte ich nicht in Verbindung gebracht werden. Ist das klar?«

»Wie du sie immer angesehen hast. Meinst du, das hätte ich nicht bemerkt?«

»Es ist kein Verbrechen, ein junges Mädchen anzusehen. Außerdem hatte sie es mit ihrer Erscheinung darauf angelegt. Das verstehst du nicht, dass eine junge Frau Lust dabei empfindet, begehrt zu werden.«

»Sie zu vergewaltigen ist ein Verbrechen. Sie zu töten ist ein Verbrechen.« Ihre Stimme überschlägt sich. Sie schiebt den Frühstücksteller mit dem Käsebrötchen von sich weg. Er setzt seinen Gang fort, bleibt an der Glasfront zur Terrasse stehen, sieht zum Swimmingpool und erinnert sich an Alessa, die dort mit ihrer Freundin schwimmen lernte. Er brachte es ihnen bei und sie tobten ausgelassen herum. Es waren unbeschwerte Tage. Was ist daraus geworden? Er darf nicht daran denken. Er trinkt den Whisky, geht an die Bar zurück. »Worauf wartest du? Geh zur Polizei und zeige mich an, wenn du dir sicher bist.«

Sie starrt vor sich hin. Tränen laufen über ihr Gesicht.

Sie geht langsam zur Tür.

»Dein ständiges Geflenne hilft nicht weiter«, ruft er ihr nach. »Es hat Alessa auch nicht geholfen.«

In der ersten Etage hat sie sich einen Leseraum eingerichtet mit einem Bücherschrank und einer Schlafcouch. Hier findet sie Ruhe. Aus dem gemeinsamen Schlafzimmer ist sie bei der ersten Andeutung ihrer Tochter ausgezogen, heute wäre es undenkbar, mit ihm ein Bett zu teilen. Sie verschließt die Tür, legt sich auf die Couch und denkt an Alessa. Warum meldet sie sich nicht? Es sind zwei Monate vergangen, seit sie die Klinik verließ. Es wird mit dem Besuch der Bewährungshelferin zusammenhängen. Sie werden über Christinas Tod gesprochen haben. Frau Hauser ahnt die Seelenqualen ihrer Tochter, durch das Schweigen eine Mitschuld am Tod der Freundin zu tragen. Alessa ist genauso empfindsam wie sie. Die Drogen dienten nur dazu, es auszuhalten und unempfindlich zu wirken. Sie hatte sich der Einzeltherapeutin anvertraut, die ihr zu einer Strafanzeige gegen den Vater riet. Deswegen wollte sie mit ihr sprechen. Sie hatte versucht, es Alessa auszureden, weil sie eine solche Angst vor den Konsequenzen hat. Ist ja wahr, die Presse würde sich darauf stürzen. Die Blamage vor Gericht wäre nicht auszudenken. Sie könnte die Schande für die Familie nicht ertragen.

Es ist zu spät. Christinas Tod wird alles ändern. Sollen sie ihn einsperren. Soll die Presse über sie herfallen. Er hat es nicht anders verdient. Sie wird das Haus verkaufen und umziehen, weit weg und Alessa fragen, ob sie sich eine Wohngemeinschaft vorstellen könne. Woher kommt diese Angst? Immer diese Angst vor Veränderung. *Loslassen*! Trotz aller Therapien hat sie es nicht geschafft. Sie erinnert sich an ihr Elternhaus. Sie waren zu dritt. Wenn einer was ausgefressen hatte, mussten sie sich in einer Reihe aufstellen. Meistens wurde sie rot und erhielt die Strafe. Sie musste die Hände ausstrecken und die Schläge entgegennehmen. Mutter und ihre Geschwister weinten nur. Sie hat es gehasst, doch sie ist nicht besser als ihre Mutter. In dem Moment ertönt die Klingel im Erdgeschoss. Ihr Ehemann öffnet die Haustür und verschwindet mit dem Gast im Wohnzimmer. Frau Hauser wechselt ins Bad, um sich frisch zu machen. Der Gast soll die Tränen nicht sehen, doch sie wollen nicht versiegen. Sie öffnet das kleine Fenster und forscht auf der Straße nach dem Porsche ihrer Schwiegermutter. Der egozentrischen Alten wäre ein unangekündigter Besuch um diese Uhrzeit zuzutrauen. Sie entdeckt den roten Sportwagen nicht. Die Schwiegermutter nimmt die letzten Schritte gerne zu Fuß, sie könnte ihn also weiter entfernt geparkt haben. Soll sie runtergehen und die Schwiegermutter in ihren Verdacht einweihen? Ihr sagen, was für einen Sohn sie aufgezogen hat? Einen Vergewaltiger und Mörder. Sie erschreckt sich vor den Gedanken und versucht, sich mit einer Zeitschrift abzulenken. Nein, die Schwiegermutter würde es abstreiten und sie als verrückt bezeichnen. Sie möchte der herrischen Person nicht begegnen, die nur Augen für ihren Sohn hat, die eigene Tochter als Aschenputtel benutzte, bis die völlig zu Recht den Kontakt zur Familie abbrach. »Mein Helmut«, damit leitet sie die ständigen Lobeshymnen auf den Sohn ein. Wehe, die anderen stimmen ihr nicht zu. Dem Lobgesang wird sie sich heute nicht aussetzen. Sie überlegt, ihre Jacke von der Garderobe zu nehmen und einen Spaziergang durch den Park zu unternehmen. Vorsichtig steigt sie die Treppe herunter und horcht an der Tür, ob es ihre Schwiegermutter ist.

Kapitel 41

Dr. Hauser riecht an dem Whiskyglas. Single Malt Scotch Whisky. Er nippt daran. Genießt die Milde auf der Zunge. Es klingelt an der Haustür. Er denkt an seine Mutter, die um diese Zeit öfter hereinschaut. Er sieht aus dem Fenster nach dem roten Porsche, entdeckt ihn nirgends. Er öffnet die Haustür, schreckt zurück. Seine Tochter. Mit ihr hat er nicht gerechnet. Er nimmt ihr blasses Gesicht wahr. Die stecknadelgroßen Pupillen, die dürre Gestalt unter dem bauchnabelfreien Shirt, die engen Hotpants. Er schämt sich für das Aussehen seiner Tochter, zieht sie ins Wohnzimmer und betrachtet ihre Kinderhände. Lässt sie abrupt los und schließt die Tür. Seine Frau soll Alessa nicht sehen. »Was machst du hier? Hast du Urlaub?«, beginnt er das Gespräch.

»Rede keinen Unsinn«, faucht Alessa ihn an. »Ich bin schon vor zwei Monaten abgehauen. Das müsste sich rumgesprochen haben.«

»Ehrlich, das hat mir keiner gesagt«, beteuert er. »Deine Mutter hat nach dem Besuch von der Klinik geschwärmt. Von den Mitarbeitern, den vielen Freizeitangeboten. Wie geschaffen für dich. Warum hast du die Klinik verlassen?«

»Du weißt genau, warum ich abgehauen bin und was

ich von dir will«, unterbricht sie ihn.

»Nein. Überhaupt nicht. Woher sollte ich das wissen? Sag es mir.«

»Christina ist tot. Ich möchte von dir hören, ob du es warst. Ich kann mit der Ungewissheit nicht leben, dass ein Unschuldiger dafür verurteilt wird. Dich scheint es nicht zu interessieren. Du hast ja kein Gewissen.«

Er geht auf sie zu. »Alessa, Schätzchen. Wie kommst du darauf, dass ich etwas damit zu tun habe? Wer hat das gesagt? Es war ihr Freund, Marc Kröner. Er sitzt in U-Haft. Die Verhandlung gegen ihn ist beim Landgericht anhängig. Geh zurück in die Fachklinik und bekämpfe deine Drogensucht. Sieh nur in den Spiegel, wie du aussiehst!«

»Versuch mir nicht einzureden, dass es Marc war. Du hast sie umgebracht mit deinen Scheiß K.-o.-Tropfen.« Alessa sieht ihm in die Augen.

Er weicht ihrem Blick aus. »Wir sehen uns nach langer Zeit und du bedrängst mich mit solchen Vorwürfen. Ist sicher schrecklich, was mit Christina passiert ist, aber wir müssen weiterleben. Zur Normalität zurückfinden. Schau dich um. Zum Geburtstag habe ich Mutter eine neue Küche geschenkt. Ja, sie wartet bis heute auf deinen Anruf.«

»Hör auf! Ich lass mir von dir kein schlechtes Gewissen einreden. Außerdem willst du nur von Christina ablenken. Meinst du, ich durchschaue das nicht? Ich bin nicht mehr das kleine Mädchen, das du mit deinen Geschichten einwickeln kannst.«

Er schüttelt den Kopf. »Überlege mal, was ich für Mutter und dich geschaffen habe. Das schöne Haus, den Fitnessraum, die Sauna. Erinnerst du dich, wie du mit Christina trainiert hast und anschließend in der Sauna warst?«

»Hast du Christina angerührt?«, fragt Alessa erneut. »Ich will es wissen.«

»Was soll die Frage? Christina war für mich wie eine Tochter. Was habe ich mit ihr gelernt. Was habe ich mir für Unterrichtsmethoden ausgedacht? Mutter, und du, ihr könnt nur Vorwürfe machen. Weil ich einmal versagt habe. Mich von meiner Liebe zu dir habe hinreißen lassen. Unter Alkoholeinfluss.«

»Liebe? Ausgenutzt hast du mich. Nicht nur einmal. Sag endlich, hast du Christina umgebracht?«

Dr. Hausers Stimme wird ernst, sachlich: »Ich habe gestern im Tennisclub mit dem zuständigen Oberstaatsanwalt, Herrn Reidinger, über den Fall gesprochen. Erinnerst du dich an ihn? Du hattest ihn im Tennisclub kennengelernt.«

»Ja, ich erinnere mich. Aber das beantwortet meine Frage nicht.«

»Reidinger ist der Überzeugung, dass Kröner sich mit fragwürdigen Zeugen herausreden will, doch es sei eine Frage der Zeit, bis er alles einräumt. An seiner Schuld bestehe kein Zweifel.«

»Du beantwortest meine Frage nicht. Ich möchte wissen, ob du Christina das Zeug ins Getränk gemischt hast wie mir damals.«

»Das traust du mir zu?«, fragt er gekünstelt.

»Ist wohl kein Wunder. Was hast du mir damals gepredigt? Mit Mutter läuft nichts. Wir lieben uns ja so. Du wolltest mir einreden, ich hätte es provoziert.«

»Ja, sieh nur, wie du herumläufst. Fast nackt.«

»Hast du das Christina gesagt? Sie kam von einer Feier, hatte sich sicher sexy aufgemacht. Sag, wie sah sie aus? Hat sie dich verführt?«

»Was ist los, Alessa? Fantasierst du? Möchtest dich hinlegen? Soll ich dir einen Kaffee kochen oder einen Whisky einschütten?«

»Ich möchte die Wahrheit hören.«

»Erinnerst du dich an Mikael?«, lenkt er ab. »Wie ich ihn bei uns aufgenommen hatte, um mit ihm zu lernen? Mich einsetzte, dass er auf die gymnasiale Oberstufe kam? Er hat sein Abitur gemacht. Weißt du das? So eine Begabung. Ich habe ihn gefördert, sonst wäre er auf der schiefen Bahn gelandet. Er hat sich bedankt. Wo gibt es das noch? Dankbarkeit, Demut. Willst du seinen Brief sehen?«

»Nein, das möchte ich nicht, auch nichts mehr davon hören. Deine Geschichten haben mich krank gemacht. Ich bin vor ihnen geflohen. Ja, weißt du das? Am meisten bin ich vor deinen Geschichten geflohen. Sie stehen dir nicht zu.«

»Es sind keine Geschichten.« Er geht zur Bar, um sich noch einen Whisky einzuschütten. »Ich lasse mir meine Verdienste nicht nehmen. Wie viele Schüler habe ich in eine Ausbildung vermittelt, weil ich mich für ihre Leistung verbürgt habe, weil ich mich für sie eingesetzt habe. Weißt du überhaupt, was das bedeutet? Sich für andere einzusetzen, nicht immer nur für sich selbst. Du denkst nur an dich, an deinen nächsten Schuss, dein endloses Versagen, und wem du es in die Schuhe schieben kannst.«

Alessa zittert am ganzen Körper. »Scheiße! Du hast sie tatsächlich umgebracht. Meine Freundin. Wie ist das möglich? Du kanntest sie als Kind, hast mit uns gespielt. Ich kann damit nicht leben.«

Er nimmt einen Schluck Whisky. »Liebling. Schatz. Sie hatte Streit mit Marc, ihrem Freund. Sie stand vor der Haustür. Ich bat sie, hereinzukommen. Wir hörten Musik. Lady Gaga, ihre Lieblingsmusik. Sie hat sich ausgezogen. Freiwillig. Du weißt, sie fand mich immer interessant.«

»Hör auf! Als Lehrer vielleicht. Alles andere hast du dir eingebildet. Versteh das doch. Es ist zu spät. Scheiße! Was habt ihr getrunken?«

»Ich habe Cocktails gemixt, wenn du das meinst. Das meinst du doch, oder? Bist du jetzt zufrieden. Hast du mal darüber nachgedacht, wie ich damit leben soll? Mit deinen Vorwürfen. Du bist schon so wie Mama. Dabei haben wir uns immer verstanden.«

Sie schüttelt den Kopf. »Sie ist an dem Zeug gestorben.« Ihre Augen leuchten aus dem schmalen Gesicht. »Du hast sie getötet und willst es Marc in die Schuhe schieben.«

»Nein. So war es nicht. Ich will ehrlich sein. Sie hatte

vorher auf einer Feier getrunken und war beschwipst. Auf der Couch im Wohnzimmer hat sie mich animiert, ihr die Stiefel abzustreifen. Sie hat dabei gelacht. Wir hatten Spaß, du kanntest sie. Sie war immer darauf aus, wenn sie getrunken hatte.«

»Unsinn! Du redest so einen Unsinn.« Alessa schluchzt. Er beachtet es nicht.

»Ich war unter der Dusche, da ist sie raus. Sie war weg, als ich zurückkam. Bestimmt zu ihrem Freund. Sie hatte schon an der Tür gesagt, dass sie ihn anrufen wollte. Ich hatte mir nichts dabei gedacht. Erst als Marc deine Mama mit dem Taxi zurückbrachte und mich an der Tür nach Christina fragte, da verstand ich. Sie ist in der Nacht zu ihm zurückgekehrt und hat es ihm erzählt. Er hat sie auf dem Gewissen. Eifersucht spielt bei solchen Taten ein überragendes Motiv. Das sagte der Oberstaatsanwalt Reidinger gestern im Tennisclub. Du kannst ihn fragen.«

»Stimmt das oder lügst du wieder? Dass sie raus ist, meine ich?« Alessa sieht ihn aus verweinten Augen an.

»Ich habe dir gesagt, was ich weiß. Christina war bei mir, wir hatten Spaß. Plötzlich war sie weg. Zu ihrem Freund. Außer dir habe ich mit niemandem darüber gesprochen. Behalte es für dich. Ich möchte da nicht reingezogen werden. Es sitzt der Richtige im Knast, glaube mir.«

»Ich möchte, dass du vor dem Gericht aussagst, dass sie in der Nacht bei dir war. Hörst du! Du kannst ja sagen, dass ihr einen Cocktail getrunken habt und sie wieder losgezogen ist. Dann müssen sie Marc nachweisen, dass sie zu ihm zurückgekehrt ist.«

»Alessa, Schatz. Überlege doch. Sie würden deine Mama in die Mangel nehmen. Du kennst sie. Sie ist krank. Es wird immer schlimmer. Wir müssen sie schonen, sonst steigert sie sich in ihre Depression hinein und fängt an, unser Familiengeheimnis auszuplaudern. Wenn wir nicht zusammenhalten, wird es uns zerreißen. Jeder macht Fehler. Ja, ich auch, das gebe ich zu. Aber wir bleiben eine Familie. Marc wird früher oder später kleinlaut gestehen. Wie ich schon sagte, ist der Oberstaatsanwalt davon überzeugt. Warten wir das Ende der Hauptverhandlung ab.«

»Ich möchte, dass du die Wahrheit sagst«, beharrt Alessa. »Erzähle es so, wie es war.«

Er regt sich auf. »Was setzt du dich für Marc ein? Beim Tod seiner Eltern ist er mit einem blauen Auge davon gekommen. Diesmal nicht. So ist das Leben. Mir machst du Vorwürfe, dabei hat Christina freiwillig mitgemacht.«

»So wie ich damals. Ich habe dir mal vertraut. Die Zeit ist vorbei.« Alessa versinkt in Gedanken.

»Es geht immer nur um dich«, sagt er. »Du kannst es nicht vergleichen. Ich hielt deinen Wunsch nach Zärtlichkeit für Begierde. Ich habe viel darüber gelesen und bereue fürchterlich, was ich getan habe. Ich erwische mich im Unterricht, wie ich vom Thema abschweife und mich nicht mehr konzentrieren kann. Schnell eine Schülerin aufrufe, um sie zu fragen, wo wir gerade waren. Als

Methode natürlich, um ihre Aufmerksamkeit zu testen. Es ist furchtbar. Ich habe solche Angst, dass die Schüler mich durchschauen.«

»Begreifst du eigentlich, was du getan hast? Ich war mal stolz auf dich.« Alessa weint wieder.

»Schatz. Ich habe mit Christinas Tod nichts zu tun. Ich war unter der Dusche, als sie das Haus verließ. Was meinst du, warum ich dir davon erzählt habe? Weil wir uns versprochen haben, ehrlich miteinander zu sein. Erinnerst du dich?«

Alessa geht zur Tür.

»Warte, Schatz. Ich habe etwas für dich. Wenn du mir versprichst, in die Fachklinik zurückzugehen, schenke ich dir zweitausend Euro für drei Wochen Urlaub auf Ibiza, deiner Lieblingsinsel. Na, was sagst du? Weitere tausend Euro überweise ich nach der Rückkehr auf dein Konto, wenn die Therapeutin bestätigt, dass du in die Fachklinik zurückgekehrt bist. Die Bankdaten sind dieselben, nehme ich an.« Sie bestätigt es. Er nimmt sein Smartphone, ruft seine Bankverbindung auf und und überweist zweitausend Euro auf ihr Konto.

»Na, bist du erleichtert?«, fragt er.

»Ich weiß nicht, ob sie mich in der Fachklinik wieder aufnehmen. Ich bin seit zwei Monaten weg.«

»Rufe an. Jetzt gleich.« Er reicht ihr das Telefon.

»Am Sonntag?«

»Ach so. Entschuldige. Das hatte ich vergessen. Dann gleich morgen.«

»Nein, ist okay. Ich habe die Handynummer und kann

sie jederzeit erreichen, hat sie gesagt.« Sie kramt in ihrer Handtasche, holt eine Visitenkarte hervor. Er möchte mithören, sie stellt auf laut.

»Alessa, wo bist du, was machst du?«, fragt die Therapeutin am anderen Ende. »Geht es dir gut?«

»Ich bin bei meinen Eltern«, sagt sie. »Ich habe Rückfälle gebaut und wollte fragen, ob ich zu euch zurückkann.«

»Vorher musst du entgiften und einen neuen Antrag auf Kostenübernahme stellen. Wende dich an die Krisenhilfe in Bochum. Sie helfen dir. Und halte Kontakt zu mir. Meine Nummer hast du ja. Ich freu mich, wenn du den Weg zu uns zurückfindest.«

»Ja, ich gehe morgen zur Krisenhilfe. Und ich halte dich auf dem Laufenden.« Alessa beendet das Gespräch.

»Die Reise buchst du am besten am Flughafen.« Er ist fasziniert von seiner Idee. »Du kannst ausspannen und nach dem Urlaub zurück in die Fachklinik gehen. Wenn du länger bleiben möchtest, rufe mich an. Ich schick dir Geld. Alessa, ich freu mich, wenn es dir wieder gutgeht.«

Er will sie umarmen und nimmt wahr, wie sie vor ihm zurückschreckt. »Wäre es nicht besser, wenn ich erst die Therapie durchhalte und als Belohnung nach Ibiza fahre? Du willst mich los sein, damit ich nichts verrate. Ich habe schon gedacht, du würdest dich für mich interessieren.«

Er schaut zur Seite. »Immer misstrauisch, dabei meine ich es gut.«

Die Tür springt auf. Seine Frau kommt herein, die geschwollenen Augen notdürftig überschminkt. Sie macht einen Schritt auf ihre Tochter zu, um sie zu begrüßen, doch Alessa stößt sie weg und rennt davon, ohne sich noch einmal umzusehen.

»Da siehst du, wie sie mit uns umgeht. Sie begrüßt dich nicht einmal.« Dr. Hauser schüttelt den Kopf. »Wir haben alles für sie getan. Irgendwann ist es genug.«

»Hör auf!«, schreit Frau Hauser. »Ich kann nicht mehr. Diese ewigen Lügen.«

»Sie wird nichts sagen«, versucht er, sie zu beruhigen. »In den Herbstferien spannen wir aus, buchen eine Reise. Mauritius. Da wolltest du immer schon hin.«

»Was hast du ihr gegeben?«, fragt Frau Hauser. »Du hast ihr was gegeben. Ich habe es gesehen.«

»Geld für einen Urlaub. Ibiza. Ihre Lieblingsinsel. Du hast doch gesehen, wie sie aussieht?«

»Wie viel hast du ihr gegeben?«

»Zweitausend Euro.«

»Bist du wahnsinnig?« Frau Hauser lässt sich auf die Couch fallen.

»Vertrau ihr! Sie wird die Reise buchen. Ibiza war ihr Traum, seit wir zusammen dort waren. Wie lange ist es her? Erinnerst du dich. Sie war in der Grundschule.«

»Hast du ihre Augen gesehen?«

Er schaut zur Seite. »Sieh dich an! Deine ewig verheulten Augen. Davor ist sie geflohen.«

»Du hast ihr das Geld überwiesen, damit sie verschwindet und nicht gegen dich aussagen kann. Mein

Gott, was bist du ein Unmensch. Du nimmst in Kauf, dass sich die eigene Tochter umbringt. Das hat sie gespürt.« Sie schafft es wieder nicht, die Tränen zurückzuhalten.

»Was du für einen Unsinn erzählst!«, schreit er. »Ich möchte, dass sie sich im Urlaub von den Drogen erholt, und du legst es negativ aus.«

»Du kannst aufbrausen und drohen, mitfühlen kannst du nicht«, flüstert sie. »Du ruhst nicht, bevor du uns alle zerstört hast.«

»Meinst du, dein Schweigen wäre besser? Wenn du nicht immer so lustlos gewesen wärst, wenn du damals die Therapie gemacht hättest ...«

»Also stimmt es. Christina war bei dir und Alessa weiß es. Mein Gott. Marc sitzt unschuldig im Knast. Und wir sollen gegen ihn aussagen.« Frau Hauser sinkt in sich zusammen.

Er schüttet sich noch einen Whisky ein und tritt über die Terrassentür in den Garten hinaus. Alessa wollte ihn zwingen, vor Gericht die Wahrheit zu sagen. Welcher Teufel hatte ihn geritten, ihr von der Nacht zu erzählen. Er hat sich gehen lassen. Alessa weiß zu gut, dass die jungen Mädchen ihm Lust machen, wenn sie geschminkt und aufgemacht vor ihm herlaufen. Wie oft hatte er es ihr verboten. Sie hielt sich nicht daran, genoss es, halbnackt durch die Wohnung zu rennen, sich die Lippen rot zu schminken. Sie muss begreifen, dass Christina nicht zurückkommt, ob man ihn einsperrt oder nicht. Das Leben ist eine Einbahnstraße. Noch einmal würde er ihr nicht öffnen, aber es gibt kein Zurück. Er liebt seinen Beruf, Sport zu unterrichten, Mathematik, Englisch, Geschichte. Er wollte immer Lehrer werden, ist anerkannt unter seinen Kollegen, die über Vorwürfe von Schülerinnen lachen, er würde sie belästigen, und ihm den Rücken stärken. Im Sportunterricht muss man zupacken. Soll man sie verunglücken lassen? Manche Schülerinnen nutzen das aus, um ihre Noten zu verbessern. Bei Mila wurde er schwach und ließ sich verführen. Kaufte dieses verfluchte Mittel. Liquid Ecstasy. Es sollte die Erregung steigern und die Erinnerung löschen. Er probierte es bei Alessa aus, hoffte, sie würde sich nicht erinnern. Bis sie ihm ins Gesicht sagte, dass sie so nicht mehr leben könnte. Sie nahm Drogen, spritzte Heroin. Erzählte es ihrer Mutter, die sich vollständig in ihre Traumwelt aus Büchern und Filmen zurückzog.

Er war es, der mit der Krisenhilfe telefonierte, um eine qualifizierte Entgiftung für seine Tochter zu finden mit einer anschließenden Therapiemaßnahme. Es war ein Kampf. Alessa hielt die Therapien nicht durch, bis sie mit der Fachklinik in Hannover endlich die passende Einrichtung fand. Warum hat seine Ehefrau Alessa ausgerechnet an dem Wochenende besucht? Zufall oder Schicksal? Es ist nicht mehr zu ändern. Er war froh, dass sie sich wieder etwas zutraute, brachte sie zum Hauptbahnhof nach Bochum und begleitete sie bis zum Gleis. Er dachte bis zuletzt, sie würde nicht einsteigen. Doch sie stieg ein. Er winkte ihr nach, bis der Zug in der Ferne verschwand. Zwei freie Tage. Er freute sich wie ein Kind und überlegte, eine Tour mit dem Rad zu unternehmen und abends eine Kinovorstellung zu besuchen. Warum vertraute der Nachbar ihm den Schlüssel an? Danach war er nicht mehr derselbe. Er stand Seelenqualen durch in der Ungewissheit, ob Christina erscheinen würde. Er wusste, dass sie Cocktails nicht widerstehen könnte. Er rechnete nicht mehr mit ihr, bis sie vor der Haustür stand in dieser aufreizenden Kleidung.

Eine schicksalhafte Fügung brachte ihren Freund am Tag darauf mit seiner Ehefrau zu ihm. Er schaffte es, ihm das verräterische Fläschchen zuzustecken. Die ermittelnden Beamten fanden es. Ein Lächeln gleitet über sein Gesicht. Und nun ist es die eigene Familie, die ihm Schwierigkeiten bereitet. Er nimmt sich noch einen Whisky. Seine Ehefrau hatte vor ihrem Gott geschworen, zu ihm zu stehen in guten und in schlechten Zeiten. Doch er fürchtet die Fragen des gewieften Rechtsanwalts. Kann sie ihm im Zeugenstand widerstehen? Oder knickt sie ein? Erzählt mehr, als sie es möchte. Er telefonierte mit der Geschäftsstelle des Landgerichts, um seine Frau unter Hinweis auf ihre zerrütteten Nerven zu entschuldigen. Sie verlangten ein ärztliches Attest. Selbst Reidinger, sein Freund, der Oberstaatsanwalt, wies ihn im Tennisclub auf die Verpflichtung hin, der gerichtlichen Ladung zu folgen. Der Vorsitzende würde in diesem Fall auf keine Aussage verzichten, um das Wochenende in allen Einzelheiten vor der Strafkammer entstehen zu lassen.

Wenn seine Ehefrau den Besuch bei Alessa in der

Fachklinik erwähnt und dabei einen ihrer üblichen Heul-attacken bekommt, wird dieser Rechtsanwalt misstrau-isch und Alessa laden lassen. Wird sie bis dahin auf Ibiza sein oder zurück in der Klinik? Er darf nicht daran denken, dass sie aussagt. Sie würden ihm vorwerfen, den Tod von Christina absichtlich herbeigeführt zu haben, um ihre Liebesnacht zu vertuschen. Niedrige Beweg-gründe. Mord. Lebenslänglich. Ihm wird schwindelig. Er denkt an Flucht ins Ausland. Unter einem anderen Namen eine neue Existenz aufbauen. Geld aus der Erb-schaft liegt auf der Bank. Was hält ihn in Bochum? Seine Mutter? Die Ehefrau? Alessa? Sicher nicht. Eine Flucht käme einem Schuldeingeständnis gleich. Die Medien würden über ihn herfallen, die Familie, die Kollegen an der Schule, seine Bekannten, alle würden in ihm ein Un-geheuer sehen. Eine gespaltene Persönlichkeit. *Dr. Jekyll und Mr. Hyde.* Das FBI würde ihn im Ausland aufspüren, als Frauenmörder ins Gefängnis sperren, Mithäftlinge ihn foltern. Er kennt die Berichte in den Medien über die Zustände in den Gefängnissen. Sextäter rangieren ganz unten. Wie konnte er es soweit kommen lassen? Es ging ihm gut. Warum ist er nicht in die Stadt gefahren, in eine Spätvorstellung im Kino? Anschließend hätte er im Hotel übernachten können. Alles, um der Verführung auszuweichen. Er erinnert sich, wie er auf der Couch saß und wartete, bis sie kam und das Schicksal seinen Lauf nahm.

Kapitel 42

Mitten in der Nacht erklingt die Melodie ihres Smart-phones. Eine unbekannte Nummer auf dem Display. »Marie Marler«, meldet sie sich mit verschlafener Stimme.

»Alessa. Weißt du noch, wer ich bin?«

Lena kommt aus dem Wohnzimmer. Nach dem Essen im Restaurant Aubergine am Schauspielhaus hatten sie bis in die Nacht über den morgigen Fortsetzungstermin gesprochen, über die Aussagen von dem Taxifahrer und von Dr. Hauser.

Marie schaltet den Lautsprecher ein. »Endlich meldest du dich. Wir haben uns nach dem Besuch in Hannover solche Vorwürfe gemacht. Wir hätten es dir nicht erzählen dürfen.«

Alessa geht nicht darauf ein. »Was macht Marc?«

»Er sitzt in Untersuchungshaft.«

»Ist er unschuldig?« Die Stimme klingt aufgeregt. »Oder war er es, wie die Zeitungen schreiben?«

»Nein, er war es nicht. Christina fuhr in der Nacht mit einem Taxi zu ihren Eltern. Dafür haben wir einen Zeugen, den Taxifahrer. Er wird morgen vor Gericht aus-sagen. Ich hoffe nur, sie glauben ihm und werten es nicht als Gefälligkeit.«

»Ihre Eltern waren nicht zuhause. Seid ihr sicher, dass sie nicht zu Marc zurückgekehrt ist?«

»Sie hätte ihn nicht angetroffen. Er war zu der Zeit mit einem Freund im Intershop. Dafür gibt es Zeugen.«

»Wie lange blieb er in der Stadt? Entschuldige, dass ich nachfrage.« Alessas Stimme klingt aufgeregt. »Es ist total wichtig für mich.«

Lena deutet Marie an, auf die Frage einzugehen. »Marc war gegen 04:30 Uhr zurück. Da war Christina nach der Aussage der Rechtsmedizin schon tot.«

»Dann hat er mich belogen, um mich loszuwerden. Ich habe es mir gleich gedacht.«

Alessas Stimme klingt resigniert, als wäre ihr eine letzte vage Hoffnung zerstört worden. »Wer wollte dich loswerden?« Marie ahnt es, doch möchte es Alessa nicht zeigen.

»Es fällt mir nicht leicht, am Telefon darüber zu sprechen«, entschuldigt sich Alessa.

»Wir können uns treffen. Sag mir, wo du bist, dann fahre ich los. Wir sprechen in aller Ruhe.«

»Nein«, erwidert Alessa entschieden. »Marie, du bist Bewährungshelferin. Für dich ist es nichts Besonderes. Dir wird der Richter glauben. Mein Vater hatte mir K.-o.-Tropfen gegeben, um mich zu vergewaltigen.«

Marie sieht Lena an. »Das reicht dem Gericht nicht, es ist wichtig, dass du selbst aussagst. Die haben sich auf Marc eingeschossen.«

»Weißt du, wie Scheiße das ist?«, fährt Alessa fort. »Der eigene Vater. Er hat mir Geld gegeben für einen

Urlaub auf Ibiza, als ich ihn auf Christinas Tod ansprach. Damit wollte er mich loswerden.«

»Alessa, sag mir, wo du bist. Ich komme hin. Versprochen.«

»Seit eurem Besuch wollte ich jeden Tag zur Polizei gehen, das musst du mir glauben. Ich habe es immer wieder aufgeschoben und mir schließlich vorgenommen, vor Gericht auszusagen.«

»Wir stellen dich dem Anwalt von Marc vor. Der ist voll in Ordnung. Er benennt dich als Zeugin.«

Alessa scheint nicht zuzuhören. »Er war scharf auf Christina. Immer schon. Weißt du, wie peinlich das war, wenn er sie angestarrt hat. Warum stand sie in der Nacht vor seiner Tür, als Mutter mich besuchte? Ich habe mich in der Klinik wohlgefühlt, wie lange nicht mehr. Ich wäre nie zurückgekehrt.«

»Du kannst nichts dafür. Dich trifft keine Schuld.«

»Mutter kam ins Zimmer, als er mir das Geld überwies. Ich lief davon. Es ist alles aus.«

»Sie wird dir keinen Vorwurf machen. Wir reden mit ihr.«

»Sie leidet unter Depressionen. Seit Jahren. Hat sich von allen zurückgezogen. Können wir sie da raushalten?«, bittet Alessa.

»Ja. Sicher. Wir halten deine Mutter da raus.«

»Marie, ich komme morgen um neun Uhr zum Landgericht. Wartest du auf mich?«

»Klar. Vor dem Eingang. Ich freue mich, wenn du kommst. Es ist wichtig.«

»Nachher gehe ich zur Krise und telefoniere mit meiner Therapeutin. Nach einer Entgiftung nimmt sie mich wieder auf. Ein zweiter Versuch, weißt du? Ein neuer Kostenantrag.«

»Du schaffst das. Ich begleite dich zur Krise und spreche mit den Mitarbeitern. Du bist schnell wieder in Hannover. Bis morgen um neun vor dem Justizzentrum. Ich warte auf dich.«

Aufgelegt. Marie sieht im Anrufprotokoll nach. Es ist keine Nummer verzeichnet. An Schlafen ist nicht zu denken. Sie kochen Kaffee und sprechen bis zum Morgen. Alles dreht sich im Kreis. Ob Alessa es schafft, gegen ihren Vater auszusagen. Marie fürchtet, dass sie sich eine Überdosis setzt. Irgendetwas an ihren Worten war nicht von dieser Welt. Marie kann es nicht erklären, sie hat nur so eine verdammte Ahnung. Wenn sie nur wüsste, wo Alessa sich aufhält. Bevor sie mit Lena am frühen Morgen zum Landgericht startet, ruft sie in der Fachklinik an. Die Therapeutin ist noch nicht im Haus. Sie wird mit einer Mitarbeiterin verbunden, welche eine Kontaktaufnahme von Alessa Hauser zu ihrer Therapeutin bestätigt.

Kapitel 43

Donnerstag, der vierte Verhandlungstag. Marc malt sich auf der Vorführzelle im Justizzentrum aus, nach Ismails Aussage freigesprochen zu werden. Nie mehr in die Vollzugsanstalt zurück. Die Justizbeamten schließen die Zelle auf und führen ihn in den Gerichtssaal. Die Protokollantin ruft die Sache Kröner auf. Die Besucher strömen in den Sitzungssaal. Nach der Eröffnung spricht der Vorsitzende Dr. Baum an.

»Was versprechen Sie sich von der Aussage des Zeugen Ismail Kilic?«

»Er hat Christina Wieden in der Tatnacht vom Hauptbahnhof nach Linden gefahren.«

»Sie meinen, mit der Aussage von Oliver Schuler, der Ihren Mandanten um drei Uhr im Intershop getroffen haben will, käme Herr Kröner als Täter nicht mehr in Betracht?«

Dr. Baum stimmt dem Vorsitzenden zu. Marc wundert sich. Ist es ein gutes Zeichen oder nicht? Er spürt seinen Herzschlag.

Der Oberstaatsanwalt greift ein. »Sollte sich Ihr Entlastungszeuge zu einer Falschaussage hinreißen lassen, um Ihren Mandanten zu schützen, wird es eine Strafverfolgung nach sich ziehen. Ich hoffe, Sie haben es in die

Beratung einbezogen. Das Fläschchen mit den K.-o.-Tropfen in seiner Jackentasche belegt eindeutig seine Schuld. Daran ist nicht zu rütteln.«

Hüsteln im Zuschauerbereich. Marc fühlt die Blicke. Sie sehen es als eindeutigen Beweis. Wie kann er ihnen vermitteln, dass es ihm zugesteckt wurde? Es ist nicht möglich. Bis zur Anhörung des ersten Zeugen bleibt noch Zeit, der Vorsitzende verkündet eine Pause von fünfzehn Minuten, um sich mit Beisitzern und Schöffen zu besprechen. Der Oberstaatsanwalt zieht seine Robe aus und verlässt den Saal. Die Justizbeamten erlauben Marc, im Gerichtssaal zu bleiben. Seine Schwester und Lena werfen ihm Herzen zu. Marie kann er nicht entdecken. Er bittet Dr. Baum, Lena nach ihr zu fragen. Nach fünf Minuten kommt der Anwalt zurück. Er spricht ungewöhnlich laut, die Stimme überschlägt sich. »Alessa hat in der Nacht angerufen, um gegen ihren Vater auszusagen. Marie wartet auf sie am Eingang.«

Die Tür zum Hinterzimmer öffnet sich. Der Vorsitzende mit den Beisitzern kehrt in den Saal zurück.

»Ich bereite einen Beweisantrag vor«, sagt Dr. Baum. »Sie sollen Alessa Hauser als Zeugin vernehmen. Hoffentlich kommt sie.«

Die Protokollantin ruft Frau Torer in den Zeugenstand. Die Tür öffnet sich, Hannah sieht ihn an, bevor sie sich dem Vorsitzenden zuwendet, der sie zu ihren Personalien befragt.

Hannah Torer, 17 Jahre, Schülerin, wohnhaft in Bochum, nicht verwandt oder verschwägert mit dem An-

geklagten.

Marc hat den Eindruck, der Vorsitzende legt es darauf an, sie einzuschüchtern. Ständig bittet er sie, lauter zu sprechen, obwohl sie gut zu verstehen ist.

Sie berichtet, den Abend mit ihrem Freund Oliver Schuler im Intershop in Bochum verbracht zu haben. Pünktlich um halb zwei habe sie sich verabschiedet, um ihren Vater am Café Konkret zu treffen. Sie wollte in seinen BMW einsteigen, als sie Christina Wieden sah, die vom Bermuda3eck in Richtung Hauptbahnhof lief.

»Woher kannten Sie Christina Wieden?«, fragt der Vorsitzende.

»Sie war meine Patin bei der Einschulung auf dem Gymnasium.«

»Wie lange ist das her?«

»Sieben Jahre.«

»Nach sieben Jahren wollen Sie mitten in der Nacht Christina Wieden zweifelsfrei erkannt haben?«, donnert der Vorsitzende.

»Das habe ich nicht behauptet. Zweifelsfrei.« Hannahs Stimme klingt unsicher. Sie sieht zu Marc. »Ich habe sie in den sieben Jahren oft gesehen. Ich weiß genau, wie sie aussieht, wenn Sie das meinen.«

»Kommen Sie bitte nach vorne. Zeichnen Sie uns auf, wo Sie gestanden haben, und wo die Person, die Sie für Christina Wieden hielten, zum Hauptbahnhof gelaufen ist.«

Hannah geht mit rotem Kopf zum Richterpult, gefolgt von Staatsanwalt und Rechtsanwalt. Sie versucht, die räumliche Distanz zu skizzieren.

»Gibt es noch Fragen an die Zeugin?«, erkundigt sich der Vorsitzende.

»Ich habe keine Fragen«, sagt Oberstaatsanwalt Reidinger. Er beugt sich nach vorne. »Doch, habe ich richtig verstanden, dass Sie mit dem Zeugen Oliver Schuler befreundet sind?«

»Ja, das ist richtig. Er ist mein Freund.«

»Und Sie besuchen das Gymnasium?«

»Ja, in der elften Klasse.«

»Dann sollten Sie die Folgen einer Falschaussage kennen. Sie ist mit einer hohen Haftstrafe bedroht. Sie sind nur an einer Strafanzeige vorbeigekommen, weil sie eingeräumt haben, Christina Wieden nicht zweifelsfrei erkannt zu haben. Das entlastet Sie, aber nicht den Beschuldigten.«

»Ich habe so ausgesagt, wie ich es in Erinnerung habe.« Hannah richtet sich auf dem Stuhl auf.

»Die Bewertung Ihrer Aussage überlassen Sie bitte dem Gericht«, sagt der Vorsitzende. »Und dem Oberstaatsanwalt, ob er Ihre Aussage im Hinblick auf eine Falschaussage prüft. Gibt es weitere Fragen an die Zeugin?«

Dr. Baum wendet sich an Hannah: »Hatten Sie außerhalb der Schule Kontakt zu Christina Wieden?«

»Wir haben uns in der Stadt gesehen. Im Kino. Im Intershop oder im Extrablatt in Bochum, auch in Linden. Mein Vater kann bezeugen, dass wir Christina vor zwei Wochen mitgenommen haben.«

»Können Sie aus dem Gedächtnis die Kleidung beschreiben, die Christina Wieden in der Nacht getragen hat?«, fragt Dr. Baum.

»Sie legte sehr viel Wert auf Kleidung. Ich glaube, an dem Abend trug sie kniehohe Stiefel mit silbernen Schnallen und ein schwarzes Kleid mit einer offenen Lederjacke darüber. Sie wirkte, als käme sie von einer Feier.«

»Haben Sie eine Erklärung, dass Frau Wieden in der Nacht nicht mit Ihnen gefahren ist?«

»Sie wollte nicht auf Marc angesprochen werden. Die Beziehung lief nicht so gut. Sie wusste, dass ich mit seinem Freund Oliver zusammen bin.«

»Ich möchte Sie daran erinnern, dass Sie bei der Polizei mehr Zweifel äußerten, dass es sich bei der nächtlichen Begegnung um Frau Wieden handelte«, unterbricht der Vorsitzende.

»Ich habe gesagt, dass ich es nicht zweifelsfrei sagen kann«, räumt sie schnell ein.

»Das klang gerade nicht so«, fügt der Vorsitzende hinzu. »Wer hat Sie unter Druck gesetzt?«

»Niemand. Der Taxifahrer hat mir gesagt, dass er Christina in der Nacht vom Bochumer Hauptbahnhof nach Linden gefahren hatte.«

»Den Zeugen Ismail Kilic hören wir später, aber nehmen zur Kenntnis, dass Sie sich bei Ihrer Aussage auf ihn verlassen haben«, setzt der Vorsitzende nach.

»Ich glaube, dass es Christina Wieden war, die ich in der Nacht gesehen habe«, verteidigt sich Hannah.

»Ihr Glaube in allen Ehren, aber er reicht uns nicht«, sagt der Vorsitzende. Hannah wird unvereidigt aus dem Zeugenstand entlassen und ihr Vater, Gerald Torer, aufgerufen. Nach der Belehrung befragt ihn der Vorsitzende zu seinen Personalien.

Gerald Torer, 54 Jahre, Kaufmann, wohnhaft in Bochum, nicht verwandt oder verschwägert mit dem Angeklagten.

Zur Sache sagt er aus, dass er in der betreffenden Nacht seine Tochter um zwanzig vor zwei am Café Konkret abholte. Auf Nachfrage des Vorsitzenden erklärt er, Christina Wieden in der Nacht nicht gesehen zu haben. Seine Tochter Hannah habe ihn darauf angesprochen und sich gewundert, dass sie sich ihnen nicht angeschlossen hatte.

»Sie kannten die junge Frau?«, fragt der Vorsitzende.

»Ja, ich hatte sie zwei Wochen vor der schrecklichen Tat mit meiner Tochter aus der Stadt abgeholt.«

»Es wäre also normal gewesen, wenn Frau Wieden mit Ihnen gefahren wäre, statt sich am Hauptbahnhof ein Taxi zu nehmen?«, fragt der Oberstaatsanwalt. Herr Torer bestätigt es.

Marc hat den Eindruck, dass es nicht gut für ihn läuft. Aussagen, die dem Gericht nicht ins Bild passen, werden abqualifiziert. Seine Hoffnung ruht auf Ismail. Doch wie wird er reagieren, wenn sie ihm mit einer Anzeige drohen. Es ist zum Verzweifeln. Alessa würden sie weniger misstrauen. Er betet im Stillen, dass Marie mit ihr in den Sitzungssaal kommt. Möglichst noch vor ihrem

Vater. Vor dessen Aussage graut es ihm. Ob das Gericht Alessa vernimmt? Oder werden sie den Beweisantrag ablehnen? Dürfen sie das oder müssen sie dem Antrag folgen? Er überlegt, den Rechtsanwalt zu fragen. In dem Moment wird Ismail Kilic aufgerufen. Er kommt mit so einer lebendigen Ausstrahlung in den Sitzungssaal, dass Marc ahnt, dass sie ihm nicht glauben werden.

»Alter«, ruft Ismail. »Hätte ich das geahnt, wäre ich sofort gekommen. Ich war in Bodrum, weißt du. Im Haus meiner Großeltern. Wir haben es renoviert, müssen unbedingt mal zusammen hinfahren. Ich wollte abschalten, verstehst du? Nichts hören und nichts sehen. Nun bin ich zurück.«

»Schon gut«, sagt Marc. »Ich bin froh, dass du gekommen bist.«

Der Vorsitzende unterbricht die Unterhaltung mit scharfen Worten und belehrt Ismail über die Wahrheitspflicht, betont mehr als sonst die empfindliche Freiheitsstrafe bei einer Falschaussage. Er deutet auf den Oberstaatsanwalt, der jedes Wort mitschreiben werde. Es sei schon vermerkt worden, dass er versucht habe, die Zeugin Hannah Torer zu beeinflussen. Ismail will protestieren, doch der Vorsitzende winkt ab und befragt ihn zu seinen Personalien.

Ismail Kilic, 27 Jahre, verlobt. Student und Taxifahrer, wohnhaft in Bochum. Nicht verwandt, nicht verschwägert mit dem Angeklagten.

»Kommen wir zu Ihrer Aussage. Erzählen Sie alles, was sich am Tattag zugetragen hat und mit Christina

Wieden in Verbindung steht. Lassen Sie nichts aus.«

»Ich habe erst vor einer Woche davon erfahren und bin sofort gekommen.«

»Erzählen Sie bitte von vorne«, unterbricht der Vorsitzende. »Sie befinden sich vor dem Schwurgericht und nicht auf einem Fußballfeld.«

Die Spannung im Saal ist greifbar. Hat es einen Sinn, wenn Ismail aussagt? Oder sollte er besser nichts sagen, um nicht selbst hinter Gittern zu verschwinden? Marcs Hoffnung auf ein gutes Ende sinkt.

»Ich war in der Nacht mit dem Taxi unterwegs, um für die anstehende Reise zu meinen Großeltern noch Taschengeld zu verdienen.«

»Woher wissen Sie so genau, dass es diese Nacht war?«, fragt der Vorsitzende.

»Es war die letzte Nacht vor der Abreise. Ich habe mein Flugticket mitgebracht.« Nach Aufforderung des Vorsitzenden legt es Ismail auf den Richtertisch. Auch der Oberstaatsanwalt und Dr. Baum sichten das Beweisstück.

»Kommen Sie bitte auf Christina Wieden zu sprechen«, fährt der Vorsitzende ihn an. »Uns interessiert, woher Sie das Opfer kannten. Um welche Uhrzeit Sie ihr in der Nacht begegneten und wohin die angebliche Fahrt ging.«

»Um Viertel vor zwei erreichte ich mit einem Fahrgast den Hauptbahnhof in Bochum«, sagt Ismail sachlich. »Es warteten vier oder fünf Taxen am Halteplatz. Christina Wieden stieg zu mir ins Taxi. Ich erkannte sie gleich.«

»Was für ein Zufall«, wirft der Oberstaatsanwalt ein und schüttelt den Kopf.

»Woher kam sie? Vom Bahnhofsgelände oder aus der Stadt?«, fragt der Vorsitzende.

»Vom Südring. Sie öffnete die hintere Tür, setzte sich auf die Rückbank und nannte mir ihr Fahrziel. Während der Fahrt beobachtete ich sie durch den Rückspiegel. Sie wirkte abweisend. Ich schwieg, bis ich es nicht mehr aushielt und nach Marc fragte.«

»Nennen Sie bitte die Nachnamen vor Gericht«, belehrt ihn der Vorsitzende.

»Frau Wieden antwortete, sie hätte Stress mit Marc, ich meine Herrn Kröner. Sie wollte zu Hause über die Beziehung nachdenken. Ich nahm ihr das nicht ab und ärgerte sie, dass es bestimmt einen anderen in ihrem Leben gebe. An ihrer Reaktion merkte ich, dass ich richtig lag. Sie sprach mich auf den Führerschein an. Hatte wohl von Marc …«

»Sie meinen den Beschuldigten«, unterbricht der Vorsitzende.

Ismail sieht auf und konzentriert sich sofort wieder. »Ja, von dem Beschuldigten hatte sie gehört, dass ich den Führerschein für vier Wochen wegen zu schnellem Fahren abgeben musste.«

»Sie haben ihn abgegeben und sind trotzdem gefahren.« Der Oberstaatsanwalt macht sich Notizen auf seinem Block.

»Nein, ich habe ihn am Sonntag in den Briefkasten gesteckt. Es war so mit dem Straßenverkehrsamt verabredet. Sie können das nachprüfen.«

»Fahren Sie bitte fort«, sagt der Vorsitzende.

»Frau Wieden bat mich, kurz vor dem Haus ihrer Eltern zu halten und zehn Minuten zu warten. Sie hätte ihren Schlüssel vergessen und wüsste nicht sicher, ob ihre Eltern zuhause wären. Ich erklärte mich dazu bereit und bot ihr an, sie umsonst zu dem Beschuldigten zurückzubringen. Ich wartete fünfzehn Minuten, doch sie kam nicht.«

Der Vorsitzende sieht zum Oberstaatsanwalt, zurück zu Ismail: »Sie können beschwören, dass es sich bei der Person, die Sie mit dem Taxi in der betreffenden Nacht nach Linden gefahren haben, um Christina Wieden handelte?«

»Ja, es ist die Wahrheit. Sonst würde ich es nicht sagen. Ich kann es beschwören.«

Der Oberstaatsanwalt fragt: »Können Sie die Person beschreiben, die Sie in der Nacht mit dem Taxi nach Linden brachten?«

»Wie gesagt, es war Christina Wieden, die damalige Freundin des Beschuldigten. Ich weiß, wie sie aussieht. Wir waren zusammen essen.« Er besinnt sich auf die Frage. »Blonde Haare, ein hübsches Gesicht, eine gute Figur. In der Nacht trug sie kniehohe Stiefel mit Absatz, ein dunkles Kleid und eine kurze Lederjacke. Es war ihr anzusehen, dass sie von einer Feier kam.«

Der Vorsitzende beugt sich vor. »Herr Kilic, wenn ich Sie richtig verstanden habe, stieg Christina Wieden in der Tatnacht am Hauptbahnhof Bochum in Ihr Taxi. Sie brachten die junge Frau zu ihren Eltern nach Linden. Sie verließ das Taxi. Sie boten ihr an, sie nach Bochum zu dem Beschuldigten zurückzufahren, wenn ihre Eltern nicht zuhause wären. Ist das so richtig?«

»Ja, genau so war es.« Ismail sieht zu Marc. »Genauso war es, Alter. Sorry, dass ich mich nicht früher gemeldet habe.«

Der Vorsitzende erhebt seine Stimme. Sie klingt eisig. »Auch wenn Christina Wieden zu dem Zeitpunkt nachweislich von dem Beschuldigten in die Ruhr geworfen wurde? Ich mache Sie noch einmal auf Ihre Wahrheitspflicht aufmerksam. Wir werden die Verhandlung für eine halbe Stunde unterbrechen. Bleiben Sie bei Ihrer Aussage, wird der Oberstaatsanwalt gegen Sie eine Anzeige wegen Falschaussage aufnehmen. Ich habe gesehen, wie er jedes Wort von Ihnen mitgeschrieben hat. Sie können mit einer Freiheitsstrafe von mindestens drei Monaten rechnen, im Fall einer Vereidigung sogar von elf Monaten. Überlegen Sie es sich. Sie erweisen dem Beschuldigten keinen Gefallen, wenn Sie bei Ihrer Aussage bleiben.«

»Die Wahrheit beeide ich jederzeit«, entgegnet Ismail. »Christina Wieden stieg in der Nacht am Bochumer Bahnhof in mein Taxi. Ich brachte sie nach Linden zu ihren Eltern.«

»Nicht so schnell. Sie nützen mit der Aussage niemandem. Sie schaden nur sich selbst. Lassen Sie sich vom Rechtsanwalt des Beschuldigten beraten.«

Die Beamten halten Ismail zurück, der seinen Freund umarmen will. Er wird auf die Handschellen aufmerksam und sieht Marc erschrocken an. Dr. Baum möchte intervenieren, doch die Justizbeamten schieben Marc durch die Hintertür und bringen ihn auf Anweisung des Vorsitzenden auf die Zelle zurück. Soll er Ismail bitten, die Aussage zurückzunehmen? Es hat keinen Sinn, wenn sein Freund auch in die Fänge der Justiz gerät. Er wird es Dr. Baum sagen, wenn sie ihn wieder in den Sitzungssaal bringen. Ihm kann keiner helfen. Er sieht schon Dr. Hauser auf dem Zeugenstuhl, wie er einen Zusammenhang erfindet mit dem Unfall seiner Eltern. Nach einer halben Stunde wird er in den Gerichtssaal zurückgebracht. Er flüstert Dr. Baum zu, Ismail zu bitten, seine Aussage zu relativieren, ähnlich wie Hannah es getan hat. Dr. Baum schüttelt den Kopf.

Bei dem Auftritt der Strafkammer stehen alle Anwesenden auf, der Vorsitzende setzt die Verhandlung mit der Vernehmung von Ismail fort.

Marc versucht, ihn mit seinen Blicken zu beschwören, die Aussage zu relativieren, doch Ismail denkt nicht daran. Er bestätigt seine gemachten Angaben mit dem Ergebnis, dass der Oberstaatsanwalt die angekündigte Strafanzeige wegen Falschaussage aufnimmt. Von einer Vereidigung des Zeugen wird abgesehen. Die Verhandlung soll um 14:00 Uhr mit der Vernehmung des Ehepaars Hauser fortgesetzt werden.

Kapitel 44

Als Marc um vierzehn Uhr den Gerichtssaal durch die Hintertür mit den Justizbeamten betritt, befindet sich das Ehepaar Hauser in einem angeregten Gespräch mit dem Oberstaatsanwalt. Genauso hat er es sich vorgestellt. Die Oberen halten zusammen und er muss für ihre Taten büßen, weil er ganz unten auf der Lohnliste steht. Es ist immer das Geld, das den Ausschlag gibt.

»Keine Angst. Wenn es schiefgeht, werden wir Rechtsmittel einlegen, Berufung oder Revision«, sagt Dr. Baum, der ihn beobachtet. Also hat sein Anwalt aufgegeben. »Wird die Aussage von Ismail Kilic nicht berücksichtigt?« Er versteht es nicht.

»Sagen wir, Herr Kilic hat das Gericht nicht überzeugt. Du hast gehört, der Oberstaatsanwalt wird ihn wegen Falschaussage anklagen.«

Marc spürt eine unbändige Wut. Sie ignorieren die Aussagen, die ihnen nicht gefallen, erklären sie für falsch und stellen eine Strafanzeige. Das ist ein Albtraum, nur wacht er nicht auf. Dr. Hauser trägt einen dunkelblauen Anzug, ein helles Hemd, es sieht alles teuer aus. Er steht breitbeinig da und lacht mit dem Oberstaatsanwalt. Na, zumindest knibbelt er an den Fingern. Er kann Marc nichts vormachen, er ist nervös. Und seine Ehefrau bleich wie die Wand. Wächsern, als hätte sie zu viele Beruhigungstabletten geschluckt. Das beruhigt Marc. Sie spielen Theater. Das dicke Ende wird kommen. »Er hat Christina auf dem Gewissen«, flüstert Marc Dr. Baum zu. »Und die eigene Tochter.«

»Frau Hauser scheint den Medikamentenschrank geplündert zu haben«, bestätigt Dr. Baum. »Wir werden sehen, ob sie den Fragen standhält.«

In dem Moment ruft die Protokollantin auf: »In Sachen Marc Kröner bitte eintreten.«

Die Besucherreihen füllen sich. Dr. Hauser wird mit der Ehefrau über die Wahrheitspflicht belehrt und Frau Hauser gebeten, auf dem Zeugenstuhl Platz zu nehmen. Ihr Mann, vor dem Gerichtssaal bis zu seiner Aussage zu warten.

Elisabeth Hauser, 52 Jahre, Hausfrau, wohnhaft in Bochum-Linden, nicht verwandt oder verschwägert mit dem Angeklagten.

Sie antwortet leise und zaghaft auf die Fragen des Vorsitzenden, der sie mehrmals mit übertriebener Höflichkeit bittet, lauter zu sprechen. Marc kommt es vor, als fürchte er ihren Zusammenbruch, wenn er sie anders anspricht.

Sie erzählt stockend vom Besuch ihrer Tochter in Hannover, von dem Rückweg am Sonntagabend, von der Taxifahrt mit dem Angeklagten.

»Haben Sie sich auf der Fahrt unterhalten?«

»Ja«, sagt sie und schweigt.

»Erinnern Sie sich an das Thema?«

265

»Wir haben über seine Aushilfsarbeit als Taxifahrer gesprochen, auch über Christina, er hatte sie im Informatikstudium kennengelernt.«

»Hat ihn das Thema belastet? Haben Sie etwas an ihm bemerkt. Lassen Sie sich Zeit, es gibt keinen Grund zur Eile.«

»Er wirkte besorgt um Christina. Er erkundigte sich, ob sie den Schlüssel in der Nacht abgeholt hätte. Woher sollte ich es wissen? Ich war in Hannover bei meiner Tochter.« Sie hebt leicht die Schultern und lässt sie wieder sinken. »Es ist furchtbar. Das arme Kind.«

»Fiel Ihnen sonst an dem Angeklagten etwas auf? Wirkte er besonders angespannt oder depressiv?«

»Nein, ihn interessierte Christina. Deswegen habe ich meinen Mann bei der Ankunft gefragt. Herr Kröner sollte die Antwort hören, bevor er seine Arbeit fortsetzt.« Sie schweigt, wirkt abwesend.

»Wollen Sie uns sagen, was Ihr Mann antwortete?« Der Vorsitzende beugt sich über das Richterpult, soweit es ihm möglich ist.

»Ja. Herr Wieden hatte ihm den Schlüssel am Samstag für alle Fälle gegeben, doch Christina kam nicht. Oder er hörte sie nicht, weil er schlief.« Sie dreht sich zu Christinas Eltern um in der ersten Besucherreihe.

Die Beisitzerin fragt: »Es scheint mir, Sie möchten uns etwas mitteilen, was wichtig ist in dem Verfahren gegen Marc Kröner. Stimmt das?«

In diesem Moment wird an der Tür geklopft. Ein Justizbeamter tritt ein, entschuldigt sich beim Vorsitzenden, sieht sich im Raum um und steuert direkt auf Dr. Baum zu. »Es ist dringend! Eine junge Frau hat den Brief für Sie abgegeben. Sie wirkte etwas ... na auffällig, würde ich sagen. Ich dachte, es könnte wichtig sein.« Mit den Worten entfernt er sich schnell wieder. Es herrscht gespannte Stille im Raum.

Dr. Baum öffnet den Brief und überfliegt den Inhalt. Seine Mimik, die gesamte Haltung wirkt verändert, wie versteinert. Marc beugt sich zu ihm und versucht, mitzulesen. Der Anwalt lässt es nicht zu, er dreht sich weg und stellt den Antrag, den Inhalt des Briefes in die Verhandlung einzuführen. Der Vorsitzende stimmt zu und überfliegt ihn misstrauisch. Marc nimmt wahr, wie sich die Mimik des Richters ändert. Er reicht den Brief an die Beisitzerin weiter und verkündet eine Beratungspause von zwanzig Minuten. Der Oberstaatsanwalt und Dr. Baum werden gebeten, ins Hinterzimmer zu folgen, die sonstigen Anwesenden auf ihren Plätzen zu bleiben. Die Verhandlung werde mit der Befragung von Frau Hauser fortgesetzt.

Marc fragt seinen Anwalt aufgeregt nach dem Inhalt des Briefes, doch der schüttelt nur den Kopf und murmelt: »Später«. Mit den Worten eilt er ins Hinterzimmer.

Lena und Katrin kommen zur Anklagebank. Die Beamten lassen sie gewähren. Lena sieht ihn mit einem intensiven Blick an, als wollte sie die Wahrheit aus ihm heraussaugen, doch Dr. Baum hat ihn nicht eingeweiht. Katrin meint, eine Veränderung bei dem Vorsitzenden erkannt zu haben. »Da ist etwas im Busch«, sagt sie.

»Fragt sich, von wem der Brief war und was darin stand.«

»Von Alessa, vermute ich«, sagt Lena. Marc beobachtet Frau Hauser, die auf dem Zeugenstuhl in sich zusammengesunken ist. Mit einem Mal sieht sie zu ihm herüber. In ihren Augen erkennt er die pure Angst. Fürchtet sie, dass der Brief von ihrer Tochter ist?

Die Minuten vergehen in Zeitlupe, bis sich die Tür wieder öffnet und der Vorsitzende mit den anderen in den Gerichtssaal zurückkehrt. Marc sieht in ernste Gesichter. Die Verhandlung wird mit der Befragung von Frau Hauser fortgesetzt.

»Ich möchte Sie erinnern, dass eine Falschaussage vor Gericht strafbar ist«, betont der Vorsitzende. »Ein Meineid wird mit mindestens elf, eine Falschaussage mit mindestens drei Monaten Gefängnis bestraft. Sie brauchen keine Fragen beantworten, die Sie oder einen nahen Angehörigen belasten könnten.«

Marc spürt den veränderten Ausdruck des Vorsitzenden. Die Freundlichkeit ist einer Strenge gewichen. Frau Hauser zittert auf dem Zeugenstuhl, dass Marc einen epileptischen Anfall bei ihr befürchtet.

»Frau Hauser«, fährt der Vorsitzende sie ungerührt an. »Seit wann wussten Sie davon?«

»Wovon? Mein Gott, was ist denn passiert?«, stottert Frau Hauser kaum hörbar. Richter, Schöffen, der Oberstaatsanwalt mustern sie. Alle wirken verändert, als hätte der Brief Zauberkräfte freigesetzt. Marc sieht immer wieder zu Dr. Baum herüber, doch der betrachtet stur die

Zeugin, als hätte er seinen Mandanten vergessen. Der Gerichtsreporter und die Besucher strecken ihre Köpfe nach vorne, um keine Sekunde zu verpassen. Der Gutachter hält sich erschreckt eine Hand vor den Mund. Marc bekommt Lust, aufzustehen und den Saal mit Lena zu verlassen. Für die Rolle des Angeklagten war er von Anfang an eine Fehlbesetzung, nun scheinen sie es bemerkt zu haben. Soll er fragen, ob er den Saal verlassen darf. Er sieht erneut zu seinem Anwalt.

»Warte«, flüstert Dr. Baum ihm zu. Also spielt er wieder mit.

»Reißen Sie sich zusammen«, fährt der Vorsitzende Frau Hauser an. »Seit wann wussten Sie von dem Missbrauch an Ihrer Tochter? Oder wollen Sie behaupten, dass Alessas Brief eine Fälschung ist?«

Frau Hauser weicht alle Farbe aus dem Gesicht. »Alessa!«, schreit sie. Zittert am ganzen Körper und gleitet vom Stuhl herunter. Sofort sind Helfer da, der Gutachter, ein Justizbeamter. Der Vorsitzende schüttelt den Kopf und fügt zur Erklärung an, dass ein Brief von Alessa Hauser das Gericht erreicht hat. Er stellt fest, dass keine Bedenken gegen die Verlesung bestehen.

An Herrn Dr. Baum, Rechtsanwalt in Bochum
Ich ertrage es nicht, dass er Christina, meine beste
Freundin, umgebracht hat. Ich kann damit nicht leben.
Und mein Vater? Er versucht, einen anderen für seine
Schuld büßen zu lassen. Und meine Mutter? Sie hat nicht
den Mut zur Aufklärung und bedauert sich selbst, indem

sie sich in ihr Schneckenhaus zurückzieht. Das hilft nicht, das hilft niemandem, das hat mir und jetzt auch Christina das Leben gekostet. Dr. Hauser, mein Vater, gab mir K.-o.-Tropfen, um mich als Jugendliche zu vergewaltigen. Mehrmals, weil wir uns doch so lieben, und weil Mutter ihn nicht liebt. Ich schwöre es. Ich nahm Drogen, um es zu verdrängen. In der Fachklinik in Hannover hörte ich von Christinas Tod durch K.-o.-Tropfen und wusste gleich Bescheid. Ich entwich, um ihn zur Rede zu stellen. Er hatte Christina immer so angesehen. Endlich schaffte ich es, klingelte an seiner Tür und sprach ihn darauf an. Nach ein paar Ausflüchten räumte er ein, dass Christina in der Nacht bei ihm war, sie zusammen Musik hörten und Cocktails tranken. Er log mir vor, dass sie beide Sex wollten und Christina zu ihrem Freund verschwand, als er unter der Dusche stand. So ein Unsinn. Es tut mir leid, Mama. Dieses Mal schweige ich nicht. Mein Vater, Dr. Hauser, ist für den Tod von Christina Wieden verantwortlich. Er hat ihr K.-o.-Tropfen in die Cocktails gemixt, um sie zu vergewaltigen, und es geschafft, das Fläschchen Marc Kröner zuzustecken. Es tut mir leid, Marc, ich hätte es früher sagen müssen. Beim Besuch überwies er mir zweitausend Euro. Urlaubsgeld. Ich sollte nach Ibiza fliegen. Schweigegeld. Drogengeld. Ich wollte selbst vor Gericht erscheinen. Ich habe es nicht geschafft. Darin hat er erreicht, was er wollte. Ich entschuldige mich bei Marie und bei Lena.

Alessa Hauser

Kapitel 45

Marie wartet am Eingang des Justizzentrums, bis sie es nicht mehr aushält. Sie beschreibt den freundlichen Justizbeamten am Eingang die Situation und bittet, Alessa bei ihrem Eintreffen in die Kantine zu schicken. Dort angekommen, wählt sie einen Milchkaffee, dazu ein Stück Kuchen. Sie ärgert sich über sich selbst. Warum hat sie nicht auf Lena gehört, die Alessa von Anfang an misstraute und auf die Aussagen von Hannah und Ismail setzte. Doch das Gericht wird den beiden misstrauen. Sie ist noch nicht so lange dabei, doch die Zeit reicht, um zu verstehen, dass es nicht leicht ist, die Unschuld zu beweisen, wenn alle von der Schuld überzeugt sind. Da werden Aussagen von Freunden schnell als Gefälligkeiten abgestempelt. Wie ist die Glaubwürdigkeit von Zeugen zu beurteilen? Alessa wäre glaubwürdig, wenn sie ihren Vater belastete. Wieder ist eine halbe Stunde vergangen. Gerade, als ihre Hoffnung weicht, steuert ein älterer Beamter auf sie zu. »Die junge Frau, die Sie beschrieben haben, hat einen Brief für Dr. Baum abgegeben. Sie wollte nicht zu Ihnen, auch nicht warten. Sie sei spät dran und müsse dringend zu einem Gespräch bei der Krisenhilfe. Wenn sie mich fragen, war es höchste Eisenbahn.« Er schüttelt den Kopf. »So ein junges Mädchen.«

»Wann war sie da?« Marie ist elektrisiert.

»Vor zehn Minuten.« Der Beamte lässt sich von Maries Aufregung anstecken. »Ich war beschäftigt und habe einen jungen Beamten zu Dr. Baum in den Sitzungssaal geschickt.«

»Vielen Dank für die Info.« Marie rennt los. Die Öffnung der Ausgangsschleuse beim Justizzentrum dauert endlos. Am Bahnhof überrennt sie bei Rot die Ampeln. Das Gehupe der Autos ignoriert sie. Sie befragt die Klienten vor dem Drogencafé. Sie verneinen, Alessa gesehen zu haben. Sie befragt die Mitarbeiter, ob ein Gespräch mit Alessa geplant war. Nein. Eine Lüge. Sie durchsucht mit den Mitarbeitern jeden Raum, auch die Toiletten. Nichts. Sie bedankt sich und läuft zum Bahnhof zurück, durchsucht die Gänge, die Toiletten. Weiter den Boulevard entlang, zum Kuhhirten. Der Brief fällt ihr ein. Eine Zeugenaussage oder ein Abschiedsbrief? Sie ruft Christian an. Warum hat sie nicht gleich daran gedacht? Ihre Aufregung überträgt sich auf ihn. Er hat eine Nachricht vom Oberstaatsanwalt Reidinger erhalten, dass ein Brief von Alessa Hauser im Gerichtssaal verlesen wurde, der einen Suizid andeutet.

»Marie, Alessa hat in dem Brief ausgesagt, dass es ihr Vater war und nicht Marc. Er habe sie früher unter Einfluss von K.-o.-Tropfen missbraucht und ihr beim Besuch gestanden, dass Christina in der Nacht bei ihm war. Wir haben ein Einsatzkommando losgeschickt, um nach ihr zu suchen.«

Marie kann nicht mehr denken. Sie läuft zurück zum

Bahnhof, fährt mit der Rolltreppe nach unten. Nichts. Alessa kann sich den goldenen Schuss überall setzen. Das Smartphone zeigt: 14:45. Sie geht zurück zum Justizzentrum und vernimmt die Sirenen der Rettungswagen. Sie fahren die Wittener Straße hoch, drehen am Park, bleiben stehen.

»Eine junge Frau«, sagen die Passanten, als Marie näherkommt. »Schrecklich! Die Nadel steckt noch in ihrem Arm.«

»Es ist nicht zu verstehen«, sagt eine junge Mutter, die einen Kinderwagen schiebt. Marie rennt hin. Die Helfer in Weiß schütteln den Kopf. Das Bild verschwimmt. Marie sinkt in sich zusammen. *Zu spät*!, hämmert es in ihrem Kopf. Schon ist Christian bei ihr. Sie schmiegt sich in seine Arme, will nicht mehr heraus. »Ich mach das nicht mehr. Nicht mehr bei der Justiz. Ich kann das nicht.«

»Heute nicht. Wir reden ein anderes Mal darüber. Lass uns zur Verhandlung gehen. Ich möchte miterleben, wie sie Marc freisprechen.«

Kapitel 46

Dr. Hauser hört den Aufschrei seiner Ehefrau aus dem Gerichtssaal. Was ist passiert? Hat der Anwalt die Drogenerkrankung von Alessa angeführt, um sie in die Enge zu treiben? Er traut ihm alles zu. Seine Frau ist leichtgläubig und schnell zu überrumpeln. Er würde gerne reingehen, darf es aber nicht, um sich nicht zu verraten. Alessa war so dürr beim letzten Besuch. Hoffentlich hat sie das Geld für den Urlaub genutzt und nicht für Drogen. Wie oft hatte sie um Geld gebettelt, gedroht, ihn sonst zu verraten. Zweitausend Euro sollten vorerst ausreichen. Ohne Drogen kann sie nicht leben, genau wie ihre Mutter diese Tabletten braucht. Er überlegt, das Landgericht zu verlassen, um seine Hausärztin aufzusuchen. Über Schwindel zu klagen und dem Gericht eine Bestätigung über seine Verhandlungsunfähigkeit zu übermitteln. Sie können ohne ihn auskommen, was hat er schon zu dem Fall beizutragen? Wenn sie ihn unbedingt vernehmen wollen, wenn es so wichtig ist, besteht die Möglichkeit, die Verhandlung zu vertagen. Bis zum nächsten Termin werden sich die Wogen geglättet haben.

Es ist still geworden im Gerichtssaal. Was geht da vor sich? Beklagt sie seine Beziehung zu Alessa, ihr ewiges Thema? Kann sie sich vorstellen, was sie damit anrichtet? Und sein Freund aus dem Tennisclub, der Oberstaatsanwalt Reidinger, der lässt es zu. Auf Freunde kann man sich nicht verlassen. Er braucht einen Rechtsanwalt. Vor dem nächsten Verhandlungstag wird er sich mit dem besten Anwalt der Stadt beraten. Wenn seine Ehefrau ihn wegen Alessa belastet hat, soll der Anwalt eine Absprache mit dem Vorsitzenden treffen, um das Verfahren gegen Zahlung einer Geldsumme einzustellen. Er wird Bereitschaft signalisieren, eine höhere Summe an einen gemeinnützigen Träger zu zahlen, der sich um Drogenkranke kümmert, oder an den ewig maroden Staat. Der könnte die Steuereinnahmen verdoppeln und würde es noch nicht schaffen, die Schulen zu modernisieren und digital auszubauen. Er wird sich einsichtig zeigen und beteuern, wie er es bereut hat. Die eigene Tochter. Aber Christina? Nein. Niemals. Sie haben keine Beweise.

Er steht auf. Es reizt ihn, in den Gerichtssaal zu gehen. Rumzuschreien, dass sie keine Beweise haben. Seine Frau wegzureißen von dem Zeugenstuhl. Mitzunehmen. Nach Hause. Ja, weg von dem Gericht, das alles verdreht. Sie haben doch Marc Kröner, um jemanden für den Tod büßen zu lassen. Was ließ er sie in der verführerischen Aufmachung allein nach Hause laufen. Er erinnert sich an den Rasthof, wo er an dem Sonntagmorgen frühstückte. Wie er auf dem Parkplatz den Regen auf der Haut spürte und sich freute, alle Spuren vernichtet zu haben. Er wird ein Gutachten beantragen, seine Ehefrau entmündigen lassen. Depression. Seit Jahren. Sie steigert sich in Wahnideen. Kaum sieht sie irgendetwas in den Medien, bildet sie sich ein, sie wäre gemeint. Jede Umarmung, jede Zärtlichkeit wertete sie als Zeichen seiner teuflischen Begierde. Jede Freude, jedes Lachen verurteilte sie. Er musste zum Lachen in den Keller gehen, ja, so fühlte es sich an. Seine Mutter hatte ihn vor ihr gewarnt. Warum hat er sich mit ihr eingelassen? Er hatte Chancen bei anderen Frauen, ja, während des Studiums liefen sie ihm nach.

Christina lag so friedlich da, als er von der Dusche kam. Für ihn bereit ohne Klagen, ohne Vorwürfe, ohne eigene Ansprüche. Er hatte solche Lust verspürt, in sie einzudringen. Er spürte den Drang in den letzten Wochen wieder, beobachtete die Mädchen in der Schule. Suchte die Nähe von Jugendtreffs. Spürte dieses Bedürfnis, ihnen nah zu sein, sie zu berühren ohne Gegenwehr. Doch er durfte nicht auffallen, musste höllisch aufpassen. Alessa hätte es nie erfahren dürfen. Ihm ist zum Schreien zumute. Wer hat es seiner Tochter verraten? Er würde sie auspeitschen, ja, das Wort liegt ihm auf der Zunge.

Bewegung auf der Treppe. Eine Liege, zwei Sanitäter. Wachtmeister. Zum Gerichtssaal. Sie öffnen die Tür. Er sieht seine Ehefrau am Boden, sie wird gehalten von Unbekannten. Ist sie bewusstlos? Die Sanitäter kümmern sich um sie, tragen sie auf der Liege heraus. Er will mit ihnen das Gericht verlassen. »Ich komme mit«, ruft er. »Es ist meine Ehefrau. Was ist mit ihr passiert? Kann mich mal einer aufklären.«

»Nein«, sagt der kräftige Justizbeamte und zeigt in den

Gerichtssaal. »Der Vorsitzende möchte Sie als nächsten Zeugen vernehmen.«

Er protestiert. Das können sie mit ihm nicht machen, seine Ehefrau liegt auf der Trage, da ist doch zu verstehen, dass er sie begleiten will. Sie sollen neu terminieren, wenn sie ihn unbedingt hören wollen. Er leidet unter Schwindel und wird das Krankenhaus veranlassen, seine Verhandlungsunfähigkeit vom Arzt bestätigen lassen. Die Justizbeamten hören ihm nicht zu und drängen ihn in den Sitzungssaal.

Der Vorsitzende mahnt ihn, sich hinzusetzen und sich zu beruhigen. »Ihre Frau ist bald wieder auf den Beinen«, erklärt er. »Ein kleiner Schwächeanfall, nichts Ernstes.« Er belehrt ihn über die Wahrheitspflicht als Zeuge vor Gericht und fügt hinzu, dass er Antworten verweigern kann, die ihn selbst oder einen Angehörigen belasten würden.

So dürfen sie nicht mit ihm umgehen. Er sieht zu seinem Freund, dem Oberstaatsanwalt. Warum greift der nicht ein. Er sieht ihn nicht mal an. Das ist der Beweis. Seine Ehefrau hat ihn belastet. Es musste so kommen. Er überlegt fieberhaft, wie er aus der Situation herauskommen kann. Erst mal hören, was sie ihm vorwerfen. Gut, dass er Alessa das Geld gegeben hat. Entweder ist sie auf Ibiza oder sie macht sich mit Drogen dicht. Hier erscheinen wird sie nicht. Seine Personalien soll er nennen. Name, Alter, Beruf, Wohnort, als wären sie dem Gericht nicht bekannt. Er sieht sich um, nimmt die Nachbarn unter den Besuchern wahr, ihren anklagenden

Blick. Was hat seine Ehefrau ausgesagt? Sie wusste nichts von Christina. Was ist passiert, während er draußen wartete? Sie rief nach Alessa. Warum darf man vor der Zeugenaussage nicht im Saal sein? Er hätte verhindert, seine Tochter in das Verfahren einzubeziehen. Er reißt sich zusammen.

»Dr. Helmut Hauser, fünfundfünfzig Jahre, geboren und aufgewachsen in Bochum, wo ich mit meiner Ehefrau wohne und seit fünfundzwanzig Jahren als Lehrer in der Sekundarstufe II unterrichte. Mit meiner Ehefrau bin ich seit siebenundzwanzig Jahren glücklich verheiratet. Aus der Ehe ist unsere Tochter Alessa Hauser hervorgegangen.«

»So ausführlich wollen wir es nicht hören. Beantworten Sie nur meine Fragen«, unterbricht ihn der Vorsitzende.

»Entschuldigen Sie, aber meine Ehefrau …«

»Sind Sie mit dem Angeklagten verwandt oder verschwägert?«

»Nein, sicher nicht.« Er sieht verächtlich zur Anklagebank. Der Ausdruck von Kröner gefällt ihm nicht. Auch der Anwalt sieht ihn mit einem Anflug von Verachtung an. Ob er Christina Wieden gekannt habe, fragt ihn der Vorsitzende. Wie er hinter dem Richterpult thront, daneben die Beisitzer, die Schöffen, die Protokollantin. Blonde Strähnen, um die Dreißig. Sie beachtet ihn nicht mal, starrt gebannt auf den Bildschirm. Keiner sieht ihn an. Auch sein Freund Reidinger nicht. »Es wird schon nicht so schlimm, der Richter nimmt Rücksicht auf die

Erkrankung deiner Frau, hat er ihm gestern noch im Tennisclub gesagt, dieser Heuchler.«

Der Vorsitzende wiederholt seine Frage, ob er Christina Wieden gekannt habe.

»Was soll die Frage? Sicher habe ich sie gekannt«, braust er auf. »Sie war die Tochter unserer Nachbarn. Die Kinder haben schon auf dem Spielplatz zusammen herumgetobt.« Der Richter geht ihm auf die Nerven mit solchen Fragen. Wäre er nur vor dem Drama mit seiner Frau zum Arzt gegangen, wie er es überlegt hatte. Nur wegen ihr konnte er sich nicht losreißen. »Christina Wieden war für uns wie ein zweites Kind. Der Schmerz über ihren Tod traf uns wie ihre eigenen Eltern.« Er sieht sich um. Eisige Blicke. Der Vorsitzende wird lauter.

»Herr Dr. Hauser. Sie kennen den Vorfall, der hier verhandelt wird. Schildern Sie uns den Zeitraum von dem betreffenden Samstag bis zum Sonntagabend. Lassen Sie nichts aus.«

»Das schaffe ich nicht, mich quälen solche Kopfschmerzen. Schwindel. Schon den ganzen Tag. Dazu meine Ehefrau auf der Trage. Ich muss zu ihr. Haben Sie Verständnis und vertagen die Verhandlung, wenn meine Aussage so wichtig ist.« Er will aufstehen.

»Bleiben Sie auf Ihrem Platz«, fährt der Vorsitzende ihn an. »Ihre Frau ist in guten Händen. Da können Sie nicht helfen. Reißen Sie sich zusammen und beantworten endlich meine Fragen.«

Darf er so mit ihm umgehen? Er sieht sich entrüstet zum Oberstaatsanwalt um, doch der beachtet ihn immer noch nicht. »Sie meinen die schreckliche Nacht, in der Christina Wieden von dem Angeklagten getötet wurde?«

»Wenn Sie etwas darüber wissen, sagen Sie es uns. Aber kommen Sie zur Sache.«

»Da gibt es nur wenig zu berichten. Am frühen Samstagmorgen brachte ich meine Ehefrau zum Hauptbahnhof nach Bochum. Von dort gibt es eine direkte Verbindung mit dem ICE nach Hannover ... von dort wollte sie ein Taxi zur Klinik nehmen.«

»Uns interessiert mehr, was danach geschah. Hatten Sie Kontakt zu Ihren Nachbarn?«, unterbricht der Vorsitzende.

»Ja, sicher. Herr Wieden empfing mich vor der Garage. Er gab mir einen Haustürschlüssel.« Er stockt, überlegt, wie er es unverfänglich ausdrücken kann.

»Warum gab er Ihnen den Schlüssel? Nun reden Sie schon.«

»Er wollte mit seiner Ehefrau das Wochenende in Hamburg verbringen und für den Notfall seiner Tochter einen Schlüssel hinterlassen. Ich erinnere mich genau, dass er sich so ausdrückte.« Er sieht zu den Besuchern, direkt in das versteinerte Gesicht von Herrn Wieden. »Sie würden bei Marcs Schwester in Köln eine Übernachtungsparty feiern. War es nicht so?« Keine Reaktion. Schweiß steht ihm auf der Stirn.

»Wieso gab er Ihnen den Schlüssel, wenn die Tochter in Köln übernachten wollte?«, bohrt der Vorsitzende nach.

»Christina Wieden war eine eigenwillige Person. Sehr

sprunghaft in ihren Entscheidungen. So war nicht auszuschließen, dass sie früher zurückkehrte.« Wieso sagt er sowas? Hat er sich damit verraten? Verdammt, er ist Zeuge und kein Angeklagter. Aber genau so fühlt er sich bei der Befragung. Was wissen sie? Er muss verdammt aufpassen.

»Erzählen sie bitte weiter«, fordert ihn der Vorsitzende auf.

Er lässt ihm keine Zeit. »Ich blieb in der Nacht länger auf als gewöhnlich. Ja, ich sah mich dazu verpflichtet. Bei dem Fernsehprogramm schlief ich ein und erwachte erst gegen ein Uhr auf der Couch im Wohnzimmer. Ich rechnete nicht mehr mit ihr und wechselte ins Schlafzimmer. Mehr kann ich zu der Nacht nicht sagen.«

Der Vorsitzende räuspert sich: »Können oder wollen Sie nicht mehr sagen? Nehmen wir an, Christina Wieden hätte gegen zwei Uhr geschellt. Hätten Sie es gehört?«

»Nein, auf keinen Fall. Ich habe einen tiefen Schlaf, das könnte meine Ehefrau bestätigen, wenn sie noch hier wäre. Außerdem liegt das Schlafzimmer auf der anderen Seite.«

»Sie schließen also nicht aus, dass das junge Mädchen in der Nacht schellte?«, setzt der Vorsitzende nach.

»Das kann ich nicht ausschließen. Ich kann nur sagen, dass ich nichts bemerkte.« Hätte er es ablehnen sollen? Rundherum ablehnen? Sie können es ihm doch nicht beweisen. Er muss aufpassen, höllisch aufpassen.

»Schildern Sie uns den Sonntag«, fordert ihn der Vorsitzende auf.

»Ich stand um acht Uhr auf, duschte, frühstückte, fuhr mit dem Wagen ein Stück raus ins Münsterland, spazierte über die Dörfer, aß irgendwo ein Steak.«

»Sie dachten nicht daran, dass Christina Wieden an dem Tag den Schlüssel holen könnte?«

Warum sieht der Vorsitzende ihn so streng an? Und was soll diese Frage? Er wird daraus nicht schlau, braucht Zeit zum Nachdenken. »Christina Wieden war fast einundzwanzig Jahre alt. Also kein Kind mehr. Was sollte am helllichten Tag geschehen? Außerdem vermutete ich sie bei ihrem Freund in guten Händen. Am Nachmittag war ich zurück.« Warum hat er keinen Anwalt an seiner Seite? Heutzutage braucht man als Zeuge schon einen Anwalt.

»Hatten die Nachbarn aus Hamburg angerufen?«, fragt der Vorsitzende.

»Ja, ich erinnere mich. Sie wollten länger bleiben, um Sonntagabend eine Vorstellung im Thalia-Theater zu besuchen. Mit Glück hatten sie zurückgegebene Karten erhalten. Die Vorstellung war ausverkauft, wissen Sie. Herr Wieden schwärmte immer vom Thalia-Theater.« Er wagt keinen Blick mehr zu den Besucherreihen.

»Erkundigten sich die Eltern nach ihrer Tochter?«, fragt der Vorsitzende.

»Ja. Sicher. Sie wollten wissen, ob Christina in der Nacht nach Hause kam, was ich verneinte. Ich dachte mir nichts dabei, wähnte sie bei ihrem Freund und dessen Schwester. Ich wiederhole mich.«

»Am Abend meldeten sich die Eltern erneut«, stellt der

Vorsitzende fest.

»Ja sie waren sehr besorgt. Der Angeklagte hatte ihnen gesagt, sie hätten sich in der Nacht getrennt, und er würde versuchen, sie zu erreichen. Er wollte sie zurückrufen, habe es aber nicht. Einer Bewertung enthalte ich mich.« Er sieht zum Oberstaatsanwalt, als hätte er einen weiteren Beweis geliefert.

»Begegneten Sie dem Angeklagten Sonntagnacht vor Ihrem Haus?«, fragt der Vorsitzende.

»Ja, es war Zufall oder Schicksal, je nachdem, ob man an Darwin oder an Gott glaubt.« Er versucht ein Lächeln, das ihm missglückt.

»Wir sind nicht hier, um uns über Philosophie auszutauschen«, herrscht die beisitzende Richterin ihn an. Dr. Hauser zuckt zusammen. Wieder fühlt er sich in der Rolle des Beschuldigten. Er überwindet sich. »Entschuldigen Sie. So war es nicht gemeint. Der Angeklagte fährt Taxi, um sich während des Studiums etwas zu verdienen. Er brachte meine Ehefrau vom Bochumer Hauptbahnhof zu unserem Haus nach Linden. Vor der Tür erkundigte er sich nach Christina.« Er sieht wütend zu dem Angeklagten. »Ich erzählte ihm von den Anrufen der Eltern, wollte ihm für alle Fälle den Schlüssel für Christina geben. Ich ahnte ja nicht, was passiert war.«

»Sie wollten ihm den Haustürschlüssel geben?«, wiederholt der Vorsitzende, als würde es eine gewichtige Rolle spielen.

»Ja. Er wirkte entsetzt, als er ihn sah. Ich verstand es nicht, ahnte ja nichts von ihrem Tod.« Er schüttelt den

Kopf und sieht zum Oberstaatsanwalt.

»Wie nah kamen Sie ihm bei der Übergabe?«, erkundigt sich die Beisitzerin.

Dr. Hauser straft sie mit einem wütenden Blick. Das können sie nicht wissen. Nein, das hat seine Frau nicht gesehen. »Was soll die Frage? Ein, zwei Meter. Wie gesagt, er nahm den Schlüssel nicht an.«

Aus den Augenwinkeln sieht er, wie Marc Kröner protestieren will, doch von seinem Rechtsanwalt zurückgehalten wird.

»Gibt es weitere Fragen an Dr. Hauser?«, erkundigt sich der Vorsitzende. Der Oberstaatsanwalt verneint. Er will aufatmen und den Saal schnell verlassen, da beugt sich Dr. Baum zu ihm.

»Ist es richtig, dass Ihre Tochter Alessa drogenabhängig ist?«

Dr. Hauser reibt die Handflächen gegeneinander und wendet sich mit so viel Verachtung, wie es ihm möglich ist, zu dem Rechtsanwalt. Er muss vorsichtig sein, die Fragen des Vorsitzenden waren nur das Vorspiel. Jetzt kommen sie mit der Aussage seiner Ehefrau und ihrer sicher nur vorgetäuschten Ohnmacht. Das kann sie, im richtigen Moment zusammenbrechen. Jetzt versteht er, sie hat sich damit weiteren Fragen entzogen. Ihm würde es keiner abnehmen. »Ja, es stimmt. Meine Tochter geriet über einen Freund in die Drogenszene. Sie ahnen ja nicht, was wir, also meine Ehefrau und ich, seither durchgemacht haben. Sie haben die zerrütteten Nerven meiner Frau selbst erlebt. Unser einziges Kind in den

Händen von Verbrechern. Über meine Gefühle möchte ich nicht sprechen. Darf ich Sie also bitten, die Befragung abzuschließen. Zur Wahrheitsfindung habe ich nichts mehr beizutragen. Sie werden verstehen, meine Frau braucht mich. Sie leidet seit der Erkrankung unserer Tochter an einer schweren Depression.« Er will sich erheben, doch der Vorsitzende deutet ihm an, auf seinem Platz zu bleiben.

»Hatten Sie in der letzten Zeit Kontakt zu Ihrer Tochter?«, setzt Dr. Baum die Fragen unbeeindruckt fort.

»Alessa war aus der Fachklinik entwichen.« Er reibt sich mit der rechten Hand über die Augen, als wollte er Tränen abwischen. »Sie hatte von dem Unglück ihrer Freundin erfahren. Fragen Sie mich nicht, von wem. Das wird ein Nachspiel haben. Ich redete ihr ins Gewissen, dorthin zurückzukehren. Sie telefonierte in meinem Beisein mit ihrer Bezugstherapeutin, die ihr die Schritte zu einer erneuten Aufnahme erklärte. Ich gab ihr Fahrgeld zu der Klinik.«

»Sie gaben Ihrer drogenabhängigen Tochter in einer Krise Geld in die Hand?«, greift der Vorsitzende ein. Dr. Hauser dreht sich hilfesuchend zum Oberstaatsanwalt um, er hatte mit ihm im Tennisclub über das Schicksal seiner Tochter gesprochen und immer Verständnis erhalten.

»Vielleicht war es ein Fehler. Ich war völlig durcheinander. Das eigene Kind. Ich wollte nur, dass sie die Therapie schnell wieder aufnimmt.« Er gibt vor, als würde ihm die Stimme versagen, und reibt sich mit der rechten Hand über die Stirn. »Lassen Sie bitte meine Tochter aus der Sache heraus. Sie hat damit nichts zu tun.« Er hat eine Idee. »Haben Sie meiner Ehefrau auch solche Fragen gestellt? Ist sie deswegen zusammengebrochen? Verstehen Sie nicht, wie sie darunter leidet? Haben Sie überhaupt kein Verständnis?«

Der beisitzende Richter mischt sich ein: »Zu Beginn Ihrer Aussage sagten Sie, Marc Kröner habe Christina Wieden getötet.«

Er ist überrascht. Warum geht keiner auf ihn ein? »Ja. Er sitzt hier als Beschuldigter und die Medien berichteten darüber. Er hatte sicherlich keine solche Absicht, das möchte ich ihm nicht unterstellen. Das habe ich auch dem Oberstaatsanwalt gesagt. Es war jugendlicher Leichtsinn mit tragischem Ausgang. Sie wollten die Lust steigern und verloren die Kontrolle. Eine verminderte Schuldfähigkeit ist allein aufgrund des tödlichen Unfalls seiner Eltern anzunehmen. Er hatte sich im Auto mit ihnen gestritten, als es passierte. Was hat der Junge alles erlitten? Ich kenne solche Schicksale aus der Schule.«

»Wir befinden uns nicht vor der Jugendkammer«, unterbricht ihn der Vorsitzende. »Herr Kröner ist erwachsen. Zur Frage der Schuldfähigkeit wird sich der Gutachter zu gegebener Zeit äußern.«

»Ich würde das Jugendalter heraufsetzen. Das sage ich als Lehrer, der ständig mit Jugendlichen arbeitet. Sie sind der heutigen Zeit mit all den Versuchungen nicht gewachsen. Überall werden sie durch geschickte Werbestrategien verführt. Da gibt es keine Kunden mehr, da sehe ich jugendliche Opfer.« Er sieht um Bestätigung heischend zu dem Gutachter, der ihn neugierig mustert.

»Gibt es weitere Fragen an Dr. Hauser.« Der Vorsitzende sieht offen zu Dr. Baum. Ist es zwischen Ihnen abgesprochen, wer die Fragen stellt? Das ist doch nicht normal, dass er hier so vorgeführt wird. Er hört seinen Namen.

»Herr Dr. Hauser. Die beiden Kinder waren beste Freundinnen. So nennt man es doch bei Mädchen.«

»Ja, das waren sie. Das sagte ich bereits. Schon auf dem Spielplatz. Auch auf dem Gymnasium. Bis meine Tochter sich diesem Freund zuwendete.«

»Und mit ihm Drogen nahm.«

»Ja, sich zum Drogenkonsum verführen ließ.«

»Haben Sie eine Erklärung, warum Ihre Tochter einen Freund aus der Szene wählte?«

»Eine Erklärung wollen Sie von mir hören? Was hat das Schicksal meiner Familie mit dem Beschuldigten zu tun? Sagen Sie es mir.« Er blickt empört zum Oberstaatsanwalt. »Vielleicht konnte Alessa die Krankheit ihrer Mutter nicht ertragen. Haben Sie mal daran gedacht? Haben Sie ein Kind, eine Tochter? Sicherlich nicht. Sonst würden Sie solche Fragen nicht stellen. Ich sage Ihnen etwas. Die jungen Mädchen bilden sich ein, unsterblich verliebt zu sein. Was will man als Vater dagegen machen? Jedes Wort gegen den Erwählten verstärkt die Hinwendung zu ihm. Kennen Sie die Ohnmacht? Wissen Sie, was ich alles unternommen habe? Die Drogenberatung in Bochum um Hilfe gebeten, die

Szene nach ihr abgesucht. Einen Elternkreis habe ich gegründet, um mich mit Betroffenen auszutauschen. Heute bereut sie, gibt sie mir recht. Aber damals … konnte ich nur zusehen, wie sie immer tiefer in den Strudel der Sucht geriet.« Hat er zu viel gesagt? Kommt es glaubwürdig rüber? Der Blick des Gutachters verunsichert ihn.

»Hatte Christina Wieden in früherer Zeit bei Ihnen übernachtet?«, fragt Dr. Baum unbeeindruckt.

Wollen sie ihn überführen oder den Angeklagten? »Sie hatte bei Alessa übernachtet. Auch umgekehrt. So ist es unter besten Freundinnen üblich. Ihre Eltern werden es bestätigen.«

»Fanden Sie Christina reizvoll?«, fragt Dr. Baum.

»Nun reicht es. Das muss ich mir nicht gefallen lassen«, braust Dr. Hauser auf und sucht empört den Blickkontakt zu dem Vorsitzenden, der Dr. Baum freundlich um eine Erläuterung seiner Frage bittet.

»Nach der Zeugenaussage von Ismail Kilic steht für die Verteidigung fest, dass Christina Wieden in der Nacht gegen zwei Uhr vor der verschlossenen Tür ihres Elternhauses stand. Sie kehrte nicht zum Taxi zurück, obwohl sie Herrn Kilic gebeten hatte, zehn Minuten zu warten, und er dieser Bitte nachgekommen ist. Eine Erklärung wäre, dass sie bei Dr. Hauser schellte und er ihr die Tür öffnete.«

»Das ist eine Unverschämtheit«, poltert Dr. Hauser.

»Warum? Ihr Vater hatte Ihnen den Schlüssel für solch einen Notfall anvertraut. Vielleicht rechnete sie damit. Oder sie wollte von Ihnen aus telefonieren.«

»Sie müssen die Frage nicht beantworten«, mischt sich der Vorsitzende ein, »wenn Sie sich damit selbst belasten würden.«

»Ich verstehe nicht, wie ich mich belasten sollte? Bei der ganzen Befragung habe ich den Eindruck, als wäre ich in einem falschen Film.« Er schüttelt den Kopf. »Ich kannte Christina schon als Kind.«

»Sie mochten sie wie Ihre eigene Tochter«, stellt Dr. Baum fest.

»Ja, sie war für mich wie eine eigene Tochter. Was ist daran falsch? Ich verstehe nicht ...«

»Ihre drogenkranke Tochter«, fügt Dr. Baum hinzu.

Dr. Hauser springt auf. »Diese Unterstellung lasse ich mir nicht gefallen. Das werden Sie bereuen.«

Der Vorsitzende mahnt ihn, wieder Platz zu nehmen, und bittet Dr. Baum um eine Erläuterung.

»Die Fachwelt sagt uns, dass ein hoher Anteil drogenabhängiger Frauen in der Kindheit missbraucht oder misshandelt wurde und in den Drogen Schmerzlinderung und Vergessen sucht.«

»Ich kenne die Theorie. Meine Tochter gehört nicht dazu. Ich habe auf den Zusammenhang mit ihrer depressiven Mutter hingewiesen. Die ständige Traurigkeit wollte sie mit den Drogen verdrängen, das ist alles. Ich bitte Sie, mich zur Sache zu befragen, zu meiner Tochter werde ich keine Angaben mehr machen.«

»Überwiesen Sie Ihrer Tochter zweitausend Euro?«, fragt Dr. Baum.

»Ich bin als Zeuge zum Gericht gekommen, um Aussagen zu dem schrecklichen Abend zu machen, der Christina das Leben kostete. Ich verstehe, dass Sie Ihren Mandanten mit allen Mitteln verteidigen wollen. Aber ich habe gesagt, ich werde keine Frage mehr zu meiner Tochter beantworten. Respektieren Sie das bitte.« In was für eine Lage hat ihn seine Ehefrau gebracht? Hätte er ihr nur nichts von den zweitausend Euro erzählt.

Kapitel 47

Marc beobachtet den Zeugen, sieht den flehenden Blick zum Oberstaatsanwalt, zum Vorsitzenden. Es herrscht Totenstille im Gerichtssaal, als der Vorsitzende die Frage des Rechtsanwalts wiederholt. »Wollen Sie uns bitte sagen, warum Sie Ihrer drogenkranken Tochter zweitausend Euro überwiesen haben?«

Marc sieht Dr. Hauser an, wie er sich gegen eine Antwort wehrt. »Ich wollte ihr einen Urlaub gönnen. Auf Ibiza, ihrer Lieblingsinsel. Wir waren früher oft dort. In ihrer Kindheit. Nachher sollte sie die Therapie fortsetzen. Sie telefonierte mit der Bezugstherapeutin der Fachklinik, erklärte es ihr. Ich erwähnte es schon.«

»Befürchteten Sie, von Ihrer Tochter belastet zu werden?«, fragt Dr. Baum so sachlich und kalt, dass Marc erschrickt.

In dem Moment öffnet sich die Gerichtstür. Marie kommt mit dem Kripobeamten herein. Sie lassen sich auf freien Stühlen nieder. Marc sieht in das verweinte Gesicht von Marie und ahnt, was es bedeutet. Dr. Baum fordert eine Unterbrechung. Der Vorsitzende bespricht sich mit den Beisitzern und verkündet eine Unterbrechung von fünfzehn Minuten. Er bittet Dr. Hauser, im Saal zu bleiben, und weist die Justizbeamten an, auf ihn zu achten.

Dr. Hauser steht auf, geht einen Schritt auf den Oberstaatsanwalt zu, doch der verlässt mit dem Vorsitzenden den Gerichtssaal, ohne ihn zu würdigen.

Marc empfindet Wut und Trauer gleichzeitig. Alessa hat ihn gerettet, dabei sich selbst aufgegeben. Er beobachtet Dr. Hauser, wie der sich im Saal umblickt, plötzlich zur Tür eilt, dort von Uniformierten aufgehalten und gebeten wird, der Anordnung des Vorsitzenden zu folgen. Dr. Hauser verharrt an der Tür und sieht zu den Besuchern. Er geht einen Schritt auf Herrn Wieden zu, der zurückweicht und mit anderen Besuchern den Sitzungssaal verlässt. Dr. Hauser geht zum Zeugenstuhl zurück, setzt sich und stützt seinen Kopf auf dem Tisch ab.

Zurückgebliebene Besucher lächeln Marc zu. Er fühlt sich wieder zugehörig. Die Gerichtstür öffnet sich. Dr. Baum setzt sich neben ihn. Sieht stur zu Dr. Hauser. Seine Hände zittern, wie Marc es bei ihm bisher nicht erlebt hat. Er wagt nicht, ihn zu fragen, betet, dass seine Ahnung nicht Wirklichkeit ist.

Die Stimme des Vorsitzenden klingt kühl und betont sachlich, als Dr. Hauser erneut belehrt wird, keine Fragen beantworten zu müssen, die ihn selbst belasten. »Haben Sie Christina Wieden in der Nacht hereingebeten, als sie vor Ihrer Tür stand?«

»Was soll die Unterstellung?«, protestiert Dr. Hauser. Der Vorsitzende winkt ab. »Haben Sie Christina Wieden K.-o.-Tropfen in die Cocktails gemischt, um mit ihr den

Beischlaf zu vollziehen?«

Ein Schrei aus dem Besucherraum. Herr Wieden begleitet seine Ehefrau aus dem Saal.

Marc beobachtet den Gerichtsreporter, der eifrig mitschreibt. Der Vorsitzende wartet, bis das Ehepaar Wieden den Saal verlassen hat. »Haben Sie Marc Kröner in der Nacht nach dem schrecklichen Tod von Christina Wieden das Fläschchen mit Liquid Ecstasy unbemerkt in die Jackentasche geschmuggelt, um die Schuld an dem Verbrechen auf ihn zu lenken?«

Dr. Hauser erhebt sich von seinem Stuhl: »Ich wurde als Zeuge geladen und verwehre mich entschieden gegen solche Anschuldigungen. Ich werde den Saal sofort verlassen. Sie können Ihre Unterstellungen meinem Rechtsanwalt vortragen.«

»Setzen Sie sich!«, schreit der Vorsitzende ihn an. »Was denken Sie, wo Sie sind? Ihre Tochter ist tot. Wissen Sie, was Sie angerichtet haben? Urlaub auf Ibiza! Sie gaben ihr das Geld für die Überdosis, mit der sie sich heute das Leben genommen hat. Sie ahnten, dass sie es nicht ertragen würde, einen Vater zu haben, der ihre beste Freundin umbringt.«

Dr. Hauser schwankt, lässt sich auf den Stuhl zurückfallen. Polizeibeamte kommen in den Sitzungssaal. Der Vorsitzende verkündet auf Antrag der Staatsanwaltschaft einen Haftbefehl gegen ihn wegen Fluchtgefahr aufgrund des dringenden Tatverdachts, Christina Wieden vergewaltigt und getötet zu haben. Dr. Hauser wehrt sich nicht mehr, als er von den Polizeibeamten abgeführt wird.

Der Vorsitzende hebt auf Antrag der Staatsanwalt-schaft den Haftbefehl gegen Marc auf. Er verkündet eine halbstündige Beratungspause, bittet die Staatsanwalt-schaft und die Verteidigung in der Zeit, die Plädoyers vorzubereiten. Auf die Anhörung des Gutachters wird auf Antrag der Staatsanwaltschaft verzichtet. Die Justiz-beamten nehmen Marc die Handschellen ab. Er darf den Sitzungssaal verlassen. Seine Schwester, Ismail, Thomas, Oliver und Hannah drücken ihn vor dem Saal. Andere Besucher kommen dazu, gratulieren ihm. Er sucht Lena. Sie steht etwas abseits mit Marie. Ihre Wangen glühen. Sie weint und drückt sich an ihn.

»Warum Alessa?«, fragt sie. »Es gibt doch keinen Sinn.«

»Sie konnte sich nicht verzeihen, geschwiegen zu haben. Fühlte sich mitschuldig«, sagt er.

Lena nickt. Fragt, ob er im Anschluss zu ihr kommt. Sie möchte nicht allein sein. Er stimmt sofort zu, kann sich nicht vorstellen, in seine Wohnung zurückzukehren, in die Nähe von Olaf Klein. Nein, er wird den Mietver-trag kündigen. Er denkt an den Tod seiner Eltern, an das Gespräch mit Katrin im Krankenhaus. Damals wollte er auch nicht in die Wohnung zurück. »Ich glaube, die Dinge entwickeln sich lange in uns, lange bevor sie pas-sieren. Ich werde darauf achten, mich nicht mehr treiben zu lassen.«

Lena sieht ihn an, fordert, dass er es ihr verspricht. Sie besiegeln es mit einem langen Kuss. Die Sache Kröner wird aufgerufen. Oberstaatsanwalt Reidinger sieht ihn während des Plädoyers an. Er vernimmt die Stimme seines Vaters, der Fehler bei der Ermittlung einräumt. Man habe sich auf die Indizien verlassen. Er beantragt Freispruch. Sein Vater ist es, der ihn freispricht, das spürt Marc. Von der Schuld an dem Unfall. Befreit höre er das Plädoyer von Dr. Baum, der die einseitige Ermittlung rügt und einen Antrag auf Entschädigung für die erlittene Untersuchungshaft ankündigt, sich ansonsten den Ausführungen der Staatsanwaltschaft anschließt. Marc verzichtet auf sein letztes Wort.

Nach kurzer Beratung der Strafkammer wird er vom Vorsitzenden freigesprochen. Dr. Baum gratuliert ihm als Erster. Ismail umarmt ihn, Katrin, Thomas, Oliver, Hannah und die anderen. Unbekannte Besucher gratulieren ihm zu dem Freispruch. Schütteln den Kopf über Dr. Hauser, sind fassungslos über den schrecklichen Selbstmord der Tochter. Die Beamten erinnern ihn, seine Sachen von der Kammer der Justizvollzugsanstalt zu holen. Sein Blick sucht Lena. Sie wartet mit Marie an der Tür. Sie verabschieden sich von den anderen, fahren mit Maries Clio zur Vollzugsanstalt.

»Denny wird sich freuen, dass Dr. Hauser als Täter entlarvt wurde«, sagt Marc unterwegs. »Er ist zuerst darauf gekommen. Ich weiß nicht, ob ich es ohne ihn durchgestanden hätte.«

»Wirst du ihn besuchen?«, fragt Marie.

»Ja, sicher. Wir haben versprochen, uns zu besuchen.« Sie erreichen die Vollzugsanstalt. Es dauert ewig, bis die

Sachen im Auto verstaut sind.

»Nie mehr«, sagt er mit einem letzten Blick auf die Mauern. Lena nickt und erinnert ihn an sein erstes Vorhaben in Freiheit. Er läuft zu der nächsten Wiese und küsst die Grashalme. Marie und Lena lachen über den Anblick. Zurück im Auto sieht er Lenas entschlossenen Blick. »Woran denkst du?«, fragt er.

»Wie findest du eine Kurzhaarfrisur? Morgen gehe ich zum Friseur.«

Er sieht in ihrem Blick, wie wichtig ihr die Entscheidung ist.

DANKE

Danke an die lieben Korrekturleser/innen, deren Hilfe ich hoffentlich bald wieder in Anspruch nehmen darf. Besonderer Dank gilt meinem Bruder Klaus Märkert und den Kolleginnen und Kollegen der Bewährungshilfe Herne.

Danke an die Autorenkollegin Mischa Bach für ihre Tutorien mit den vielen Anregungen.

Danke an den Krimistammtisch des Syndikats im Unperfekthaus in Essen.

Danke für die Unterstützung durch die Mitarbeiter des KK12 bei der Kripo Bochum, die mir wertvolle Tipps gaben.

Danke an die Richterinnen und Richter beim Landgericht Bochum, auch an meine Klientinnen und Klienten, ohne sie alle wären die Justizkrimis nicht entstanden.

Danke an Aylin Reckermann für die Coverfotografie und Jen Maerkert für die Covergestaltung.

Band I der Justizkrimis um Marie Marler.

Bewährungshelfer Windich wird nach der Sprechstunde in seinem Büro ermordet. Die fieberhafte Suche nach dem Täter führt Hauptkommissar Christian Kramer und Marie Marler in ihrem ersten Fall zusammen. Der Täter versucht, jede Spur zu verwischen, die ihn belasten könnte, und schreckt dabei vor weiteren Taten nicht zurück.

Band II der Justizkrimis um Marie Marler.

Kristof Driesen wird nach der Entlassung aus der U-Haft in der Bochumer Altstadt ermordet. Gibt es einen Zusammenhang mit seinen Überfällen? Oder dem heftigen Streit in der Familie. Hauptkommissar Kramer erhofft sich Unterstützung bei Marie Marler, die als Bewährungshelferin Kristofs Freunde betreut. Sie erfährt von einem zurückliegenden Missbrauch.

Bd. III der Justizkrimis um Marie Marler.

Wo Janina auftritt, steht sie im Mittelpunkt. Dann ist sie tot, ermordet in den Ruhrwiesen. Verdächtigt werden ihre Freundin und ihr bester Freund.

Mit beiden unterhielt sie ein intimes Verhältnis. Beide wollte sie in den Ruhrwiesen treffen. Die Ermittlungen um die junge Abiturientin reißen Kramer und Marler in eine Beziehungskrise.

Bd. V der Justizkrimis um Marie Marler.

Der Missbrauch eine Intrige? Der Mord ein Racheakt? Marie Marler zweifelt an der Schuld des Physiotherapeuten, der nach Verbüßung seiner Freiheitsstrafe unter ihrer Führungsaufsicht steht. Christian Kramer, der beim KK12 für die Überwachung rückfallgefährdeter Sexualstraftäter zuständig ist, fehlt jegliches Verständnis für seine Freundin.

Bd. VI der Justizkrimis um Marie Marler

»Lieber allein - als in der Hölle mit anderen.« Natalie
Neumann. Ihr Vater ist tot, sein älterer Freund nutzt die
Situation der vierzehnjährigen Natalie für sich aus. Mit
zwei Freundinnen beschließt sie, ihn zu berauben. Es
eskaliert. Bei der Flucht über den Balkon verlieren die
Jugendlichen ein Smartphone. Vor der Festnahme packt
Natalie einen Koffer mit wichtigen Sachen, den sie ihrer
Mutter zur Aufbewahrung hinterlässt.